Querido capullo

VIRGINIE DESPENTES
Querido capullo

Traducción de Robert Juan-Cantavella

RANDOM HOUSE

Papel certificado por el Forest Stewardship Council®

Título original: *Cher connard*

Primera edición: septiembre de 2023

© 2022, Virginie Despentes y Éditions Grasset & Fasquelle
© 2023, Penguin Random House Grupo Editorial, S. A. U.
Travessera de Gràcia, 47-49. 08021 Barcelona
© 2023, Robert Juan-Cantavella, por la traducción

Printed in Spain – Impreso en España

ISBN: 978-84-397-3973-9
Depósito legal: B-12.065-2023

Compuesto en La Nueva Edimac, S. L.
Impreso en Unigraf (Móstoles, Madrid)

RH39739

OSCAR

Crónicas del desastre

Me crucé en París con Rebecca Latté. Me vinieron a la mente los personajes extraordinarios que ha llegado a interpretar: mujer peligrosa, venenosa, vulnerable, conmovedora o heroica, dependiendo de la ocasión; cuántas veces no me habré enamorado de ella, cuántas fotos suyas habré llegado a colgar, en cuántos apartamentos, encima de cuántas camas, y siempre me hicieron soñar. Trágica metáfora de toda una época que se está yendo a la mierda: una mujer sublime que, cuando estaba en su apogeo, inició a tantos adolescentes en el hechizo de la seducción femenina, convertida ahora en ese adefesio. No solo vieja. Sino burda, descuidada, de piel repulsiva, metida en ese personaje de mujer sucia, bulliciosa. Un bochorno. Me han dicho que se ha convertido en musa de las jóvenes feministas. La Internacional de las Pordioseras ataca de nuevo. Nivel de sorpresa: cero. Me acuesto en el sofá en posición lateral de seguridad y me pongo a escuchar en bucle «Hypnotize», de Biggie.

REBECCA

Querido capullo:
He leído lo que publicaste en tu cuenta de Insta. Eres como si una paloma se me cagara en el hombro: una guarrada asque-

rosa. Buáá buáá buáá soy una mierdecilla que no le interesa a nadie y berreo como un chihuahua para ver si me hago notar. Vivan las redes sociales: has logrado tus quince minutos de gloria. La prueba: te estoy escribiendo. Fijo que tienes hijos. Los tipos como tú tienen que reproducirse, imagina que el linaje se truncara. Cuanto más estúpidos y siniestramente inútiles sois, más obligados os sentís a continuar con vuestra estirpe. Así que espero que a tus hijos los atropelle un camión y que se mueran y que los veas agonizar sin poder hacer nada y que los ojos se les salgan chorreando de las cuencas y que sus gritos de dolor te martiricen noche tras noche. Ese es todo el bien que te deseo. Y deja en páz a Biggie, payaso.

OSCAR

Qué bestia. Yo me lo he buscado. Mi única excusa es que no pensaba que iba usted a leerme. O quizá en el fondo sí lo esperaba, pero sin llegar a creérmelo. Lo siento. He borrado el post y los comentarios.

Pero aun así, qué bestia. Primero me sorprendió. Luego, lo confieso, me hizo reír mucho.

Me gustaría explicarme. Estaba sentado en una terraza de la calle de Bretagne, a unas mesas de la suya, no me atreví a decirle nada pero sí la estuve mirando insistentemente. Debí de sentirme humillado al ver que mi cara no le decía nada, y también porque soy tímido. De lo contrario, nunca habría escrito algo tan abyecto sobre usted.

Lo que quería decirle ese día es que soy el hermano pequeño de Corinne, no sé si eso le suena, en los ochenta eran amigas. Jayack es un seudónimo. Éramos la familia Jocard. Vivíamos por encima de la plaza Maurice Barrès. Usted recuerdo que era de la Cali, su edificio se llamaba el Danubio. En aquella época solía venir por casa. Yo era el hermano pequeño, las espiaba de lejos, casi nunca hablaban conmigo.

Pero las recuerdo delante de mi Scalextric, su única preocupación era enseñarme cómo descarrilarlo todo. Tenía usted una bicicleta verde, una bicicleta de carreras, una bicicleta de chico. Con mi hermana robaban un montón, mogollón de discos en el Hall du Livre, y un día me regaló *Station to Station* de David Bowie porque lo tenía repetido. Gracias a usted escuché a Bowie a los nueve años. Aún conservo ese disco. Mientras tanto, me convertí en novelista; sin llegar a su nivel de fama, no me ha ido del todo mal. Tengo su mail desde hace mucho. Me hice con él porque quería escribir para usted un monólogo para el teatro. Nunca reuní el valor para contactarle.
Atentamente.

REBECCA

Guárdate tus disculpas, niñato, guárdate tu monólogo y guárdatelo todo: no me interesa nada de ti. Si te sirve de consuelo, más que contigo estoy cabreada con el imbécil que me envió el link a tu declaración, como si tuviera que estar al tanto de cada insulto que me dedican. Tu vida mediocre me la suda. Tus libros me la sudan. Todo lo que tiene que ver contigo me da igual, salvo tu hermana.

A Corinne claro que la ubico. No había vuelto a pensar en ella en años, pero ha sido leer su nombre y recordarla como si la tuviera delante. Jugábamos a las cartas en su habitación, encima de un trineo que nos servía de mesa. Abríamos las persianas y fumábamos los cigarrillos que yo le robaba a mi madre. En tu familia tuvieron un microondas antes que nadie, lo usábamos para derretir queso y untarlo en galletas. También recuerdo cuando fui a visitarla a los Vosgos, trabajaba de monitora en una especie de casa de campo con caballos. La primera vez que entré en un bar fue con ella, nos pusimos a jugar al pinball como si nada, como si lo hubiéramos hecho toda la vida. Corinne tenía una moto, a aquella edad debía de ser una mobylette trucada. Fumaba Dunhill rojos y bebía claras. A veces hablaba de Alemania del Este y de la política de Thatcher, temas que por aquel entonces no le interesaban a nadie de mi entorno.

Yo odiaba Nancy, casi nunca pienso en esa ciudad y de la infancia no tengo ninguna nostalgia. Me ha sorprendido rescatar algo agradable de aquellos tiempos.

Dile a tu hermana que he buscado su nombre en internet y no he encontrado nada. Supongo que se habrá casado y se habrá cambiado de apellido. Dale un beso de mi parte. En cuanto a ti: muérete.

OSCAR

Corinne nunca se ha abierto un perfil en redes sociales. No es tecnófoba, sino sociópata. Recuerdo cuando venías a casa. Luego te convertiste en una estrella de cine y yo no podía creer que una persona que había estado sentada en nuestra cocina pudiera llegar a tener sus quince minutos en los Óscar. En ese momento, la fama no estaba al alcance de cualquiera, no era cosa más que de muy pocas personas. Que pudiera llegarle a alguien de nuestro vecindario me parecía una locura. De no haberte conocido, no sé si me hubiera atrevido a buscar un editor para mi primera novela. Tú eras la prueba viviente de que mi entorno familiar se equivocaba: también yo tenía derecho a soñar. Me siento como un auténtico idiota por escribir algo tan malo sobre ti. Tienes razón, fue una forma patética de llamar tu atención.

Mi hermana y tú no ibais al mismo colegio, no sé cómo llegasteis a haceros amigas. Cuando estabais en primaria, vuestro pasatiempo preferido era construir VPO para las muñecas con grandes cajas de cartón. Era todo un reto, e incluso mi madre, que no tenía la menor imaginación, os dejaba hacer sin quejarse del follón que armabais en la habitación de Corinne. Un miércoles, trajisteis una caja de nevera y dentro apilasteis cajas de zapatos para hacer apartamentos. A las Barbies les quedaban pequeños, así que cogisteis las muñecas de colección que tenía mi madre expuestas en un estante del salón. Cuando descubrió a sus bretonitas, sevillanitas y alsacianitas decorando vuestra VPO, yo me esperaba una bonita explosión de ira. Ese recuerdo lo tengo grabado en la memoria porque mi madre no pudo fingir que se enfadaba. Una especie de alegría le ganaba la mano a la severidad. Dijo «es que ya está bien», pero antes de dar la orden de devolver las muñecas a sus cilindros de plástico y ordenar la habitación, se agachó delante de aquel montaje meneando la cabeza «Virgen santa, no es posible». Solo os regañó porque tocaba, y eso se le notó. A mi madre nosotros, sus hijos, no solíamos hacerla reír. Tú habías vencido su mal humor. Después, cada vez que te veía aparecer en la pequeña pantalla del televisor, hacía la misma reflexión: «La vez que ella y Coco me bajaron todas las muñequitas folclóricas de la estantería para decorar la torre de cartón... ya apuntaba maneras, aquella niñita. Qué guapa era ya entonces».

Cuando aún no tenía ni la edad para jugar a los Mil Hitos, ya sabía lo guapa que eras. Aunque cuando me quedó del todo claro fue al final de un verano. Unos días antes de que empezaran las clases, viniste a casa y dijiste «¿tomamos un café?». A partir de ese día se acabaron las muñecas. Te habías hecho mayor. Estabas irreconocible.

REBECCA

Supongo que ya te imaginarás, corazón, que no eres el primero en decirme lo buena que estoy, ni en advertir que soy famosa...

Pero lo confieso, eres el primero que tiene la audacia de insultarme como a una perra y, acto seguido, venirme con la cancioncita de «venimos del mismo barrio, tenemos recuerdos en común».

Llegados a este punto, tu nivel de estupidez merece un cierto respeto. Lo cual, esencialmente, no cambia nada: me importan una mierda tus chorradas. Todo mi afecto a tu hermana, que fue una amiga genial.

OSCAR

No sé si te diste cuenta de que a mi hermana le gustaban las chicas. Entonces no hablaba del tema. Yo veía perfectamente que era una bruta, más tosca que sus amigas, y me daba vergüenza que no hiciera el menor esfuerzo por mejorar, pero no saqué conclusiones. Años más tarde, un mes de agosto mis padres se fueron a España y yo fui a su casa a cuidarle al gato. Hubo una ola de calor y Corinne, que ya vivía en París, se vino conmigo porque quería disfrutar del jardincito. Extendía una toalla a la sombra del melocotonero y se pasaba la tarde leyendo o escuchando cedés en su discman. A veces íbamos en coche a la piscina. Nunca habíamos compartido la intimidad de unas vacaciones. Íbamos a nuestra bola todo el día, cada uno a lo suyo, hasta que un día, en el garaje, encontró las cintas VHS de la trilogía de Mad Max metidas en una caja. Nos acomodamos en el salón, cerramos las persianas y nos pusimos a ver a Mel Gibson bebiendo cervezas fresquitas. Entre una película y otra, ya un pelín borrachos, le hablé de la chica con la que estaba saliendo y le dije que ya estaba harto pero no me atrevía a dejarla. Corinne me escuchó sin meterse, como solía hacer. Le dije me fuerzo a llamarla por teléfono porque si no lo hago sé que me montará un pollo, pero en el fondo me alegro de que trabaje porque con ella me ahogo, me aburro, es un poco triste. No lograba entender por qué, pero me daba miedo decirle que se había acabado. Total, no vivíamos juntos. En el fondo, temía que si la dejaba me estaría condenando al celibato de por vida, supongo que pensaba que era mejor tener una novia que te agobia que estar solo para siempre. Pero eso no me atrevía a decirlo en voz alta, así que le pregunté a mi hermana cómo le iba a ella con los chicos. Ella nunca tenía novio. A mí no me extrañaba. No era muy guapa, vivir con ella no era fácil. Como a mí me daba miedo, pensé que a los otros chicos les pasaría lo mismo. Ella respondió sin titubear: tengo rollos con chicas. Así es como salió del armario. Vivía en París desde hacía tres años. Pensé «mi hermana es homosexual», pero eso no se correspondía con ninguna realidad que yo conociera. En mi vocabulario, bollera ni siquiera era un insulto. Para referirme a mi hermana, disponía de toda una gama de términos peyorativos, pero «bollera» ni siquiera se me había pasado por la cabeza. Nunca me había preguntado si esas mujeres existían de verdad, yo no conocía a ninguna. Corinne me advirtió de que si se lo contaba a alguien, me partiría la cara. Yo le dije que nunca me había chivado y ella dijo es verdad, sabes cerrar el pico, yo te lo enseñé. Y se echó a reír. Yo no. De pequeño, cada vez que me acercaba a ella me llovían las hostias, hubiera preferido que me hablara de su sincero remordimiento, y no que tratara el asunto con esos aires de suficiencia.

Nos pusimos la tercera de Mad Max y yo estaba incómodo. Que una desgracia como esa cayera precisamente sobre nosotros me pareció una putada. Una cosa era ser una mujer gorda, fea y sin encanto, y otra ser lesbiana. Me sentí mal por ella, imaginé su vida en París, la gente tirándole piedras en la calle, las chicas riéndose de ella y llamándola sucia, los jefes echándola asqueados del trabajo. Unos días después, cogió el tren de vuelta a París y no volvimos a tocar el tema.

Yo había asumido que aquel iba a ser un secreto vergonzoso que guardaríamos para siempre. Pero un año y medio más tarde, en Navidad, nos reunimos en familia en los Vosgos. Habíamos comido y bebido demasiado, nos fuimos los dos a caminar por el bosque. Todavía puedo verla, con unas manoplas naranja de mi tía, la nariz roja de tanto frío, sonriendo en medio de los abetos, feliz de su atrevimiento, hablando con un desprecio infinito de los heteros, que son «unos ordinarios». Hoy en día esa palabra se ha convertido en algo cotidiano, pero aquella fue la primera vez que se la oía a alguien. Su época coming-out, digna y furtiva, había quedado atrás. Ahora era una butch, un «sujeto político». Yo me había escondido en el plumas una botella de champán y veía cómo se la bebía a morro, su regodeo me tenía alucinado. Debería haberse arrodillado entre los árboles y rogarles a los dioses que volvieran a hacerla normal: tener hijos con un hombre de bien, pedir un crédito para el coche en el contexto de un matrimonio que nuestra familia pudiera respetar. Le di yo también un trago y reuní el coraje para arriesgarme a preguntarle: «¿Y no será solo una fase de tu vida, esa cosa con las chicas?». Ella se metió las manos en los bolsillos: «Espero que no. Como heterota soy un cero a la izquierda, mientras que en el mercado lésbico soy el equivalente de Sharon Stone». Su respuesta me dejó helado. Desde niños, en tema seducción, los dos habíamos sido unos losers. Ese día fue como si me soltara la mano para abandonarme en la oscuridad, solo, mientras ella se largaba a disfrutar de playas soleadas. Ella había encontrado algo, y yo nada.

A la vuelta nos perdimos. No paraba de hablar de lo contenta que estaba de ser lesbiana. Acabé calando una parte de su discurso: tampoco yo tenía muchas ganas de parecerme a los miembros de nuestra familia. En esos tiempos yo soñaba con ser periodista, pero en la mesa no lo habría confesado nunca. No me costaba imaginar cuál iba a ser su reacción, las risas y las miradas burlonas «claro, claro, seguro que te están esperando», o bien «siempre ha querido cagar más alto de lo que el culo le da», toda esa letanía de la clase media condenada al salario, al trabajo que uno hace por dinero y nunca por vocación. Saber quedarse en el lugar de uno era lo más importante. Andando el tiempo, tuve la intuición de que, para mi hermana, renunciar a seguir el camino de las mujeres de la familia y del vecindario tenía algo que ver con ese mismo deseo de emancipación.

Más adelante, reconstruí su evolución. De adolescente tuvo algunas novias que vivían con ella historias a escondidas, pero que a la mínima oportunidad empezaban a salir con tíos. Ella se achantó en su rincón, purgando secretamente unos males de amor asquerosos. Que yo a las tías las conozco, y con las perdedoras no tienen piedad. Ahora bien, por aquel entonces las lesbianas eran peores que las perdedoras: no tenían razón de ser. En el ring de la feminidad convencional, ni siquiera podían ponerse los guantes.

En cuanto acabó el instituto, Corinne se fue a París, se matriculó en la universidad y estuvo viviendo de pequeños curros, pero pronto encontró un puesto a tiempo completo en la recepción de un gimnasio y dejó las clases. En el trabajo se enamoró de una chica, era su primera historia seria, hacían muchas cosas juntas, exposiciones y cines y conciertos y fines de semana en Normandía. Hasta que un día la chica le dijo que iba a casarse. Corinne fue su testigo de boda. La besó por última vez con su vestido blanco. Si aceptamos la hipótesis de que mi hermana tiene corazón, creo que aquel día se lo rompieron. Luego todo cambió, el gimnasio cerró, se quedó en el paro unos meses y se dedicó a ir de bar en bar. Allí conoció a la que iba a cambiarlo todo, la que iba a decirle «mis padres saben que, les guste o no les guste, soy lesbiana, que les jodan y que jodan a todos a los que no les guste». Se fueron a vivir juntas. Iban a bares de chicas. Corinne se politizó. Cambió de aspecto, se deshizo de cualquier signo exterior de feminidad, ni pelo largo ni joyas ni zapatos finos ni maquillaje. Ese tipo de cosas que le tocaba coger prestadas torpemente del repertorio común y que no cuadraban con su fisonomía. Como unos pequeños injertos que acabó rechazando. Nuestra relación cambió al nacer mi hija. Por mucho que mi hermana le grite a quien quiera escucharla que ella no piensa reproducir ese campo de concentración que es la unidad familiar, la asquerosa neurosis que comporta, y que la superioridad de la lesbiana sobre la mujer heterosexual reside en que ella no se siente obligada a parir para existir, el papel de tía se lo ha tomado con una seriedad rayana con la obsesión. Puedes contar con ella en cualquier momento. Mi hija se llama Clémentine y no puede decirse que sea de carácter fácil, más bien es campeona en berrinches. Pero cuando le decimos que se va dos semanas a casa de mi hermana nunca protesta. Léonore, la madre de mi hija, que no se fía de nadie, la deja con ella sin dudarlo.

Mi hermana vive por Toulouse, en una casa ruinosa pero grande donde la niña tiene su habitación en la buhardilla. Recuerdo la primera vez que la dejamos allí sola unos días, cuando nos alejamos en coche yo estaba convencido de que nos iba a tocar dar media vuelta enseguida para recogerla. Pero Léonore no exigió que anuláramos el fin de semana que teníamos planeado. Confía plenamente en Corinne. Tiene razón. Le diré a mi hermana que le mandas un beso, le gustará.

REBECCA

¿No tienes amigos con los que hablar? Apenas te he preguntado cómo está tu hermana y me largas toda su biografía. Menos mal que me interesa. Leer tu mail me ha llevado toda la tarde.

No, no capté que a Corinne le gustaban las chicas, pero ahora que lo dices no entiendo cómo no me di cuenta. La recuerdo en la Casa de Jóvenes y de la Cultura en pantalones cortos, con su pala de ping-pong apalizando a todo el mundo, y está claro que era una especie de caricatura de lesbiana. Pero en esas cosas no pensábamos. A nuestro alrededor había algunos maricas. Pero las chicas, para mí, en los ochenta, éramos heteros y ya está. Ahora que lo veo desde ese punto de vista, podría haberme gustado. Tenía algo, no me hubiera reído de ella. Pero la situación nunca me pareció ambigua. Visto ahora, me doy cuenta de que lo era. Me trataba como a una princesa. Por aquel entonces yo a eso lo llamaba una muy buena amiga. Puede que alguna vez fuese poco delicada con ella. Si es así, pídele disculpas de mi parte. Le hablaba mucho de los chicos que me gustaban. Nuestras madres trabajaban juntas en Geiger. La mía no aguantó mucho la vida en la fábrica, pero así es como nos conocimos Corinne y yo. Es gracioso que te haya ignorado hasta tal punto, Oscar no es un nombre común. A ti te he olvidado, pero vuestra casa sí la recuerdo bien, con la pequeña cocina a la izquierda al entrar, la sala de estar enfrente, y la habitación de Corinne al fondo del pasillo a la derecha. Por encima de la plaza Maurice Barrès. En aquellos tiempos, al bautizar los barrios, humor no les faltaba. Nosotros vivíamos en California, imagina. Si no estaban de coña ya me dirás tú. Yo de la infancia no tengo ninguna nostalgia, pero no era un mal barrio para crecer. En casa me faltaba espacio, eso sí. Tenía dos hermanos mayores, había follón todo el rato, desarrollaban una energía animal que hacía que nuestro apartamento se convirtiera en una jaula. Me gustaba ir a vuestra casa. Corinne tenía su propia habitación. Vuestros padres no estaban nunca. Había calma. Me gustaba el barrio. Nunca se me ocurrió pensar que era feo, el lugar en que vivíamos.

Pero ahora, cuando vuelvo para ver a la familia, veo las casas de nuestra infancia a través de la mirada de los demás. No es miseria. Es otra cosa. Aquello está abandonado. Es haber crecido en un lugar que a nadie le importa:

Cuando pasé al instituto en Nancy, algunos de mis nuevos amigos vivían en apartamentos más amplios en el centro de la ciudad, o en casas coquetas en urbanizaciones de nueva construcción. Aquello me parecía tan desesperante como mi casa. Y sus padres, pues lo mismo. Se notaba que las madres bebían y los padres eran unos imbéciles pretenciosos de primera fila. Nunca se me ocurrió avergonzarme. Tenía quince años y me la sudaba mil que en mi casa no compraran Nutella sino una marca de segunda. Solo tenía una idea en mente, largarme de esa ciudad de provincias e irme a París o a Londres a ver conciertos. Quería vivir con músicos. Por aquel entonces el pañuelo Hermès de una payasa paticorta en la terraza del Café du Commerce no iba a ser lo que me desestabilizara. Toda esa vida era precisamente lo que yo quería dejar atrás.

OSCAR

O a lo mejor es que no te importaba cómo vivían los niños ricos porque eras guapa. A los quince años, la belleza prevalece sobre la riqueza. Algo que es aún más cierto para los chicos que para las chicas. Una chavala puede sentirse abrumada por el efecto que produce, o ser menospreciada por resaltar, o no saber cómo sacarle partido. Pero un muchacho joven y guapo tiene el mundo a sus pies. De adolescente, quizá por masoquismo, mis mejores amigos eran siempre unos adonis. La superioridad que eso les daba en todo era una aberración.

A mí en el colegio me iba bien, lo cual era cosa de feos, o de pobres. Una cualidad de aspirante. Mis padres no toleraban las malas notas. Ni a mi hermana ni a mí. Conseguir buenos resultados escolares era lo menos que podíamos hacer porque teníamos la oportunidad de ir al colegio y de aspirar a un buen oficio. Soy la última generación a la que se le hizo creer que trabajando duro podría ascender socialmente. La crisis del 2008 nos bajó los humos rápidamente. Mi madre nos repetía incansablemente que no nos faltaba de nada y nos comparaba con los que sí tenían de qué quejarse. Aprendí a tener presentes mis privilegios antes de saber leer y escribir. Ni siquiera se me hubiera pasado por la cabeza decir que quería un walkman Sony o unos vaqueros Levi's. Mis padres hubieran pensado que había perdido la cabeza. En el instituto descubrí el rap. El hijo de mi antigua profesora llevaba una cazadora negra de cuero y era un matón. Era repetidor y su hermano mayor había estado en la cárcel. Me impresionó mucho. Era un rubio grandote, arrogante y violento, y yo le caía bien. Se había comprado el recopilatorio *Rapattitude* y con él escuché a Public Enemy y a Eric B. and Rakim. Me apasioné por esta música y, seis meses más tarde, era yo quien le descubría las novedades. Fue entonces cuando me di cuenta de que quería tener dinero.

Cuando publiqué mi primera novela y funcionó bien, busqué enseguida tu dirección de mail porque soñaba con escribir para ti. Había visto a Philippe Djian en una feria del libro, fue muy amable conmigo, me dijo que económicamente, para un autor, escribir teatro era interesante. Y entonces pensé en ti. A la mayoría de los tíos de mi generación les molabas a muerte, pero yo era especial porque te había conocido cuando éramos pequeños. Me trataban de flipado, y yo no tenía ninguna foto que probara que estaba diciendo la verdad. Soñaba con que recitaras un texto escrito por mí porque lo que más me gusta de ti es tu voz y tu ritmo al recitar. Pero también advertí muy rápidamente que, entre mis nuevos amigos autores, no eran muchos los que habían currado en la fábrica o en Alcampo los meses de verano para pagarse el permiso de conducir. Un día escribí un guion con un director de mi edad que había trabajado en la recepción de un hotel durante el verano y hablaba de ello como si hubiera hecho la guerra, algo excepcional que lo habría convertido en alguien más consciente que los demás, más capaz de entenderme desde dentro. Si quería escribir para ti era también por eso. Tenía la necesidad de rodearme de gente que se pareciera a mí.

Contacté a tu agente para hablarle de mi proyecto. Él me dijo que ya hablaríamos cuando escribiera el texto. Fue hace una década. Yo debutaba, y estaba convencido de que había descubierto el agua caliente porque me sacaron en la tele. Luego he ido viendo a los chavales más jóvenes irrumpiendo en YouTube, y tienen la misma arrogancia que tenía yo. Uno se embriaga rápidamente de su pequeña fama. Tampoco es que se te suban los humos a la cabeza o que te creas mejor de lo que eres, pero te sientes reconocido en todas partes, el centro de todas las conversaciones, objeto de deseo. El éxito social, por limitado que sea, ocupa todo tu espacio mental. Es como un bebé elefante al que hay que alimentar constantemente y cuidar y sacar a pasear y mantener entretenido. Un monstruo simpático. Un buen día te despiertas, sales de casa y, como dice tan bien Orelsan, «estás buena». Todo el mundo quiere algo de ti, se pelean por tu número de teléfono, quieren salir contigo quieren invitarte a una pizza quieren sacarte una foto quieren que vayas a un concierto. Eso te vuelve un imbécil. No he visto a mucha gente a quien le haga feliz. Pero he encontrado a un montón a quien lo vuelve un pedazo de imbécil. Cuando le conté a tu agente lo de mi proyecto, esperaba verlo saltando de alegría al ver que un joven autor de mi prestigio se interesara por una de sus actrices. Pensé que iba a organizar una cena contigo ya mismo, y a darme las llaves de su casa de campo para que pudiera escribir.

Me puso en mi lugar. Escribí algunas líneas. Una chica que sale de la cárcel tras una larga condena. Leí varios testimonios de mujeres que habían pasado una temporada a la sombra. Una de ellas decía que en las cárceles de mujeres nadie acude al locutorio, eso me impresionó. Me di cuenta de que nunca había conocido a un hombre que dijera mi esposa está en el talego, la voy a ver todos los meses.

Pero no escribí el texto. Pertenezco a esa categoría de autores que procrastina, y somos muchos. Internet no me lo pone fácil. Abro un documento de Word diciéndome que voy a trabajar y cinco minutos más tarde estoy viendo porno. Ahora mismo me paso los días enganchado a juegos idiotas en el móvil. Cuando digo me paso el día es que me paso el día. A las nueve de la mañana me lío el primer canuto, me pongo un disco, enciendo la radio o me busco un podcast y me pongo a jugar. Hasta la hora de comer. Para entonces ya he fumado bastante, así que a menudo me duermo y me despierto a eso de las cinco, hora de la primera cerveza. O bien me entran ganas de salir y ver a gente para seguir bebiendo, y si surge, pues algo más, o bien sigo con los porros y acabo poniéndome series. Tal como desfilan las series sigo jugando. Así me paso seis o siete horas al día, mi teléfono es un traidor, me chulea un montón de tiempo a la semana. Cuando digo juegos estúpidos, digo juegos realmente estúpidos. Juegos gratuitos, juegos para el móvil. Nada de mundos increíbles con misiones fascinantes y gráficos sublimes. No. Juegos para memos. Si alguien me roba el teléfono, me dará vergüenza ir a buscarlo de tan patéticos como son los niveles a los que llego. Rollo me he pasado el Candy Crush. Por supuesto, pago los bonos. Soy una de esas personas que se dejan engañar. Parece ser que esas cosas tienen el mismo efecto en el cerebro que la cocaína. Yo no me atrevería a discutirlo. No hay nada que me calme más que pasarme tres horas en la pantalla.

Parece ser que las más sofisticadas lumbreras del mundo trabajan duro para averiguar cómo conseguir que te quedes el mayor tiempo posible. Es una ciencia de la adicción. Gente que podría ocupar su tiempo buscando cómo mejorar nuestras vidas, o hacer que internet sea menos destructiva, que podría preguntarse cómo utilizar la web para volver el trabajo más fácil y a nosotros menos infelices, y resulta que centra todo su talento en asegurarse de que te quedas el mayor tiempo posible en una partida de zombis. Procrastino. Es algo distinto a la falta de inspiración. Yo en mi cabeza tengo los diálogos exactos, las escenas precisas, sé lo que quiero escribir. Pero hago otra cosa. No hago algo interesante en su lugar. Nada divertido. Es difícil de explicar. Ser escritor es jodido porque los colegas te imaginan pensando en las musarañas mientras silbas dos o tres horitas al día, y se acabó tu jornada laboral. A ver cómo les explicas que, debido precisamente a la simplicidad del dispositivo, escribir no es nada fácil, que solo en intentar ponerte ya inviertes todo tu tiempo.

Así que no escribí ese monólogo sobre una mujer que sale de la cárcel y redescubre París quince años después. Procrastino. Ahora es distinto, estoy completamente bloqueado. Acabo de publicar una novela y todo el mundo habla de mí, pero no por mi libro. Me han metooizado. No se lo deseo a mi peor enemigo. Tengo la impresión de que todo el mundo está al corriente. Por eso te lo digo. Tal vez no vuelvas a escribirme. No puedo decir que lo entendería. Pero no ibas a ser la primera.

ZOÉ KATANA

Crónica de mi mano en tu boca

Llevo años escribiendo un blog feminista. Estoy acostumbrada a vuestros ataques de odio y a vuestras amenazas de muerte y violación, a vuestros comentarios sobre el tamaño de mi culo y el deplorable estado de mi inteligencia. Estoy acostumbrada a vuestra rabia masculina.

Pero nunca había dado un nombre. Qué admirable alzamiento en armas cuando pronuncié el de Oscar Jayack. Conté mi historia con él. Que si mi punto de vista es terrorista. Que si me equivoco con mis sentimientos. Que si deberían arrancarme la lengua y dejar que hable él. Yo digo: ser acosada durante meses significa que llega un día en que no te reconoces. Es tardar años en admitir que aquella que fuiste ya no volverá, que ha desaparecido para siempre. Es tener miedo todos los días y convertirte en otra persona. Es tragarte la vergüenza de que alguien haya buscado tu punto débil, lo haya encontrado, y te haya destruido. La vergüenza de que resulte tan fácil. Y de que le dé igual a todo el mundo. Ya lo he dicho, no tenía manera de defenderme. Y he aconsejado a otras: si os pasa lo mismo, largaos enseguida. Lo antes posible. Y digo: la vergüenza tiene que cambiar de bando. Quienes habéis armado este escándalo sois vosotros. No yo. Y vuestra rabia valida mi decisión.

Cuando digo «es insoportable» me responden «todo iba bien hasta que abriste la boca». Todo iba bien mientras podían meter mi cuerpo a la fuerza en esa ecuación del deseo, mi cuerpo pero no mi palabra. Para la escena me necesitan, soy la primera actriz que el héroe desea. Pero de lo que yo siento no quieren ni oír hablar. Y no son solo los hombres, los que me dicen que me calle. También hay mujeres. Que me explican que lo que me ha sucedido a mí ha pasado siempre, y bien que se las han arreglado. Siglos de mujeres, antes que nosotras, han sabido manejar las cosas con dignidad. Y yo digo que se tragaron la vergüenza y le pusieron una sonrisa al insomnio. Afirmo que cada vez que un hombre le impone su placer a una mujer se está sometiendo instintivamente a la ley del patriarcado, y que la primera regla de esa ley consiste en asegurarse de excluirnos del ámbito del placer. Presionarnos desde nuestra más tierna infancia forma parte de esa construcción. La tarea de los soldados del patriarcado consiste en encadenarnos de esa manera. Si nos dejan gozar tranquilas, temen por el orden del mundo tal como lo han construido. Ese miedo ancestral, tenebroso, es el continente oscuro. A la sexualidad femenina se la llamó el continente oscuro porque era crucial no sacar a la luz las prácticas que la construyen. Incesto, violación, coacción, acoso. Había que silenciar a toda costa los pormenores de obstrucción del deseo femenino. Lo que hoy estamos revelando no tiene nada que ver con un contratiempo casual. Nuestros cuerpos se ven implicados a la fuerza en el campo de batalla porque hay que mutilarlos. Que nosotras podamos hablar no forma parte del espectáculo. Es un poco como el toro en el ruedo: como él, se nos cuida y se nos mima con el único objetivo de ser asesinadas en un circo donde no se nos da ninguna oportunidad. El patriarcado es siempre el espectáculo de la vitalidad y del poder, marcado por una estructura que protege al asesino y propicia que las multitudes lo aclamen, en aras de la belleza del ritual. Cuando violan a una mujer y la violan bien, lo que se celebra es la esencia misma del patriarcado: poner el poder de rodillas mediante técnicas estúpidas y macabras. Es decir, comprobar que la violencia sin poder puede poner fin a eso que os asusta.

Pero hoy pertenezco al ejército de las mujeres maltratadas que rompen su silencio. Podéis dar conmigo, amenazarme, insultarme. Eso no cambiará nada. Hemos roto el tabú. La vergüenza debe cambiar de bando. Cuando un estudiante publica una foto de una chica chupándosela, tiene que saber que un día su nombre saldrá a la luz y él será humillado. Tenemos que enseñar a las chicas a estar orgullosas de sus mamadas. Es aberrante que las chicas jóvenes piensen en el suicidio porque hay rodando por ahí unas fotos en las que aparecen pasándoselo pipa con un chico que les gusta. Quien debería pensar en ahorcarse es quien se escuda en su privilegio machista para rebajarlas. Los chavales de secundaria deberían levantarle un monumento a las que se la maman bien. En cambio, siempre se nos reprocha que nos los queramos follar. Y cuando nos negamos, aún es peor.

Por eso el problema es mi queja uniéndose a miles de otras quejas, allí donde debería haber silencio y olvido. Mi voz es un copo de nieve en la avalancha que os aplasta. Yo tomo la palabra, digo que estuve yendo a trabajar con un nudo en el estómago un día sí y otro también. Sintiéndome asquerosa por seguir acudiendo a pesar del asco que aquello me daba. Avergonzada de mi rabia y de no saber articularla. No todos los tíos de la empresa eran unos cabrones. Pero todos los tíos eran cómplices, porque aquella era una ley no escrita: el espacio público es un lugar de caza. No todos cazan. Pero al cazador todos lo dejan pasar. Y yo, íntimamente convencida de ser una cateta.

En esa editorial me contrataron porque tenía los títulos adecuados, había hecho las prácticas correctas, era trabajadora, aplicada y puntual, y porque aprendo rápido. Y también me contrataron porque era joven, delgada, de pelo largo y brillante, los ojos grandes y claros, la piel muy blanca, iba bien vestida y con las uñas pintadas. Así que también estaban contratando mi juventud.

Con él nunca supe cómo comportarme. Balbuceaba, reculaba, apartaba la mirada, salía de la habitación, me sentaba contra la portezuela del taxi, apretaba las rodillas, me ruborizaba, me reía sin ganas, me iba temprano, le apartaba la mano, intentaba pasar desapercibida, me ponía zapatos planos, corría alrededor de un escritorio cuando él estaba borracho y le parecía gracioso perseguirme, apretaba los dientes cuando me toqueteaba, y hasta una noche salí corriendo. Galopando como un patético conejillo. La gente vio que me marchaba llorando, derrotada. Pero nadie vio el problema. Solo veían lo pintoresco de la situación. El autor macho y la chica de prensa.

Oscar me telefoneaba en plena noche y a mí me daba miedo volver a dormirme. Llamaba a la puerta de mi habitación de hotel y a mí me daba miedo volver a dormirme. Antes de ir a trabajar vomitaba, pero saludaba con una sonrisa como si no hubiera pasado nada porque si me hubiera puesto a gritar iba a ser la histérica que no sabe controlar sus nervios, si me hubiera enfadado es que no era profesional, incapaz de hacer un esfuerzo. Era como en una pesadilla, cuando quieres gritar pero no te sale ningún sonido. Gritaba en silencio y aquello, al personal de nuestro alrededor, le divertía. Esperaban que al final cediera. Él intentaba ligar conmigo. Yo me hacía la dura. Cada cual hacía su papel.

Cuando ahora va diciendo que él no tenía la impresión de estar destruyéndome hasta tal punto, lo que en realidad quiere decir es que yo era la única a la que no le parecía un tío genial. El autor borracho y macho, hijo de un desempleado de las fábricas de acero del este, el niño prodigio que se comportaba exactamente como se esperaba de un puto currela de su calaña. El gran autor, el que vende muchos libros. Cuando las cosas se pusieron feas y empezó a quejarse demasiado, se dijeron podemos cambiar a la chica de prensa, no vamos a quedarnos sin el gran autor. Y por lo que yo sé, Oscar Jayack nunca se preocupó por saber qué había pasado conmigo. Ahora regreso para decírselo. Nunca volvieron a contratarme. En el mundo somos millones diciendo lo mismo y hay millones de jefes tomándoselo a broma. Repitiéndonos «no me consta». No cambian de chip. Citan a feministas muertas y enterradas para decir que antes era mejor. Porque hasta el feminismo les pertenece. La buena de Simone nunca se habría quejado por una simple mano en el culo, Simone no. Eran los buenos tiempos: las violadas se callaban, las feas pasaban desapercibidas, las lesbianas se escondían y las asalariadas embarazadas aquí te pillo aquí te mato eran despedidas para que se pudrieran en cualquier otra parte. Los buenos tiempos de la dominación bien comprendida por las dominadas.

La emancipación masculina no ha tenido lugar. Vuestra imaginación es sumisa. Os dicen «dominación» y ya solo se os levanta con la dominación. Os dicen que os pongáis al servicio de la guerra y respondéis las armas son más importantes que el aire que respiramos o el agua que bebemos, las armas son la sal de vida. Alguien ataca a los patrones y entráis en pánico, os matáis por defender a los patrones. Eso es lo que hacéis, mataros por defender el derecho del patrón a hacer lo que le dé la gana. Hemos entendido perfectamente lo que nos estáis diciendo, que es: sobre todo no os liberéis de vuestras cadenas, no vaya a ser que en un mal gesto rompáis las nuestras.

¿No será que eres un poco pardillo a la hora de escoger a quién se la vas a jugar? Los buenos sociópatas saben identificar instintivamente a la víctima correcta; en el terreno de los perversos narcisistas, tú serías el último de la fila. De todas las chavalitas que trabajan en el mundillo editorial, has ido a meterte con la única que ha dado un pelotazo en internet con su posicionamiento feminista.

No te quejes tanto, que no ha ido a la policía. Para las niñas de hoy, la comisaría es como una segunda residencia, a la mínima se plantan allí. Zoé Katana se expresa, no acaba de quedar claro qué le has podido hacer pero es evidente que no se lo ha tomado bien. Ha jugado limpio. Tú eres de izquierdas, eso he visto que ibas diciendo por ahí. El hecho de que las que nunca tenían la palabra hayan empezado a decir lo que piensan debería parecerte genial.

Y la mala publicidad no existe. Decirlo queda vintage, y que te den así en la cara es desagradable, lo sé por experiencia. Pero es verdad. Los personajes públicos somos como postes en una acera. La gente viene a colgarte lo que sea, o a mearte encima, o a apoyarse, a reflexionar o a vomitar. Hacen lo que quieren. Lo importante es que tu poste esté en una calle concurrida. Y a partir de un cierto nivel de ensañamiento, el giro es automático, entras en la categoría de gente simpática. El problema con internet es que la gente a la que le caes bien tiene menos necesidad de ir gritándolo a diestro y siniestro que los que quieren verte colgado.

Eso sí, para que quede claro, si me estás escribiendo estas cartas tan largas con la esperanza de que defienda tu causa públicamente, ni de coña. No pienso incitar a mi buen público feminista para que defienda a un cretino como tú. Eres escritor, no tienes más que escribir. Ya he visto aquí y allá que en las entrevistas te quejabas, pero no he visto que hayas publicado en ninguna parte tu versión de los hechos.

Hay que admitir que es bastante divertida, esta Zoé, no me extraña el éxito que tiene. Esta generación se angustia rápidamente. Y no se avergüenza de decirlo. Por qué no. La mía brilló por su capacidad de aguante. Nos decían «nada de feminismo, que corta el rollo», y nosotras respondíamos «no hay problema, papá, no molestaré a nadie con mis asuntillos». Y sin embargo he visto cómo las mujeres, a mi alrededor, iban petando una tras otra. Que lo hicieran en la dignidad del silencio no es ningún avance. En mi caso, el juego me venía de cara y jugué con entusiasmo. No tuve que esforzarme para amar a los hombres, y ellos me lo devolvieron. Pero hoy tengo casi cincuenta años. Y mi problema no es que ya no me quieran tanto como antes. Es que ya no les encuentro aquel atractivo. Y es que con los hombres no hay manera. Hay que ocuparse de vosotros todo el tiempo, tranquilizaros, entenderos, asistiros, cuidaros. Es demasiado curro. Tienen razón, las jovencitas, vuestras masculinidades son frágiles.

Bueno, aparte de eso, me tienes un pelín cansada con el rollo de tu monólogo para el teatro y tus dificultades de escritor que no escribe. Cuando yo tenía diez años menos, cualquiera se atrevía a contactarme para ofrecerme cualquier cosa. Y los tipos como tú no tenían problemas de bloqueo. Deja de hacerme el inventario de las dificultades que, según tú, justificarían que ya casi no me ofrezcan trabajo. Si te quedas más tranquilo, podríamos decir que estoy más sosegada, tengo tiempo para descansar. Hasta una lengua muerta podría aprender, de tanto tiempo como tengo. Yo soy actriz. Vivo de la atención de los demás. Estoy dispuesta a tomármelo con filosofía y asumir que son las reglas del juego. Pero no vengas llorando que si no escribes para mí es porque tienes problemas de concentración. Tal vez con cincuenta años soy vieja para hacer de primera actriz, pero para desaparecer aún soy joven. Que lamentarse no tiene sentido ya lo he aceptado, observarás que en público no lo hago nunca. Ok, ese es el juego. Ha durado lo que tenía que durar y no me quejo, al menos le he sacado partido a la cosa. Pero no me tomes por imbécil. Si no has escrito para mí es porque sabes que cualquier director de teatro —privado o público, eso no cambia nada— te aconsejará que trabajes con una actriz que quepa en una 34 y que no sepa qué aspecto tiene un magnetoscopio. A nadie le importa averiguar si puedo o no puedo llenar una sala con mi nombre. A nadie le importa averiguar si el público está cansado de verme. Quien decide que para las mujeres de mi edad no se escribe nada no es el público. Ahí la ley es otra.

Tus quejas desconsoladas me dan risa, «ya no puede uno decir nada, te cancelan porque sí, qué maldición para una civilización y una cultura como la nuestra». ¿Quieres saber lo que significa que te anulen? Habla con una actriz de mi edad. Y yo aún, yo he tenido suerte, mi declive está siendo suave. Para la mayoría de nosotras, este purgatorio empieza en la treintena. Y no conozco a ningún actor solidario. No es que se alegren de que a nosotras todo nos resulte tan difícil. Cuando te los encuentras en un restaurante, no se alegran de verte en el banquillo mientras resulta que ellos nunca han trabajado tanto. Pero ni se les ocurriría decir oye mira en esta película me tiro a una chavalita de veinte años y yo tengo cincuenta, mejor contrata a una de mi edad, eso evitará que estén todas en el paro. Saben perfectamente que los productores los considerarían unos losers. Yo a mi agente ya le he preguntado ¿por qué nunca me dan papeles escritos para hombres? Es evidente que, en un papel viril, soy más creíble que la mitad de los actores del cine francés... y le hizo gracia. Pero yo no estaba bromeando. A mí los matones siempre me han gustado mucho, me he manejado con ellos toda la vida, sé de lo que hablo. Y a mí puedes despeinarme, a la edad que tengo no me asusta, mientras que esos nenazas de actores… pero ya nadie me pide nada. Ni a mí ni a las demás. Cuando estaba en la cresta de la ola sabía que era todo gracias a mi belleza. Sabía que cuando tuviera cincuenta años, dejarían de insistir con las escenas de desnudo, esas escenas en que el personaje telefonea desnuda en su cama, o toma un baño, o charla en una sauna. Estaba impaciente por leer un guion sin tener que discutir con el director «pero ¿cómo es esto de que se desviste antes de regar el ficus benjamín?». Aún no sabía hasta qué punto se la suda al personal el hecho de que me haya pasado la vida entre platós de rodaje y escenarios de teatro, que haya reflexionado sobre lo que hago, que haya construido una relación con el público. En algún momento imaginé que las cosas evolucionarían al mismo tiempo que yo. No ha sido así. Esa es una de las razones por las que, cuando leo a Zoé Katana, una parte de mí se pregunta qué mosca le habrá picado, pero otra sabe que tiene razón. Las cosas no cambian a menos que las obligues a cambiar.

La gente de tu generación tiene tendencia a mostrar mensajes privados en sus redes sociales y no sé hasta dónde te llegan las luces, así que te lo voy a escribir con todas las letras: si publicas lo que te escribo donde quiera que sea te arrancaré los ojos. Echa un vistazo a la prensa rosa y verás que sigo teniendo buena relación con la mayoría de mis ex, y que me gusta la masculinidad tóxica. Así que cuando digo «te arrancaré los ojos», no es una figura retórica: siempre sabré encontrar entre mi guardia personal a un boxeador, un Hell Angel o un mercenario que dé con tu dirección y te saque los ojos, con una cucharita, cuando menos lo esperes.

No te escribo con la esperanza de que me apoyes públicamente. Postear un selfi de nosotros dos comiéndonos un gofre en la feria no bastaría para que se pusieran a dorarme la píldora. A ti te salpicaría, está claro. Pero sin limpiar mi nombre. Ahora mismo concito el odio de la mitad de la población de este país. Es injusto, no se lo deseo a nadie. Hace mucho tiempo una chica de prensa me hizo tilín. Ahora pones mi nombre en Google y parece que me dedico a violar a niños en la guardería. Te escribo porque me siento solo a muerte y lo he perdido todo y no sé a qué aferrarme. Te escribo porque no he probado una gota de alcohol ni me he metido una raya de coca ni me he comido una pirula de éxtasis ni me he fumado un peta ni me he tomado una pastilla para dormir en las últimas dos semanas y me siento frágil como un chiquillo. Te escribo porque hablar del pasado me resulta más agradable que apechugar con la mierda cotidiana.

El día que te vi, de lejos, en una terraza de la calle de Bretagne, yo salía de una reunión de Narcóticos Anónimos. Decirlo me avergüenza, así que me obligo a hacerlo. Yo, a la gente que no se droga siempre la desprecié. Los hombres de verdad beben whisky, fuman porros, se amorran al jarabe de codeína y esnifan rayas de coca de un palmo. Comen grasa, hacen pesas y se limpian el culo con lo políticamente correcto. Los hombres de verdad no se sienten destrozados porque una petarda se queje diez años después de que le hayan puesto la mano en el culito. En eso de ser un hombre de verdad, yo pierdo en casi todas las divisiones. Soy enclenque, me alimento como un pajarillo, soy casi hipocondríaco y cuando alguien se mete conmigo en Twitter pierdo el sueño. La única actividad de tío en la que era bastante bueno eran las drogas. Eso era lo que me diferenciaba de un cateto intelectual de mierda. Mi identidad de politoxicómano era para mí mucho más de lo que yo pensaba. En cierto modo, era lo único que tenía.

Pero por instinto, sé que debería controlar. Yo mismo no me lo explico. Cada vez que repaso lo que sucedió, y lo hago una y otra vez, llego indefectiblemente a la misma escena final. El momento en que vuelvo a casa y sé que mi única oportunidad de salir de esto, es dejar de drogarme.

Del tema ese del MeToo, a mí me avisaron unas semanas antes de que explotara. Me encontré con una editora, Katelle, que acompañaba a un novelista a la Casa de la Radio. Nos cruzamos en la entrada, cuanto toca vaciarse los bolsillos de cosas metálicas. Cuando los vi juntos, me pregunté si se lo estaría tirando. Para ser escritor, el tío está bastante bueno. Un bretón, con la mirada azul y un aire como de marinero. Si no hay nada entre ellos, me dije, ¿por qué iba a acompañarlo ella a France Culture?

Estábamos esperando al ascensor cuando me dijo de vernos en el bar Les Ondes, enfrente. Por mi parte, yo iba a leer unos pasajes de Calaferte para un programa. Cuando hace falta un autor proletario siempre piensan en mí. Es decir, casi nunca. No tenía nada que hacer, así que dije por supuesto, allí te espero, imaginando que había algún problema. Katelle y yo nos conocemos un poco, nos hemos encontrado varias veces en ferias del libro de provincias y siempre formamos parte del mismo equipo de profesionales de la farra. El alcohol es lo que tiene, muy cenizo tiene que ser alguien para que, una vez borracho, no resulte simpático. Así que nos llevamos bien, aunque no tanto como para llamarnos para ir a tomar un café. Su invitación era intrigante. Que aquello escondiera algún tipo de intención sexual me parecía poco probable, no jugamos en la misma liga. Todos los affaires que se le conocen son con tipos de primera línea, ministros, periodistas importantes de la tele... Solo para contemplar la idea de tirármela me haría falta como mínimo un premio Goncourt. Dicho lo cual, tener algo sexual con ella me habría excitado. En Lyon, en el festival Quais du Polar, me había dado cuenta de que bajo su ropa amplia y sabiamente elegida disimula unos pechos extraordinarios. Más aún por el mero hecho de ocultarlo, ya que a fin de cuentas es un fenómeno bastante raro: un pibonazo como ella que hace todo lo posible para que no se vea. Pero la esperé sin hacerme ilusiones, pensando que igual quería que le escribiera un prólogo para un tío a punto de publicar un libro sobre su experiencia en una fábrica.

El bar Les Ondes lo conozco bien. Es donde esperas cuando llegas temprano. O donde acabas cuando el programa no ha ido bien y necesitas recuperar fuerzas antes de subir al taxi. Katelle llegó, estaba callada, mirando los coches y los ciclistas a través de la ventana hasta que –como quien deja caer una bolsa un poco pesada para devolvérsela a su dueño– me dijo:

–No sabía si decírtelo, pero me caes bien y el rumor ha empezado a correr, aunque quizá ya lo sepas…

Por la cara que puse se dio cuenta de que no sabía de qué se trataba. Continuó: «¿Recuerdas a Zoé, tu primera encargada de prensa?», y yo, al no ver nada delicado en el tema, respondí sin vacilar: «Por supuesto. La adoraba. Hizo un trabajo increíble con el libro». Advertí que Katelle estaba preocupada. «Ya no trabaja en la edición. Pero ha abierto un blog, que tiene muchos seguidores. Es una feminista influyente en las redes sociales». Pues muy bien, pensé yo, y eso a mí ¿qué? Debería haber disfrutado de ese momento porque era la última vez que iba a oír la palabra «feminista» sin ponerme a temblar.

«Todavía no ha publicado nada. Pero está preparando algo. Ya sabes, la ola MeToo… cierto que en el mundillo de la edición vamos con un poco de retraso, con eso». Yo la escuchaba tranquilo, convencido todavía de que lo que me iba a decir afectaría a otra persona. Alguien que habría hecho alguna estupidez. Porque es que en nuestro ambiente hay casos vergonzosos, ya lo creo. Vi que Katelle esperaba que dijera algo. Tuve que balbucear una banalidad del tipo «es importante que la palabra circule», y entonces se dio cuenta de que no entendía a dónde quería llegar. «Oscar, va a escribir sobre vuestra historia». Yo me reí. Si alguno de nosotros tenía motivos de queja, lo siento pero era yo. No tenía ganas de humillarme recordando una historia tan triste, pero estuve locamente enamorado de ella. Y para mal, porque fui rechazado sin derecho a réplica. Es la historia de mi vida, en todas partes veo almas gemelas, y ellas me miran como a un insecto asqueroso que ha caído por error en su taza de té. Katelle tuvo que explicarme. Lo que Zoé iba a llamar agresión es que estuve intentando ligar con ella de forma un tanto… persistente. El tiempo que dura la promoción de un libro, es decir, máximo tres meses. Nunca intenté obligarla a nada. Soy bastante tranquilo, como chico, y sobre todo estoy acostumbrado a que me rechacen. No me masturbo bajo la mesa, no me pavoneo desnudo por los hoteles de provincias, y pegar a una chica contra la pared, si no me lo pide explícitamente, no me apetece nada. En el culmen de mi ardor, puede que al darle el beso de despedida alguna vez haya buscado sus labios. Me parecía maravillosa, me encantaba pasar tiempo con ella. ¿Estaba enamorado de una chica que no quería nada conmigo? Completamente. ¿La acosé, la humillé o la herí? Para nada. Pero esa tarde descubrí que Zoé llevaba meses quejándose de que yo había arruinado «su carrera».

Katelle le hizo al camarero un gesto circular con el dedo sobre nuestros dos vasos. Estaba molesta. Mi reacción no era la que ella esperaba. Estaba negando los hechos. Me dijo «el problema, Oscar, es que hay mucha gente que recuerda lo que pasó. Ella lloraba mucho, se lo contó a periodistas, a otras responsables de prensa, a gente del mundillo… Y como la cosa no podía seguir así, la que tuvo que dejar la editorial fue ella. A ti, con el éxito que estaba teniendo la novela, tu editor no iba a despedirte. Ella llevando la prensa era buena, y no pudo encontrar trabajo en otra editorial. Y habló con mucha gente. Cuando publique su texto contra ti, su versión de los hechos se verá corroborada». Yo le dije «de cómo salió ella no me acuerdo muy bien. Pero nunca la vi llorando». Katelle endureció el tono. «Tú bebías como un cosaco para celebrar tu victoria. Y no era solo el alcohol... Claro que no te acuerdas de nada. Pero ella sí hablaba. Una noche la acorralaste en su oficina y la amenazaste con suicidarte si las cosas no iban como tú querías. Salió corriendo. Se escapó, Oscar, mientras tú gritabas insensateces. Toda la editorial es testigo». Yo nunca hice eso. Al menos no lo recuerdo. El problema es que esa historia me vuelve con tanta vergüenza que muchas cosas no llegan a la conciencia. Y no es que me avergüence por haber querido forzarla a esto o aquello. Me avergüenzo porque le dije que estaba locamente enamorado y ella no quiso saber nada de mí. Y porque es un guion que me resulta demasiado familiar. Yo no soy ningún donjuán. Katelle no podía parar, pidió una tercera ronda. «De historias así tienes un montón. Conmigo, por ejemplo. A mí no me importa, pero cuántas veces me has expuesto públicamente, hablando de mis tetas extraordinarias. Esas cosas ya no se hacen». Me cansé de escuchar a aquella estúpida. En el fondo disfrutaba de lo que me estaba pasando. Esa cosa de MeToo era la venganza de las zorras. El pretexto para que no pudiéramos hacer oídos sordos a lo que tenían que decir, que no eran más que gilipolleces. Le hice una señal al camarero para que trajera la cuenta. Ella me pareció que se ofendía por haberle cortado el rollo. Le di las gracias y me subí a un taxi. El chófer era un anciano y su coche olía a sebo. Estaba escuchando samba. Yo miraba el Sena por la ventana esperando la Torre Eiffel, porque verla de cerca siempre me ha gustado, sobre todo de noche. Intentaba convencerme de que aquella historia era una farsa. ¿A quién le importaba la carrera de la pequeña Zoé? Sus padres le habían pagado una escuela privada en Lille, si acaso los que podían sentirse decepcionados eran ellos. No estaba hecha para ese trabajo, eso es todo. Supongo que si montó todo eso fue un poco por ellos, para excusarse. La verdad, eso lo iba a ver todo el mundo, es que quería aprovechar la ola del Me-Too para hacer un poco de publicidad de su blog. Al volver a casa, a Joëlle, mi novia, no le dije nada. Me lie un enorme dos-papeles que, después de tres whiskies, me dio náuseas. Ya empezaba a relajarme y a pensar en otras cosas cuando tuve la buena idea de buscar el nombre de Zoé en Instagram, solo para echar un vistazo. 101 K de seguidores. Una sensación asquerosa se abrió paso en mi pecho. Una sensación que conozco bien. Miedo, miedo puro.

Al día siguiente casi había conseguido deshacerme de ese siniestro presentimiento cuando, en los pasillos del Franprix de mi barrio, me encontré a Françoise dudando si comprar un paquete de ensalada al vacío. Al verme llegar me explicó «siempre compro ensalada pero después no me la como. Es que me gusta tener algo verde en la nevera. Pero al precio que está...». Yo le sugerí que cortara por lo sano y eligiera una ensalada más sencilla, menos cara, pero ella no quiso ni oír hablar de la idea, «las otras son asquerosas. Esta, con piñones y parmesano, a veces hasta me la como...».

Françoise tiene voz de fumadora y la indignación descarada del sindicalismo a la antigua. Feminista desde hace mucho, está hecha de una pasta muy distinta a las niñatas de ahora, no es de las que se ofenden por una bromita picante. Al contrario, con ella cualquier ocasión es buena para hacer reír al personal. Sueles encontrarla en la barra del bar de enfrente de mi casa, que cierra tarde y por donde paso a menudo a tomarme la última. Su padre era maestro, se sabe de memoria páginas enteras de Victor Hugo que declama con gusto cuando lleva dos gramos en sangre. Tiene la edad de mi madre y me llama «el autor» y «niño guapo», trata de ligar conmigo de forma insistente y sin ilusión, porque aunque a menudo se emborracha, conserva la lucidez suficiente sobre sus posibilidades de éxito. Para mí es la encarnación del feminismo digno, el de antes de esta farsa.

En la sección de ensaladas hacía un poco de frío y yo me alegraba de verla:

—¿Tienes tiempo para una copa? Se me viene encima algo terrible y me gustaría conocer tu opinión.

—Afirmativo. ¿Quieres subir a mi casa? Necesito ayuda para cambiar el colchón, con mi ciática no puedo hacerlo sola.

Acepté, pasamos juntos por caja. Ya me sentía revitalizado. Podía verla dándome palmaditas en la espalda cerveza en mano, y tratando de idiota mononeuronal a esa chica que era capaz de confundirme con un depredador.

De camino, y hasta que llegamos a aquel estrecho ascensor, le conté con detalle lo que me habían dicho el día anterior, lo cual, de paso, me permitió ordenar mis pensamientos. En su casa, unos muebles enormes y sombríos abarrotaban la pequeña sala de estar, con unas cortinas de visillo viejas y amarillentas por la nicotina. Al lado del televisor, un gato chino de la suerte se codeaba con una estatua de bronce de Karl Marx. En la pared de su habitación, un cartel de una exposición Basquiat se daba de hostias con el vetusto mobiliario, a lo largo de las paredes había colocado libros en pilas. No sabía que leía tanto. Dejó que me apañase con el cambio de colchones, fue laborioso, no soy bueno en esos manejos. Ella me miraba, apenada de verme padecer tanto con una tarea tan simple. Luego sacó su tableta y sus gafas graduadas y me pidió que bajara el viejo colchón a la acera mientras ella se informaba un poco sobre Zoé. Yo sudé en el ascensor arrastrando el bulto hasta la calle; me pareció poco delicado dejar allí un trasto tan voluminoso, como si la acera fuera un basurero.

Cuando volví a subir, ella consultaba su iPad con destreza, concentrada y seria. Me hizo una señal para que me sentara. Yo le pregunté si tenía cervezas en la nevera, ella dijo que no, que tenía café. A mí no me apetecía bajar a comprar. Esperé. Empezaba a arrepentirme de haber subido. Me di cuenta de que casi nunca nos habíamos visto a la luz del día. Finalmente emitió su diagnóstico, acariciándose la barbilla con los dedos índice y corazón, transformada por unos aires de experta que no le conocía:

—Te hago un resumen: estás enamorado, eres un buen tipo, tu conducta es irreprochable, eres verdaderamente un tipo formidable y va y llega una loca inventándose historias para hacerte daño. Primer problema: esa es la cantinela de todos los acosadores violadores predadores de tu entorno. En vuestro bando solo hay gente inocente. Lo que significa que, por una parte, tenemos a los miles de víctimas, y por otra, a unos chavalotes sensacionales que no entienden lo que les está pasando. Segundo problema, y este es el más importante: la única cagada de Zoé Katana es que tiene un blog cuando hasta yo sé que está pasado de moda. Aparte de eso, esta chica no tiene nada de loca. Es joven, y los jóvenes son idiotas. Eso es verdad. Pero visto el nivel general, es una lumbrera. No pongas esa cara, Oscar, no me digas que vas a irte porque no te acaricio como a un cachorrito… Hace años que te veo por el bar. Eres la personificación del tipo pesado y majote. A mí eso me da risa. Pero en mis tiempos, para las mujeres, reírse de una misma era un deber sagrado. Eso se acabó. Así que lo mejor sería que tomases la iniciativa y le escribieras para disculparte simple y llanamente, y le preguntases si hay algo que puedas hacer para remediar lo que hiciste.

—¿Disculparme? ¿De qué?

—Eso te toca cavilarlo a ti... Por ejemplo, de haberte aprovechado de tu impunidad de autor de moda para torturar a una empleada. Porque si lo piensas un par de veces, la gente debería poder levantarse por la mañana para ir al trabajo sin preocuparse de que Oscar Jayack pierda la chaveta al verle las tetas.

—Yo no te he dicho que...

—No, pero sí me has dicho que te colocabas mucho y que tu memoria de esa época es un poco borrosa.

—Françoise, creía que eras una guerrera, una mujer verdaderamente politizada, no una moralista como tantas hay en estos tiempos.

—Lo siento, tesoro, me he pasado toda la vida cobrando el salario mínimo, teniendo que escuchar que bastante suerte tenía de estar currando. Sé perfectamente lo que es ser un fusible anónimo al que echan a la calle al primer problema. Cuando me cuentas tu historia, con quien empatizo es con ella. Tú eres un alto ejecutivo del entretenimiento. Y con los altos ejecutivos tengo la experiencia necesaria como para conocer vuestros métodos.

—Me alucina que te lo tomes así.

—Alucina todo lo que quieras, pero la musiquilla de tu historia la reconozco a la primera, la he escuchado mil veces, es la misma historia que cuentan todos los borrachos: cómo su buena mujer un día se volvió loca y empezó a decir que le pegaban. Solo que cuando te encuentras con la mujer en cuestión, con la cara llena de moretones, te preguntas por qué ella misma se haría algo así. Te he escuchado y te lo digo claramente: lo que dices no se tiene en pie.

—De hecho, no tienes opción, pobre Françoise, te alineas con la manada porque te aterrorizan. Siempre te he visto temeraria y bravucona, pero en ayunas eres como los demás. Una oveja temerosa.

Me levanté asqueado. Ella me dio las gracias por el colchón y, mientras me acompañaba a la puerta, en sus ojos vi piedad, me hubiese gustado darle una hostia. Me arrepentía de haberme equivocado y haber ido a meterme en la boca del lobo. Debería habérmelo imaginado, ya no soy ningún niño: a los amigos del bar hay que verlos a las horas adecuadas y en el estado adecuado. Ya en el umbral de la puerta, mirándome muy fijamente, me dijo:

–Deja de beber. Déjalo todo.

–Está bien, vieja, solo porque lleves sobria dos días no hay que ir tocándole las pelotas al personal.

–Ahora te viene un marrón. Si te las ingenias para salir de todos esos rollos de drogata, igual tienes una oportunidad de capear el temporal sin perder demasiado por el camino. Pero si sigues así lo tienes más claro que el agua: pringarás como un grandísimo idiota, lamentándote de tu suerte y volviéndote más y más patético.

Me metí en el ascensor sin despedirme. En mis adentros la llamaba vieja chocha y asquerosa. Menudo descaro, soltarme a mí esos sermones, me daban ganas de matar a alguien. Me fui a casa, descorché una botella de champán que tenía en la nevera, me puse *The Big Picture* de Big L a todo trapo y, dos horas después, estaba en el bar con unos colegas a punto de empalmar dos días de farra seguidos. Eso me hizo reflexionar.

Unos días después recibía un primer mensaje de apoyo de un autor de segunda fila. Enseguida me di cuenta de que aquello se ponía en marcha. Las declaraciones de Katana no las he leído. Nunca las he leído pero de tanto oír hablar de ellas tengo la impresión de sabérmelas de memoria. Luego me llegaron más mensajes. Cada muestra de apoyo era como una puñalada. Nada te embrutece tanto como la compasión de la gente que te admiraba. De primeras pensé: es igual, me la suda. Creía que sabría encajar el golpe. No encendí el ordenador, leí un libro. No me metí en el móvil, di una vuelta. Me hacía ilusiones, pensaba seguro que pasa algo y me saca del trending topic.

En la revista *Marianne* publicaron un artículo burlándose de la fragilidad de la niñita. Y se volvió viral. Es la locura de internet, le das un like a lo que sea sobre quien sea y lo llamas «compartir». Tiramos una piedra entre la marabunta durante la ceremonia de lapidación y lo llamamos «compartir». Sentí que la realidad así llamada virtual empezaba a infiltrarse en casa, como agua colándose por debajo de la puerta hasta hacerte chapotear.

Me sentí solo.

Yo conozco a mucha gente, pero amigos no tengo ninguno. Mi colega siempre ha sido el alcohol, o la hierba, o un Lexomil. Como dicen en NA, mi colega es un producto. Hay unos que me gustan más que otros, depende un poco de la temporada, pero cualquier producto es mi colega.

Ser escritor es tener cero poder. Por eso hay tantísimos que se pasan más tiempo tejiéndose una red de contactos o consiguiendo un curro de tertuliano en la tele o en la radio que escribiendo. Hay que ser idiota para dedicarse exclusivamente a escribir, como hago yo.

Borrarme del mapa es tan fácil como aplastar una cucaracha en la pared de la cocina. Ahora mismo encarno al tan traído y llevado hombre blanco. Todas esas universitarias, esas hijas de abogados y productores han dejado a un lado sus manicuras para joderme la vida en internet. Con Zoé han encontrado la excusa perfecta para olvidar todos sus privilegios. Eso me revienta. Así como me avergüenza darme cuenta de lo orgulloso que me sentía por haber llegado donde estoy. Tú y yo venimos del mismo barrio, sabes tan bien como yo que no estábamos destinados a destacar en la literatura.

Y Françoise me llamó. Me levantó el ánimo, su voz rasgada me reconfortó «de entrada crees que no vas a levantar cabeza, pero todo pasa. Igual lo bueno que lo malo. Esto también pasará. Piensa en tu próximo libro». Y al colgar me sentía mejor que antes de su llamada. Fue cuando recordé el consejo que me dio en el umbral de la puerta, «deja de beber». Yo estaba de bajón de coca y colocado de angustia. Tuve esa extraña corazonada, pensé que lo decía por mi bien, y la llamé. Tres horas después, me llevaba a mi primera reunión de NA. Y ese se ha convertido en el único lugar donde a nadie le importa lo que me pasa. Basta con decir «quiero dejar de consumir» y me tratan como a uno de los suyos. Llevo varias semanas sintiéndome un paria, esos descansos se han vuelto algo precioso para mí. He dejado el alcohol. Luego el costo. Luego la cocaína. Evito los sitios donde se meten coca. No salgo mucho. Pero una especie de pensamiento mágico me hace confiar en que, si aguanto, quizá todo pase. Y Françoise tiene razón. No puedo permitirme soltar cualquier gilipollez en medio de una borrachera. Ahora no.

REBECCA

Lo primero que me he dicho al leer tu mail esta mañana es que tu querida Françoise haría mejor en ocuparse de sus asuntos y guardarse sus consejitos. Pero ahora que lo vuelvo a pensar, tampoco está tan desencaminada. La relación entre la majadería de los hombres y su consumo de alcohol no está lo suficientemente estudiada. Siempre podrás argumentar que has hecho un esfuerzo, y que si vas por ahí acosando a las chicas es por culpa de la droga. Estratégicamente, resulta rebuscado, pero puedes jugar la carta. Bravo por Françoise.

De todos modos, siempre he pensado que la gente que no aguanta las drogas debería abstenerse. Y el mundo está lleno de personas así, se ve a la legua que no es lo suyo. Mi caso es diferente. Me manejo tan bien que dejar de hacerlo sería una lástima.

El primer tipo que me dio un pico era un chaval, como yo. Teníamos diecisiete años. Nunca volví a verlo. Yo sabía lo que hacía, estábamos avisados de que si probábamos la heroína nos podía caer perpetua. Supe enseguida que me iba a cambiar la vida, que eso era lo que yo necesitaba. Estuve veinte años tomándola. Supongo que estarás al tanto, era famosa por eso. He perdido la cuenta de los amigos y los maridos y los amantes y los agentes y los directores que se empeñaron en que lo dejara. En los ochenta, los tipos que se freían las neuronas a diario con cocaína y vodka, si se enteraban de que estabas metida en el jaco se permitían el lujo de juzgarte severamente. Había una jerarquía, en eso de las drogas. Alcohol y cocaína, todo bien; heroína, había que dejarlo a la voz de ya. Era absurdo. Al menos hoy en día todo el mundo es higienista, ni siquiera soportan la carne roja o los cigarrillos. Y así nos va: todos unos muermos.

De modo que me arrastraron a una de esas famosas reuniones de Narcóticos Anónimos. No tengo un mal recuerdo, pero como su nombre indica, aquello no estaba hecho para mí. Yo soy todo menos anónima. Eso fue hace veinte años. Todos estábamos allí por la heroína. Éramos unos crápulas. Al final de la sesión, ocho de cada diez adictos se me echaban encima proponiéndome un plan drogata. Fue gracioso, pero nunca volví. De todos modos, con el placer que me proporcionan, no veo por qué iba a dejar las drogas.

Por lo que sé, en todo este tiempo el ambiente ha cambiado, lo tienen más estudiado. Hasta conozco gente que en NA ha salido del crack. Eso me dejó impresionada. La heroína es al crack lo que la literatura al Twitter, otra historia. Lo digo por todo lo que se dice. En el fondo, los auténticos drogadictos lo hacen porque no quieren parecerse a nada. Tanto con el caballo como con el crack, lo que buscas es tener presente que no eres más que una mierda. Y cuando te conviertes en una mierda, le estás gritando al mundo entero: ¿os creéis mejores?, ¡pues no! Cuando te desmoronas, cuando te quemas, les estás escupiendo a la cara todo tu desprecio. Por sus patéticos esfuerzos para mantenerse en pie. Antes muerta que hacer yoga.

Al final lo dejé. Un día me harté. Me enamoré de un chico al que no le gustaba y en vez de mentirle, en vez de hacer lo de siempre y poner la heroína por encima de todo, me desenganché. No era la primera vez, pero en esa ocasión ya no volví. En las fotos se ve. Durante años fui ese cuerpo longilíneo, esa actitud desenvuelta, imperial, indiferente. Cada vez tenía el rostro más afilado, la mirada más vacía, la tez más lívida. Ya no me quedaba bien. Además, estaba harta de todo el circo que había que montar, cada vez que cruzaba una frontera, para estar segura de que en el hotel me esperaba un camello. Fui pasando por otras cosas, llegando a otros sitios. Dejé una droga que había amado locamente y la reemplacé por una serie de colocones que no molan ni la mitad. Se convirtió en un TOC. No sabría decirte por qué lo hago. Pero no pienso dejarlo. Siempre he sabido que había nacido para las drogas.

En internet he visto que todo eso formaba parte de tu personaje: priva, rayas, pastis, porros... a lo Bukowski, a lo Hemingway. Tienes razón, es lo único un poco viril que te queda... Eso de ser escritor cuesta de conciliar con una masculinidad mínimamente decente, es algo tan parecido al macramé, eso que hacéis. Si la próxima vez que abres el tenderete dices que ahora estás sobrio vas a decepcionar a mucha gente. A la peña le mola que nos destruyamos, es un espectáculo interesante. Hay una leyenda según la cual los artistas que dejan de drogarse pierden su talento. Yo no lo creo. Tengo demasiados amigos que nunca han dejado de drogarse y que se han vuelto una nulidad. El tema es que hacerse viejo es volverse un brasas. Si la droga cambiara algo, se sabría. La mayoría de los artistas tienen tres cosas que decir, una vez dichas, deberían dedicarse a otra cosa.

Ver envejecer a tus amigos es lo más perturbador que conozco. Cuando menos te lo esperas llega esa reflexión, ese gesto, esa figura reconocida de lejos, esa forma de caminar. Tus colegas se han convertido en unos viejos. En lo que a ti respecta, siempre puedes aprender a evitar los espejos. Pero la decrepitud de tu gente es la prueba irrefutable de que tu mundo se desmorona. Esos amigos que te deslumbraban por su encanto, su inteligencia, su humor, su curiosidad. A mí los trapitos no me llaman, el dinero me va para gastarlo rápido, no me gusta invitar a gente a casa, por eso mis casas no las amueblo, ni guardo los libros. Si algo soy, soy las personas que tengo cerca. Si mi vida ha tenido algo de extraordinario, es que siempre me he rodeado de personas a las que admiraba sin reservas. Mi éxito era eso. Más que mi carrera en el cine. Lo que siempre me ha validado, lo que en mi caso hacía las veces de jet privado, de mansión, la prueba de mi vida asombrosa fueron siempre mis colegas bien cerquita. Sí, allí por donde yo pasaba había botellas vacías y jeringuillas y botellas de plástico agujereadas. No éramos hermanitas de la caridad. Hasta que todo se vino abajo. El rollo este de la edad no es justo. Hay quien cae a los cincuenta. Los rasgos de carácter que adorabas se han vuelto caricatura, la insolencia ha mutado en resentimiento, el humor huele a pis de incontinente, el encanto se ha podrido. Al final es un poco como la adolescencia, pero en sórdido. Pocos son los que conservan la misma voz, la misma agilidad de razonamiento. A los viejos amigos con los que sigues estando bien los cuidas como oro en paño. Ahí se perfila una nueva élite. Aquellos a quienes la edad hace más sabios, o más interesantes, o más tiernos. A esos los guardas contigo como si fueran supervivientes de un terrible naufragio.

De drogadicto viejo no conozco a ninguno elegante. En mi entorno no hay ningún Keith Richards. Todos a quienes sigo amando han echado el ancla. Excepto yo.

Así que, con la edad que tienes, no es una mala idea que dejes de drogarte. Vosotros los escritores sois célebres por vuestra precocidad a la hora de haceros viejos. No sé qué os pasa a la gente de la literatura, pero sois todos infollables. Los tíos pierden el pelo antes de los treinta, les salen pelos en los dedos, se visten mal aposta. Es como si le hubieseis declarado la guerra a la libido femenina.

La droga es un deporte extremo. Hay que tener ganas de dinamitar todas tus identidades. De género, de clase, de religión, de raza. Y tú, por el contrario, lo único que deseas es conservar el poquitín de respeto que habías conseguido acumular.

Tengo la impresión de que estás un poco crecido por la enorme importancia de tu misión como escritor. De lo contrario, escribir no te costaría tanto. Si tan importantes son tus libros: deja de quejarte. No me suena a mí que los camus, los genet, los zola o los pasolini hayan sido unos gandules. Lo que a Victor Hugo le bastaba debería bastarte a ti. Me sorprendería enterarme de que al publicar *Notre-Dame de Paris* se reunieran todos en los salones de la época para felicitarlo. Le dieron hasta decir basta, y él no se pasó la vida quejándose. Si lo que hubiera querido fuese estar tranquilo, habría escrito desde mi carruaje a la marquesa de la esquina para decirle lo agradable que fue su recepción. Quieres ir por ahí de autor insomne y juerguista pero no quieres que te escupan. Tómate lo que viene con filosofía y cómprate un par de cojones.

OSCAR

Esta mañana, mirando el teléfono, en las noticias de Yahoo aparecía mi careto con «MeToo literatura, el fin de la omertá» escrito en grande, y aunque no quería leer el artículo igual le he echado una ojeada, y luego a algunos comentarios que aparecían debajo. Obviamente me caían por todas partes. Es pensar que empiezo a salir de esta pesadilla y todo vuelve a empezar. Últimamente estaba durmiendo un poco mejor. Desde que empezó todo esto, a la mínima que me adormezco siento una ansiedad repentina que me despierta. Ser la diana de un país entero no es fácil de encajar. Pero entiendo lo que dices de mi escasa capacidad para encajar los golpes. En el fondo, siempre coincido con cualquiera que diga que soy una mierda. Solo lo estoy hablando contigo. Delante de la gente que me rodea hago como que no me importa. Cuando tomo la palabra en las reuniones de NA tampoco digo nada. Mi debilidad me da demasiada vergüenza. O más bien, me avergüenza darme cuenta de hasta qué punto estaba orgulloso de haber llegado donde llegué. Para mí, alegrarte de tener éxito es lo más despreciable que hay. Quién me habré creído que soy. Qué me esperaba.

Me siento como si me hubiera pasado una década al volante de un Maserati sin valorar el placer que comporta conducir algo así, y de repente tuviera un accidente. Ahora resulta que llego a la ciudad en mi cuatro latas hecho polvo, echando humo por el radiador y con los neumáticos pinchados, y parezco un vagabundo. Noto que las personas que me quieren están molestas conmigo. Entre nosotros es un tema casi tabú. Siento haberlos decepcionado. Es como si saliera a la luz mi auténtico yo. Lo que de verdad era injusto es cuando me felicitaban.

Tu lista de grandes escritores que la cagaron me ha hecho reír. No sabía que leías tanto. Estoy dispuesto a discutir los casos de Genet y Camus, pero los demás… no me identifico para nada con los escritores que mencionas. Háblame si quieres de Calaferte, de Bukowski, háblame incluso de Violette Leduc o de Marguerite Duras, pero no me vengas con autores a quienes ya de pequeños les decían que iban a ser importantes. Tú y yo venimos de los mismos barrios, no me digas que no sabes lo vulnerable que me siento.

REBECCA

Tener miedo de perder tu respetabilidad es burgués. En el sentido peyorativo del término. Pretender que eres un artista y esperar que te quieran no tiene sentido. Yo soy actriz. Si la gente no me quiere, desaparezco. Eso no quita que siempre haya puesto por delante mi sinceridad al amor de la mayoría. No soy un refresco que vayas a venderles a todos los niños. No me presento a las elecciones presidenciales, no tengo que ganar por la vía de seducir a la mayoría de los ciudadanos. Lo que yo vendo es mi valor para ser sincera. Ser yo misma, te guste o no. Cada vez que me elegían a mí en lugar de a otra para un gran papel no era nunca por mi silueta, ni por mi dicción. Era porque tengo el valor de no parecerme a cualquiera. Me arriesgo a no gustar, es parte del trabajo. Si tienes miedo a ser quien eres no puedes dejar huella. Lo que ahora te sume en la impotencia no es la situación. Es el temor a que tus colegas no te saluden como a alguien importante Puedes hablar de tus orígenes y del oficio de tus padres para victimizarte y justificar tu debilidad. Pero los dos sabemos que es una excusa. Los niños ricos son como tú. Hoy en día todo el mundo quiere hacer publicidad. Es decir, producir mensajes estéticamente coherentes y dirigidos al cliente que los ha encargado. Sin importarles la verdad. Tratando solamente de seducir, y de no molestar a nadie. Queréis que se tomen en serio vuestro arte pero no queréis contrariar a nadie, ni correr ningún riesgo. Ni siquiera es que falte sangre en los tinteros, es que queréis llevar la corona de espinas de Cristo, pero sin haceros ni un rasguño en la frente ni cargar con la cruz. Ya nadie está a favor de la provocación. Ahora todo el mundo quiere ser bien considerado. Todo el mundo quiere hacer buena letra. El diablillo de toda la vida que se sentaba en la última fila, al lado del radiador, y decía tonterías en clase por el simple placer de armar bulla ya no es una figura popular. El mal alumno de Prévert puede largarse por donde vino, ya no reconocéis más que el lenguaje empresarial. Serio, responsable, del lado de la dignidad y de las grandes cifras. La única provocación que soportáis es la que viene del poder. Pero cuando viene de arriba no es divertido. Armar jaleo mola cuando eres una rata asquerosa.

Yo soy de los ochenta —una siempre se construye como persona en la década en la que tuvo veinte años— y puedo decirte que aquello era la relajación más absoluta. A la mínima que te sacabas de la manga una teoría marciana, corrías a subirte en una silla y a soltarla en voz bien alta, y siempre había alguien en la sala a quien le pareciera interesante. Era la lógica opuesta a la de las redes sociales: cuanto más minoritaria, más importante parecía. No íbamos por ahí buscando likes. Era todo lo contrario: queríamos ser odiados por los idiotas. Tenía su encanto. Disfruta de lo que te está pasando. Es más interesante que recibir el premio del supermercado de la esquina.

OSCAR

Por aquel entonces ya eras así de dura. Cuando iba a molestaros, me dabas puñetazos en la espalda. Era espantoso porque yo te adoraba. Nuestra infancia fue distinta a como es hoy. Sentirnos decepcionados era normal. Nuestros padres no estaban casi nunca. Nos habían parido jóvenes y tenían su propia vida. Muchas veces le tocaba a mi hermana encargarse de cuidarme, pero cuando se iba a balonmano —no sé si te acuerdas de que se le daba muy bien—, yo, después de la primaria, me quedaba solo en casa, y eso no le extrañaba a nadie.

Tengo una hija de doce años. Si la dejara sola un miércoles por la tarde mi esposa llamaría a la policía y pediría una orden de alejamiento por irresponsabilidad manifiesta. Mi hija toma un autobús que la deja delante de mi casa, cuando se lo cuenta a sus amigas parece que la esté obligando a hacer de mula en Afganistán. A su edad yo me chupaba ocho kilómetros en bici para ir a Tomblaine a jugar con mis amigos, y entonces ni había teléfono para tranquilizar a mis padres, ni a ellos se les ocurría preocuparse. Y no es porque fuera un chico: a mi hermana, cuando tenía la edad de mi hija, la pillaban todo el rato escapándose de casa. Iba a echar el rato en una estación de tren abandonada donde los chavales aspiraban pegamento en bolsas de plástico. Lo del pegamento mis padres no lo sabían. Pero porque la niña se escapara tampoco la llevaron al psiquiatra.

Con Corinne me llevo siete años, cuando hablo de lo que hacía a los doce fabulo un poco, más bien estoy contando su leyenda. Ella llegó a todo antes que yo, así que me pasaba el tiempo oyendo hablar de lo que ella ya había hecho y yo aún no. Se marchó de casa cuando yo tenía once años. Cada vez que la veía, me decía que le daba miedo que yo fuera un poco retrasado. Se preocupaba por si me pegaban en la escuela, me lo preguntaba en un tono que venía a decir «con lo tonto que eres me parecería lógico». Cuando era niño, me hacía ver *El exorcista* y *Scarface*, y no sé yo si eso me marcó para mal. Me daba miedo, eso sí. Luego ella se escondía debajo de mi cama para agarrarme los pies cuando me iba a dormir y yo gritaba en la casa vacía y ella se reía. No tengo buenos recuerdos de ella. Aún no le he dicho que tengo noticias tuyas.

Pero miro a mi hija y a sus amigas y no estoy seguro de que tengan una infancia más feliz que la nuestra. Por lo menos a nosotros los adultos sabían qué decirnos. No los teníamos encima veinticuatro horas al día, pero rebosaban de certezas: estudia en el colegio y tendrás un buen trabajo, por ejemplo. Ellos no se bajaban del burro, y nosotros les creíamos. ¿Qué vas a decirle hoy en día a una niña de doce años? ¿Qué puedo yo decirle a mi hija? Ánimo con tus selfis y tendrás más seguidores… No respondas a tus mails pasadas las diez de la noche… ¿Aprende a hacer tu equipaje porque el día en que tengas que evacuar la ciudad y dejar atrás tu casa para siempre no sabes de cuánto tiempo vas a disponer? ¿Qué puedo saber yo de lo que va a ser su vida? Cuanto mayor es el peligro real al que los exponemos, más meticulosa es la protección que ejercemos sobre ellos, es paradójico. Esa brecha tiene algo de grotesco.

Yo a mi hija, sobre el mundo en el que le tocará vivir, no sé qué decirle. Un día nos encontramos con unos refugiados debajo de un puente y le dije que antes, en su casa, tenían una vida, probablemente un poco de dinero, y ahora no, de lo contrario se habrían quedado allí. Le digo que tal vez, algún día, también nosotros tendremos que irnos como ellos a un país desconocido. No sé qué puede hacer con ese tipo de información. Para echarle una mano a nivel escolar tampoco estoy muy preparado. Hay que ayudarle a hacer los deberes. Eso también es nuevo. Sin la supervisión de un adulto no abre un cuaderno. Yo me pongo nervioso enseguida. Ni yo se lo sé explicar bien, ni ella es muy buena en el cole. Me gustaría que no fuera así. Pero los nervios van más rápido que yo. Yo le grito, ella llora, hago el ejercicio de mirar la escena desde fuera, y todo resulta patético.

El año en que nació dejé de beber. Ahora me viene a la memoria. Yo estaba muy enamorado de su madre, y ella por aquel entonces bebía bastante. Como desde el momento en que supo que estaba embarazada tuvo que dejarlo todo, yo declaré con suficiencia: te acompaño. Duré diez meses. El tiempo suficiente para darme cuenta de que estar sobrio no era lo que me esperaba. Yo es algo que veía como hacer una dieta, empezar con un deporte o dejar de fumar. Una decisión virtuosa, exigente. Pero que no tenía por qué afectar a mi identidad general. Un hábito al que acostumbrarse, como quien dice. Pronto descubrí que cuando dejas de beber lo pierdes todo. Haces el duelo de la mejor versión de ti mismo. Yo no tenía un beber tristón, ni marrullero. Tenía un beber relajado, bromista, satisfecho de mi estupidez y la de los demás. Pasarme un par de días seguidos sin beber es algo que había hecho un montón de veces, cuando me quedaba en casa. Sin embargo, nunca había intentado ir a cenar a casa de los colegas sin probar una gota. No tenía ni idea de lo pesimista, ansioso y susceptible que puedo llegar a ser. Siniestro, en realidad. Soy un tipo siniestro. Cuando lo dejas, dejas de ser la persona que eras y que tanto te gustaba ser, pero también pierdes a la gente con la que bebías, los lugares donde eso pasaba, la noche y esa sensación única de que todo es posible. Estando sobrio, a las ocho de la noche ya sabes lo que viene luego: tres horas después estarás en la cama, no hay muchas opciones de que suceda algo que cambie el plan. Me sentía como un niño solo en una barca precaria navegando en la oscuridad sobre aguas heladas, mientras que a lo lejos veía a la gente de fiesta en la orilla, apretujados los unos contra los otros, riendo, charlando, felices de estar vivos. Cuando nació Clémentine ya estaba al borde de la crisis nerviosa. Todavía aguanté otro mes porque el parto fue un ciclón: una serie infinita de noches en vela y de carreras y de biberones, fue como una sola noche larguísima. Sobre los niños no nos dicen la verdad. Nadie nos dice lo que es de verdad. Luego me he dado cuenta de que es porque se te olvida.

La noche que salí para resarcirme estaba seguro de que todo iba a ser fantástico, pero me decepcionó. El alcohol me cansó y la cocaína me hizo rechinar los dientes, la euforia que me proporcionaba estaba como vacía de sentido y, aunque drogado, me sentía igual de agobiado. Pero no me rendí. Me tomé como una cuestión de honor salir en cuanto se presentaba la oportunidad, y poco a poco el placer de mandarlo todo al carajo volvió. Por lo menos, recuperé la costumbre.

Doce años después, de nuevo estoy sobrio. La diferencia es que entre una cosa y la otra, mi historia de amor con las drogas ha perdido parte de su encanto. Hay quien dice «la máquina de colocarse está estropeada». Eso es lo que me ha pasado a mí. Me tomo cosas y me hacen efecto, pero esencialmente me ponen triste y al amanecer me tienen en un estado deplorable. Para mí la fiesta se acabó. Por lo menos esa fiesta.

REBECCA

Leyendo la historia de cuando tu hermana se escapaba de casa me han venido vapores de cola. He vuelto a ver aquellas bolsas de plástico que usábamos para inhalar pegamento Pastali. Lo vendían en el supermercado, íbamos a comprarlo en bici. Entre los edificios VPO había descampados por todas partes. Nos la pasábamos en trenes abandonados, en granjas vacías. Bebíamos a orillas del río Meurthe. No teníamos a nadie vigilándonos. Se nos comían las sanguijuelas. Hacíamos ruido al caminar porque teníamos miedo de las víboras. Nos movíamos entre el hormigón y la hierba alta.

Es gracioso, pero desde que nos escribimos me he dado cuenta de que no solo tengo malos recuerdos de aquel lugar. No he tenido muchas ocasiones de reflexionar sobre el pasado. Suficiente tenía con llevar mi vida. Los rodajes son muy exigentes. Te acaparan por completo durante varios meses de tu vida. Hay gente a quien eso le desgasta, que acaban por cansarse de poner entre paréntesis su casa y su vida cotidiana para someterse a la ley de una película. A mí siempre me ha gustado. Si la película es buena o mala poco me importa. Cuando eres actriz, lo que cuenta es el viaje. Cada rodaje es un mundo en sí mismo.

Pero lo que me robaba todo el tiempo no era solo el cine. Yo andaba siempre enamorada. Hoy en día, pasarme tanto tiempo sin enamorarme me resulta sorprendente. Lo más duro no es seducir menos. Es desear menos, perder menos la cabeza.

Algunos amores son droga dura. No los dejas, ni siquiera cuando todo ha empezado a saltar por los aires. Estás convencida de que siendo leal, valiente y obstinada, las cosas volverán a ser como eran al principio. Extraordinarias. El cerebro te dice el tema está jodido, pero quien manda son las tripas, y ellas te dicen que tienes que quedarte en ese amor. En mi caso eran siempre tipos parecidos a mí. Que querían llenar un vacío del tamaño de un precipicio y se entregaban a muerte. Si al cabo de tres semanas un tío puede decirme «lo siento, no puedo verte, tengo demasiado trabajo», no hay forma de que aquello se convierta un día en algo tóxico entre nosotros. Tóxico es cuando se juntan dos ansias. Sé de lo que hablo. Hay tantas maneras de estar con un hombre que te destruye como historias. En mi caso, el problema es el deseo de intensidad. Los tipos que mejor me han follado han sido siempre los que más daño me han hecho. Lo que me atrae es el peligro. Si no me siento amenazada, me aburro y me voy con otro. Y en ese tipo de dinámicas siempre llega el momento en que la máquina de tallar diamantes a lo bruto se acaba rompiendo. Solo queda lo desagradable. Y eres incapaz de irte porque no quieres admitir que te equivocaste. Una vez más. Si abandonas esa historia estarás reconociendo las cosas tal como son. Una sucesión de escenas patéticas con un cabrón que, cada vez que hablas con otro, amenaza con tirarte por la ventana.

Es una cuestión de educación. ¡Cuántas veces me dijeron de pequeña que morir por amor era lo más bonito del mundo! Para una mujer, no había destino más trágico. Excepto ser una madre que sufre mucho. En la maternidad lo que se venera es siempre la desgracia. Nunca la plenitud. Y en el caso de los amantes, la muerte trágica. Si te gusta el sexo con un hombre, debes estar dispuesta a morir.

La idea de que las mujeres sean asesinadas por los hombres no cuesta nada aceptarla, y solo porque son mujeres. A menos que se trate de niñas o de ancianas. Lo que significa que soportamos muy bien la idea de que una mujer sea víctima de un hombre mientras esté en edad de mantener una sexualidad activa. Incluso si está casada, incluso si es mamá, incluso si es monja: desde el momento en que es púber y hasta que cumpla los setenta y cinco años es una víctima aceptable. Y creo que es porque es eventualmente sexual. La sociedad comprende al asesino. Lo condena, evidentemente. Pero ante todo lo comprende. Es más fuerte que ella misma. Ya sea tu esposa o una desconocida.

Imagina que en lugar de mujeres asesinadas por hombres, se tratara de empleados asesinados por sus patrones. La opinión pública sería mucho más severa. Cada dos días, la noticia de un patrón que mata a su empleado. Nos diríamos que las cosas han llegado demasiado lejos. Hay que poder fichar sin correr el riesgo de que te estrangulen, te muelan a palos o te acribillen a balazos. Si cada dos días un empleado matase a un patrón, ya sería un escándalo nacional. Piensa en los titulares: el patrón había puesto tres denuncias y obtenido una orden de alejamiento, pero el empleado lo esperó en la puerta de casa y le disparó a quemarropa. Cuando haces el paralelismo te das cuenta de hasta qué punto el feminicidio está tolerado. Los hombres pueden matarte. Es algo que flota en el ambiente. Algo que se sabe. Como si te recomendaran jugar a la ruleta rusa. Yo nunca he tenido ganas de morir, pero me han gustado las drogas duras, los hombres violentos y la velocidad. Y me han sermoneado mucho más por las drogas duras que por los hombres.

Lo mismo que todas las veces que me han advertido cuídate de ti misma. Me alegro de haber hecho siempre lo que me ha dado la gana. A mí me atraían los hombres violentos, los hombres peligrosos. Esa edad pasa muy rápido. Cuando conozco a chicas de veinte años, me entran ganas de decirles: disfrutad. Dentro de veinte años, nada tendrá ese sabor absoluto. Yo fui guapa antes de que se convirtiera en una disciplina olímpica. No nos lo planteábamos demasiado: gustábamos mucho, los hombres perdían la cabeza, las mujeres también, estábamos contentas. Ahora veo a las crías que llegan y traen consigo una hoja de ruta que roza la demencia, se ven a sí mismas como en piezas sueltas, como si fueran chicas Lego: nalgas nariz pies caderas interior muslo calidad cabellos calidad dientes grandes labios clavícula cejas. A mí me gustaría tranquilizarlas: no eres un dibujo animado, tu seducción no es matemática, no te preocupes y no pierdas el tiempo: aprovecha. Acumula recuerdos sublimes. Y dinero, también. Yo en el dinero no he pensado lo suficiente. Es lo único de lo que me arrepiento. Por lo demás, me he puesto en peligro, y me han destrozado. Esa es mi historia. Nunca he sabido amar sin arriesgarme.

Y hoy se me plantea un problema que me resulta del todo desconocido, y es que la pasión ya no es un escaparate del que tomo cuanto quiero. Ya nada me atrae nada brilla nada me conmueve. Preferiría mil veces sufrir y morir de un amor no correspondido, preferiría que me repudiaran que me engañaran que me humillaran que me maltrataran preferiría cualquier herida en el amor propio a este hastío.

OSCAR

Hace unos años me enamoré locamente de una cantante española que vi sobre el escenario. De no ser porque tenía diez años más que yo, nunca me habría atrevido a hablar con ella. Me mandó a paseo. No estaba tan desesperada como para encontrarme atractivo.

Te lo comento en referencia a aquello que me escribiste hace un tiempo sobre las actrices que no están en las películas. Nunca lo había pensado. Yo del cine no espero mucho. Las mujeres que han pasado los cuarenta me gustan. Y creo que me gustan porque no me recuerdan nada. Mi madre nunca me idolatró. Ni de niño, ni de adolescente, ni de joven. He comparado muchas veces mi situación con la de mis amigos, y he observado que algunas madres están enamoradas de sus hijos. La gente hacemos como si la cosificación del adolescente y del joven fuera una cosa encantadora. Incluso llegamos al punto de decir que el niño desearía acostarse con su madre. A mí me parece que quienes desean a los niños son siempre los adultos. Pero a los niños no les damos ninguna opción de quejarse. Y creo que a los quince años, cuando te das cuenta de que tu madre no te tiene más que a ti y que todos los demás hombres la han maltratado, te asustas. Y no puedes quejarte. No vas a quitarle a tu madre el único placer que le queda. El de sofocarte con su gran amor, necesariamente casto en cuanto que maternal, necesariamente benévolo en cuanto que maternal. Se les encierra en unas casas donde las madres los desean. Ellas no tienen lo que querían, no lo tendrán nunca. Lo único que está prohibido es el sexo en sí mismo. En cuanto al resto, nada puede frenar su ardor. Y a mí me parece que, veinte años después, cuando se encuentran con mujeres que tienen la misma edad que sus madres cuando ellos se hicieron hombres, los niños de mamá quedan aterrorizados. El recuerdo de aquella madre de la que no podían escapar les angustia. A los padres no se les permite que deliren como lo hacen las madres. No puedes ni imaginarte las veces que he oído a las madres hablar tan tranquilamente del tamaño de la polla de su hijo. Yo tengo una hija. Le cambiaba los pañales. Su cuerpo de bebé era maravilloso. Pero nunca se me ocurriría hablar de su maravilloso coñito en una cena con amigos. Me mirarían mal. Y hasta un pueblerino como yo, que antes de que fuera obligatorio no había oído hablar de feminismo en su vida, ha sabido siempre que el cuerpo de su hija no le pertenece. Que no tengo derecho a hablar de él en público. A la angustiosa voracidad de eso que llamamos amor maternal no se le pone ningún límite. Y dejamos que los niños se las arreglen con eso, no les prestamos ninguna ayuda. Están obligados a decir que están contentos con la obsesión maternal. Admitir que su piel de vieja me repugna, que su mirada me hace infeliz, que su tristeza extraviada me molesta, que no puedo verla ni en pintura resultaría demasiado violento. Así que, cuando llega el momento, se lo dicen a otras mujeres.

Yo a mi madre no le interesaba demasiado. La gente lo ve como un deber, eso del amor maternal. Pero miro las fotos de cuando era pequeño y la entiendo. Nunca fui muy agradable. Cuando era niño, tenía el típico careto de pobretón, orejas de soplillo, pelo liso y grasiento, ojillos de comadreja. Sin ninguna gracia. No decía esas palabritas infantiles que tanto gustan a los adultos, y lloraba a menudo. Cuando era adolescente, mi madre se quejaba de que el olor de mi habitación contaminaba toda la casa, en cuanto llegaba del trabajo abría las ventanas, y visto desde ahora no puedo decir que se equivocara: tenía razón, yo odiaba lavarme y apestaba. A los quince me masturbaba cuatro o cinco veces al día y dejaba trozos de papel higiénico enrollados en cualquier rincón de mi habitación. Era asqueroso. Sé que debería lamentarme de que mi propia madre tuviera tan poco interés por mí. La gente espera que lo lleven en la sangre, independientemente de cómo sea su prole. Incluso cuando estaba conmigo, mi madre en realidad estaba en otra parte, en sus cavilaciones. No era nada hostil, pero se aburría conmigo. Si saliera a la calle gritando que eso fue un insulto a mis derechos fundamentales, la gente me escucharía. No sé de dónde nos habremos sacado esa idea de que las madres tienen que querer a sus hijos. Bastante cuesta ocuparse de ellos correctamente, no entiendo por qué además habría que quererlos.

Entre nosotros no había amor, pero tampoco lo echábamos de menos. No me maltrataban. No fui un niño desatendido. Me firmaban la agenda del cole, iba de campamento, si tenía fiebre llamaban al médico, el día de mi cumpleaños me hacían canelones porque era mi plato preferido. Y con mi hermana lo mismo. No teníamos la menor sensación de injusticia. Lo único que queríamos era irnos de casa a los dieciocho, teníamos claro que nuestra vida real no iba a empezar hasta que nos marcháramos a otra parte. En casa de mis padres éramos un cúmulo de impedimentos. Lo mismo que el trabajo. Una serie de obligaciones. Y a mí eso me parece menos aberrante que el teatro en que se ha convertido ahora la familia. Por lo menos mis padres no nos necesitaban para sentirse bien o para llenar a saber qué vacío identitario. Hoy en día, los niños se han convertido en unos accesorios esenciales para la buena imagen de sus padres.

REBECCA

Me tienes descolocada. ¿Eres más tonto que un zapato o rozas la genialidad? A veces la línea es fina. Esa teoría tuya, no voy a entrar en detalles porque la veo llena de puntos débiles, pero me gusta que sea tan provocativa. Ahora que nos hemos acostumbrado a mandarnos cartas de un kilómetro te lo puedo decir: en su momento, que en medio de una crisis MeToo no se te ocurriera nada mejor que insultarme por mi físico ya me pareció gracioso. Para ser un tipo tan delicado, tu lado temerario tiene su encanto.

Con el tema de las madres, lo que sí veo es que siempre hay algo que criticarles sobre su manera de cuidar de sus hijos. Están demasiado encima o no lo suficiente, se ocupan demasiado de ellos o solo piensan en sí mismas, los sobreprotegen o pasan de ellos. Pamplinas. Las madres hacen lo que pueden. Lo mismo que los padres, por cierto.

En casa, la mía adoraba a mis dos hermanos. Para ella, eran más importantes que yo. Nunca trató de ocultarlo. Le parecía normal. Eso sí, no había nada de romántico en ello, ni de libidinoso, y jamás la oí hablar de la polla de mis hermanos. Tener niños le parecía más gratificante, eso es todo. Y no tenía ninguna necesidad de cambiar ni cuestionar esa situación. Por decirlo suavemente, a mi madre nunca le han preocupado las cuestiones feministas. Era una pin-up de primera categoría. Y estaba rodeada de tíos que las pasaban canutas todo el tiempo. Les jodían en el trabajo, Les jodían en la cárcel, Les jodían en el paro: cualquiera que fuese la lógica a que se entregaban, estaban jodidos, y ella lo sabía. Estaba convencida de que su deber consistía en aliviar ese dolor. Para ella, enseñarme a seguir su ejemplo, a base de tortas si era necesario, era lo más normal del mundo. Quería meterme en la cabeza que yo estaba allí para cuidar de los hombres, una especie de anfitriona de por vida. Y mis hermanos tendían a darlo por sentado. Querían imitar a los jefecillos del barrio que controlaban a sus hermanas y hacían reinar el terror. Yo, por mi parte, no tenía más que una idea en mente: liarme con chicos. No tardé en advertir que la mejor manera de que mis hermanos me dejaran en paz era salir con tipos que les dieran miedo. Ya fueran Hell Angels, mercenarios o boxeadores, a los quince años tenía claro que un buen tío es un tío al que mis hermanos no se atreverán a joder.

Con lo de la cantante sí que me has angustiado. Sin ánimo de ofender —aunque ya eres mayorcito para saber que no tienes un físico demasiado apetecible—, cuando los tipos del montón empiezan a pensar que tienen derecho a probar suerte contigo es horrible, una de las cosas más humillantes de hacerse mayor. Cuando un pibón al que le has hecho notar que te gusta no entra en tu juego, es una sorpresa, y te duele, pero todo queda en el territorio de lo digno. Siempre te queda regodearte en esa dignidad herida, buscar una salida airosa. Como situación es terrible, y para una mujer que ha sido hermosa creo que siempre es una sorpresa. Pero de alguna forma sabes que forma parte del juego. En cambio, cuando viene a importunarte un tipo de segunda fila un poco baboso y torpe esperando salirse con la suya, descubres con horror que quien ha calculado mal la situación no es él; quien todavía no ha advertido la magnitud de su tragedia eres tú. Eso es horrible. No estoy diciendo que tú babees, ahora no trato de ser agresiva. Solo es que compadezco a esa cantante a la que le tiraste los tejos. Me da igual quien sea, aunque fuese una zorra de mierda, la compadezco. Cuando eres joven y se te acerca un tipo que no tiene ninguna oportunidad, te basta con echar un vistazo a tu alrededor para encontrar la mirada divertida de los asistentes en plan «¿qué se habrá creído ese?». Porque en verdad es divertido, casi digno de admiración, los hay que no tienen vergüenza de nada. Pero llega un día en que un petardo se pega a ti, y cuando miras a tu alrededor, lo que lees en la mirada de la gente es «no hacen mala pareja», y ahí aprietas los puños debajo de la mesa, y pones una sonrisa de circunstancias que esconde lo que sientes de verdad. Un gélido desasosiego.

ZOÉ KATANA

El ángel de la venganza

Por mensaje privado no solo me llegan insultos y amenazas. Me gustaría precisarlo porque estoy viendo que empezáis a preocuparos por mí. Vuestros mensajes de apoyo son preciosos. Algunas me dicen que se han hecho feministas leyendo mis publicaciones, y eso me hace sentir rara, coño. Me hace feliz. Significa que vale la pena. Las hay que me piden consejo. Como si yo tuviera acceso a la montaña del feminismo en cuya cumbre recibiría el oráculo de las madres fundadoras. Una de vosotras me pregunta –y además creo que seriamente angustiada– cómo conciliar su gusto por el rap francés con su feminismo.

¿Y yo qué sé? La pregunta no es trivial. La respuesta no puede ser simple. Lo que sí puedo decir es que escuchemos a Lydia Lunch, esa estrella cardinal. Y ella dice «decir "feminismo" es como decir "patata". ¿De qué patata hablas, para hacer qué? Hay que concretar: eres feminista, pero ¿con quién?».

Ser feminista con Audre Lorde no es ser feminista con MacKinnon. Hay que decir «con quién». Yo soy feminista con Valerie Solanas. Su *Manifiesto SCUM* fue lo que me hizo cambiar. Dejé atrás la vergüenza como un abrigo que ya no me venía bien. Esa feminidad dócil, complaciente, negociadora, siempre culpable me fue arrebatada milagrosamente. Gracias, Valerie. Yo la recomiendo mucho, a Solanas. Con ella puedes chuparte la discografía completa de Orelsan o de la Fouine, que no dejarás de sentirte cómoda en tu feminismo. Es tan problemática que no corres el riesgo de acabar con las mormonas. Es exigente, Solanas, pero no restrictiva. Te sientes cómoda ahí dentro, es como el chándal del feminismo. Eres una todoterreno, no viene nadie a joderte.

También recibo mensajes de una lesbiana radical. Tiene veinte años más que yo. Trata de domesticarme. Al final nos entendemos. Me dice deja las redes sociales. Protégete. Publica libros, en las librerías no hay tanto estrés como en la web. Me dijo he abierto una cuenta de Twitter para ver lo que escribías y me tocó cerrarla al cabo de una hora, solo tenía ganas de matar a alguien. Me dice protégete, deja internet.

Pero yo soy activista aquí, en la web. Es peligroso. No me importa. Aquí es donde contamino, donde respondo, donde represento, donde conozco. No tengo ningunas ganas de acabar siendo escritora como ese cabrón de Oscar Jayack, convencido de la importancia de lo que escribe solo por estar metido en el mercado tradicional. Lo único que defiende es su nombre en los escaparates.

Mi amiga lesbiana radical me dice que es feminista con Monique Wittig. Me dice qué putada que seas heterosexual. La polla no se chupa, se arranca. Yo respondo perdona pero para lo único que sirven los tíos es para follar. En casa, en el curro, en la calle, aparte de andar jodiendo una nunca entiende a qué se dedican. Pero en la cama, eso no se les puede negar, los hay que hacen todo lo que pueden. Conozco a varios que incluso tienen un don.

Ella me dice que eso es porque no conoces el sexo con mujeres. Me habla de William Burroughs, que asesinó a su esposa de un tiro en la cabeza cuando tenía veintiocho años y luego dijo que estaba borracho, que había sido un accidente. Me dice que él odiaba a las mujeres como Solanas odia a los hombres, pero de un modo menos divertido porque él está del lado de los asesinos de verdad, los que encubrimos.

Él no citó a Solanas porque sabía que los tíos, cuando escriben la historia, hacen desaparecer el nombre de las mujeres, pero estaba retomando su idea al revés: soñaba con una sociedad en la que las mujeres ya no fueran necesarias para reproducirse. Ahí se ríe, y añade: salvo que eso es ciencia ficción, para reproducir la especie aún no podemos prescindir del cuerpo de las mujeres.

Me envía una cita de Burroughs, un extracto de la entrevista donde dice: «Creo que eso que llamamos amor es un fraude perpetrado por el sexo femenino, y que el objetivo de las relaciones sexuales entre hombres no tiene nada que ver con el amor, se trata más bien de un *reconocimiento*». Ella me dice está todo ahí. La idea de una conspiración femenina. Las subordinadas siempre conspirando a espaldas de los jefes. La idea de que somos responsables de lo que nos hacen pasar. El culpable siempre es la víctima. Y la idea de que no hay solidaridad posible; no hay «reconocimiento». Para ellos somos el sexo desconocido, el sexo enemigo. Lo contrario no es cierto. Pero el problema está ahí: ¿cómo vivir en armonía con alguien que se niega a «reconocerte»?

OSCAR

Quiero que deje de hablar de mí. Cada vez que Zoé Katana menciona mi nombre, hay algún capullo de mi entorno que me lo hace saber. Es como llevar un bicho asqueroso pegado en la nuca. Como el monstruo de *Alien*. Una viscosa criatura orgánicamente injertada en mí que me chupa la médula. Quisiera que me olvidara. No entiendo por qué se aferra a mí de esa manera. No entiendo cómo puedo haber sido el más asqueroso de todos los tíos que ha conocido. Ahí hay algo que falla. Algún gilipollas idiota le ha hecho la vida imposible y ahora quien paga el pato soy yo.

Y lo peor –para ser totalmente sincero, y no sé por qué pero contigo quiero serlo– es que a mí me gustaría gustarle. Es terrible. Soy como un niño al que el malote del cole molesta en el recreo, y que en el fondo daría cualquier cosa para hacerse amigo suyo.

Cuando me enamoré de ella no fue el típico rollo de escritor estrella que va por ahí con la polla por delante y se sorprende si las hembras no pierden el culo por empalarse en ella. No iba mirando lascivamente a todas las tías que curraban en mi editorial, ni a las periodistas que conocía, ni de hecho a ninguna tía. Tenía novia, me iba bien con ella, no necesitaba meterme en problemas. No soy un erotómano, sé que por mucho que me obsesione con una chica no voy a terminar por gustarle. Cierto que siempre suelo tener un amor en la recámara, una idea fija, como si necesitara la compañía de un posible romance. Normalmente esas fantasías me las guardo para mí. Pero sentí que estábamos hechos el uno para el otro y que ella también lo sabía. Hay una cierta conexión con el subidón que te da una primera novela que funciona. No es casualidad que me acabara enamorando de la chica que hacía de intermediaria entre mi libro y el mundo. Zoé me daba todas las buenas noticias. Me llamaba todo el tiempo para saber si estaba disponible. Me esperaba en taxi en la puerta de casa y hablaba de mí durante horas porque ese era su trabajo, y yo lo confundí con otra cosa. Me enamoré y no me di cuenta de que su preocupación, así como esa sensación de que todo lo que me estaba pasando la apasionaba, eran parte de su trabajo. Se me subió a la cabeza. No es que me pareciera atractiva o apetecible: es que era la mujer de mi vida. Confiaba totalmente en ella. Nunca imaginé que caería en desgracia por su culpa.

Iba con mucho cuidado. Con todo. Soy consciente del privilegio que supone estar donde yo estoy y hacer lo que yo hago. No tener que humillarme en el mercado laboral. Lo pienso a menudo cuando me despierto. Me digo voy a pasarme la jornada sin verle la jeta a nadie a quien no quiera vérsela. Es un lujo. Nadie puede despedirme. Incluso cuando todo se desmorona, no pueden quitar mi nombre de mis libros y reemplazarlo por el de un tipo que no lleve un MeToo colgado en la espalda. Y dedico mi vida a hacer algo que para mí tiene sentido. Somos tan pocos, en esa situación.

Sabía que aquello era frágil. Los que no hemos nacido para ser privilegiados sabemos que es una bendición del destino. Y que se puede acabar. Que es algo que comporta ciertas responsabilidades. A mí nadie me debe nada. Cuando tenía quince años, vi a los agentes judiciales en mi casa porque mi padre tenía deudas. Y una vez más, sin el glamour del matón ni el pathos del caso social, sino apenas la mediocridad de la clase media poco hábil a la hora de llevar la contabilidad. Unos salarios un tanto justos, unos meses de desempleo de más, y al menor error vuelta a empezar desde cero. Y cuanto mayor se hacía el agujero más difícil era remontar. Para un asalariado no hay apoyo social que valga. Te desclasas y ya está. Y con el salario de mi madre no bastaba. Vi cómo el mundo de mis padres se desmoronaba. A cámara lenta. Sé perfectamente que mi estatus es precario, y que todo puede venirse abajo. No tengo derecho al error.

Así que iba con mucho ojo con todo. Como buen obrero deslumbrado por su buena fortuna. Por su primer gran cheque, que equivalía a cuatro salarios mínimos, porque cuando empecé todo lo calculaba en salarios mínimos. Escribía novelas policíacas. En aquella época, me las ventilaba en dos meses. Así que era una fortuna. Y a la mínima que gané algo de dinero fui con mucho cuidado. Los impuestos. No omitir nada, no equivocarse. No aceptar nunca ningún arreglo. Domiciliarse donde uno vive. Pagar a tiempo el alquiler. Negarse a cenar con políticos. Rechazar las medallas cuando se presentan. Mantenerse siempre alejado de los mafiosos de cuello blanco, los peores en términos de respetabilidad. Mantenerse también alejado de la amistad de traficantes, de matones, de proxenetas. No pasarse de la raya en internet, aunque al principio, francamente, abrirse una cuenta con nombre falso para desahogarse resultaba tentador. Como mucho, envié algún que otro mail desagradable y un poco insultante durante mis primeros años de curro, antes de advertir que todo cuanto salía de mi mail podía potencialmente convertirse en parte de un caso ante un tribunal, donde un chiste sin importancia sacado de contexto puede transformarse en una bomba de relojería.

Me cuidaba mucho de lo que decía en la terraza de un café o cuando un restaurante bajaba la persiana. En cuanto aparecieron publicados los primeros vídeos grabados con la cámara de un móvil, supe que el único lugar donde podía dejarme ir y decir lo que quisiera era mi casa, con la puerta cerrada. Me cuidaba con mis amistades: antisemitas, homófobos, violadores, racistas que no disponían del léxico burgués necesario para serlo decentemente... me alejé de todos ellos, por más que a veces los quisiera, a esos chavales.

Mi conciencia de clase media me decía: todas las facturas las pagas con tus novelas y tus artículos, viajas por todo el mundo porque traducen tus libros y el billete lo paga el contribuyente, así que en el avión compórtate. Había que dar pruebas de honestidad. Y lo hice. Rozando la paranoia, incluso. Fumaba toneladas de maría, y eso agudizaba los pensamientos recelosos.

Lo que no pensé fue en las chicas. No pensé en hacer de poli con mi propia vida amorosa. No imaginé que había que tener cuidado también en eso. No vi que hubiese ningún mal en ello. Pensé en todo, excepto en las chicas. Nadie pensaba en las chicas. Apretábamos el culo con el fisco, con la extrema derecha, con los negros, con los judíos, con Twitter. ¡Pero las chicas! No veíamos dónde podía estar el peligro.

Creíamos que estaban contentas. Crecí en un mundo en el que siempre tenías la sensación de que interesar a los hombres era lo mejor que les podía pasar. Y, francamente, ellas ponían de su parte. Cuando salían en la tele, se ponían guapas y les reían a los tíos todos los chistes, nos felicitaban todo el tiempo por tener tanta clase, les gustaban los machos. Revoloteaban alrededor de los más poderosos, eran tiernas con los débiles, nunca hacían ninguna reflexión desagradable. Las chicas eran el lado bueno de la vida. Francamente, no sabíamos que estaban cabreadas.

¿Cómo iba yo a pensar que estar enamorado iba a costarme tan caro? Cuando empezó el MeToo, a mí aquello me quedaba lejos. Nunca pensé que pudiera afectarme. No es que sea mejor que los otros, pero soy perfectamente consciente de que no les gusto a las chicas, y estoy acostumbrado. Colecciono las calabazas que me han ido dando. Nunca he fantaseado con que forzar a nadie a tener sexo conmigo pudiera resultarme agradable. Y no es que eso me honre, es que no tengo ese tipo de fantasías. Mi aspiración es que una tía me adore y a mí me mole y follármela como un dios, rollo ser su droga. Esa es mi fantasía. No es que sea más virtuosa que otras, pero es legal. Nunca tuve las chicas que quería, como tampoco obtuve lo que quería con las que sí me querían.

Yo no la violé, no le levanté la mano, no traté de tenerla por medio de ningún chantaje. No pedí que la despidieran. Ahora va contando por todas partes que la decisión tuvo que tomarla el editor porque yo amenazaba con suicidarme si ella no cedía, y que el asunto se volvió inmanejable. Pero no es cierto. Y todos esos insultos en internet, tratándome de violador de repugnante de cerdo libidinoso permanecerán para siempre en la web. Pago mis facturas publicando libros, pero no tengo suficiente dinero para contratar a unos abogados que limpien todo eso. Va a quedar asociado con mi nombre para siempre.

Los otros tíos lo saben, saben que yo no he hecho nada y que no soy más que la víctima de una emboscada. Rezan para que no les pase a ellos, pero saben que cualquiera podría caer como yo. Y también saben lo que todo esto dice de mí. Soy un pobre tipo con éxito profesional pero con el que las mujeres no quieren acostarse. Pero es que tampoco fui a buscarme a la joven actriz de la alfombra roja. Apunté a mi misma altura. Una encargada de prensa que estaba empezando. Desde el momento en que dejó la editorial no volví a escribirle nunca. Me pidieron que no lo hiciera, y como ya había entendido que no tenía ninguna posibilidad, que ella prefería cambiar de editorial para no encontrarse conmigo en los pasillos... pues lo dejé.

En el proceso perdí a mi novia. Antes de que estallara el escándalo, las cosas ya no eran fáciles entre nosotros, pero no le apeteció comerse el marrón conmigo. Supongo que tenía la contraseña de mi ordenador y que leía a tiempo real las conversaciones de mi WhatsApp. Tardé mucho en comprenderlo. Antes de entrar en casa, yo borraba escrupulosamente los mensajes comprometidos. Pero ella, en mi portátil, podía leer todo cuanto yo le escribía a cualquiera. Era muy celosa y desconfiada. Cuando era joven la había engañado no sé qué tipo y desconfiaba de mí. De mi versión de los hechos. Ni siquiera le mentí tanto, porque no tuve demasiadas ocasiones de engañarla. No por propia elección. Hay chicas a las que el famoseo les pone, hay lectoras enloquecidas, hay tías interesadas que creen que podrías ayudarles a publicar, hay chicas convencidas de que las vas a convertir en la heroína de tu próximo libro; hay chicas, en fin, atraídas por mi estatus. Pero casi nunca es recíproco. Been there, done that. Cuando todo empezó a funcionarme engañé a la madre de mi hija, y muy pronto me cansé. Las chicas no se dan cuenta de hasta qué punto pueden llegar a ser insistentes. A qué viene eso de que si a ellas les apetece, entonces tú tienes que decir que sí. He visto a tías metiéndose en mi casa y despelotándose a la mínima que cerraba la puerta. Chicas a las que objetivamente no les había pedido nada. He terminado por aprender que no puedes meter en tu habitación de hotel a una mujer a la que no tengas previsto follarte, por mucho que insista, por mucho que se cuele en el ascensor. Resumiendo, las mujeres que me atraen son las que no quieren nada conmigo. Pero mi novia debió de leer los mensajes que enviaba a diestro y siniestro en aquella puta época y creo que por eso me dejó. Fue duro, y extrañamente no me destruyó. Tenía ganas de estar solo.

Ahora lo estoy. Completamente solo.

REBECCA

Deja de hacerte la víctima todo el rato, te juro que resulta agotador, no me da para compadecerte tanto.

Probablemente la has cagado más de lo que estás dispuesto a admitir. Ya te lo dijo tu amiga Françoise, como inocente no resultas creíble. Algo tuvo que pasar para que a esa chica le dé por hablar de ello diez años después. No tiene pinta de ser ninguna tonta. Si se lo hubiera inventado todo solo para joderte, diría que la violaste. Que fue horroroso, que por las noches no puede dormir. Si su idea fuera arruinarte la vida, créeme, lo habría hecho de otra forma. Acusado de violación, te habrían absuelto por falta de pruebas, pero pasarías un año complicado. Y tu reputación quedaría muy dañada.

Yo la versión de la víctima no la sacralizo. Evidentemente, a veces las mujeres mienten. Bien porque no tienen escrúpulos, bien porque les parece legítimo. Pero entre las víctimas, el porcentaje de fabuladoras sigue siendo ínfimo, mientras que el porcentaje de violadores entre la población masculina debería alertaros sobre el deterioro de vuestras sexualidades. Y sin embargo, os veo más escandalizados ante la posibilidad de una acusación injustificada que sabiendo que hay violadores entre vuestros amigotes. A partir de ahí, cómo decirlo... Incluso poniéndole al asunto una buena dosis de clemencia, cuesta compadeceros.

A mí todo esto del feminismo me ha llegado tarde. Durante mucho tiempo, hablar conmigo de feminismo era un poco como hablar de capitalismo con Bernard Arnault: entendía que a la gente le diera por criticar la cosa, pero yo personalmente no le veía más que ventajas. Cuando surgió aquella petición sobre la libertad de importunar firmada por Catherine Deneuve y Brigitte Lahaie, les dije a mis nuevas amigas feministas: aterrizad, chicas. Claro que Catherine y Brigitte piensan que todo está bien montado y que no hay que cambiar nada. ¿Habéis visto qué dos monumentos? A mí la crítica del patriarcado me dice algo porque soy vieja. Hace veinte años, me habrías hablado de Monique Wittig y yo te habría contestado prefiero hablar de los muslos de los legionarios.

Pero el Festival de Cine de Mujeres de Créteil organizó una retrospectiva sobre mí, y descubrí a ese público femenino entusiasta, generoso, bastante mejor informado sobre mi trayectoria que la mayoría de los críticos y capaz de elaborar teorías deslumbrantes y totalmente inéditas sobre mi trabajo. Aquello coincidió con mi primera gran decepción como actriz. Así es, hasta los cuarenta y cinco no me sucedió que yo quisiera un papel y se lo dieran a otra. Y porque te llegue tarde no significa que duela menos. Al contrario.

Miré a aquellas chicas que habían venido para aplaudirme de pie durante diez minutos y me di cuenta de que estaba impregnada de los espejismos propios de una mujer de mi edad. A saber: si no hay hombres no es serio, no hay dinero, no será tan importante, no estás en lo más alto. Etcétera. Pero los tiempos han cambiado. Eso es lo que fui aprendiendo mientras aceptaba todas las invitaciones de festivales de mujeres del mundo y de provincias. Las chicas de menos de treinta años exigen lugares exclusivamente femeninos. Y eso viene acompañado de una merma en opulencia igual a cero. No nos falta de nada. Así que he evolucionado con mi época.

Hasta entonces, el feminismo nunca me había parecido fundamental. Ya fuera en el cine o en el teatro, no era algo que me preocupara. Y añadiría que en los años ochenta y noventa, cuando veía a las feministas manifestándose, las consideraba más bien un fastidio. Algunas de ellas estaban obsesionadas con la mujer-objeto, y yo, en los carteles de las películas en que actuaba, siempre aparecía medio en pelotas, así que a veces, en un estreno, vacilaba a cuatro o cinco que andaban por allí repartiendo panfletos contra mi cosificación, haciendo como si yo no existiera. En otras ocasiones, se ensañaban escribiendo artículos asesinos porque yo había rodado una escena de sexo tórrido y eso podía no gustar, así que me caían por todas partes. Aunque tampoco puedo decir que me hayan incordiado demasiado; total, los últimos treinta años, en Francia apenas se ha oído hablar de ellas.

No me sentía concernida. Y cuando empezó el MeToo, mi primera reacción fue ir por ahí diciendo en el ambiente del cine «conmigo, ese señor Weinstein siempre se ha comportado como un perfecto caballero». Tonta tampoco soy, cuando me invitaron a hablar del asunto en la tele pública decliné. Pero en privado, ahí es donde me quedé: en Cannes he visto a tantas actrices comportarse mal cuando comprendían de quién se trataba e intentaban conseguir el número de su habitación, que así de entrada no pude empatizar. Zoé Katana tiene razón, lo más extraño es el entorno. Weinstein, durante décadas, fue el rey del mambo. No solo he visto a chicas peleándose por acercarse a él, sino que he visto a los distribuidores enviando muchachitas al frente. Y sabían perfectamente lo que se hacían. Y nadie tenía nada que decir al respecto. He visto a padres cuya carrera no había sido lo que ellos querían sacrificando a su propia hija adolescente como ofrenda. Y a toda esa gente, cuando el tipo cae de su trono, ya no los oyes decir ni pío. Eso vale con él como con todos los que han tenido problemas. A nadie en su entorno se le ocurría comentarle «eso que usted hace, señor, de hecho constituye delito».

Hubo esa primera amiga. Ella me contó sobre su Weinstein. También con ella se había comportado siempre como un perfecto caballero. Hasta que un día la agarró por el cuello con una sola mano y, sosteniéndola así, la pegó contra la pared. La rescató el director de una cadena que fue al lugar donde estaban a meterse algo de coca. De vuelta a su mesa en la cena, ella les dijo a los tipos de la compañía lo que acababa de suceder, y ellos se rieron comentando el vestido que llevaba. También ella se rio. Yo le dije que lo sentía mucho, ella me preguntó si yo alguna vez me había encontrado con ese tipo de sorpresas, y yo le dije «no, treinta años de carrera y nunca he tenido problemas». Ella me dijo «no me sorprende. Sales con tipos que dan mucho miedo».

Nunca me lo había planteado así. Sinceramente, atribuía el buen comportamiento de todos a mi conducta irreprochable. Pero tenía razón. Mis hombres son siempre unos gángsteres, y a nadie le apetece que le rompan las rodillas. Además, mi famoso comportamiento irreprochable es fácil de mantener, ya que nací siendo lucrativa. No es solo que en el despacho de un productor no me sienta inferior. Es que siempre eran ellos los que tenían que esforzarse por contentarme, porque realmente querían que firmara el contrato.

Esa conversación tuvo en mí el efecto de un hechizo desvelado. Tengo amigas en el mundillo, y no solo actrices sino maquilladoras o regidoras o que están en el reparto o son asistentes, y todas tienen una historia que contar, una historia que nunca habíamos compartido por mucho que a veces pasásemos juntas varias semanas. Así que cambié de bando. Dejé de creer que una buena actitud puede cambiar la situación. Luego me fui dando cuenta de que incluso las zorras estúpidas a las que había visto haciendo cosas que no me parecían dignas tenían derecho a quejarse. Y que no lo hacían. Nadie se compadece de las chicas que se han acostado con alguien para conseguir un papel y no se lo dan. Es injusto. Las chicas que yéndose a la cama sí lo consiguen tienen unas cualidades especiales. Deberíamos admirarlas. Yo las había juzgado mal, cuando lo único que hacían era jugar el juego. El juego no lo habían inventado ellas, probablemente habrían preferido que les fuera como me fue a mí. Limpiamente, con una primera película de poca importancia y un éxito internacional. Son demasiado amables, son demasiado sonrientes, no tenían elección. He visto a directoras geniales haciéndoles cariñitos como jovenzuelas a ciertos financieros. No son necesariamente tontas, ni tampoco unas zorras. Trabajan en el cine, eso es todo.

Como bien dice tu amiga Zoé, en ese movimiento hay para todos los gustos; insoportables, gilipollas, idiotas y chicas geniales. Yo busco la compañía de aquellas a las que entiendo y que me gustan. Así, todas contentas. Siempre he sido la criatura más individualista y elitista. Pero he comprobado que individualmente, en mi trabajo, contra mi edad no podía hacer nada. No podía obligar a los productores ni a las cadenas de tele ni a los distribuidores ni a los exhibidores a que me dieran trabajo. Desaparecer por el solo motivo de hacerse mayor es humillante. Pero no me avergüenzo, porque veo perfectamente que no tengo nada que ver con ello.

Zoé Katana habla un lenguaje que he aprendido a escuchar. El lenguaje de las chicas cabreadas. Hace cinco años, no habría leído ni diez líneas de sus declaraciones, enseguida habría pensado debe de ser débil, solo los débiles se victimizan. Pero hoy, la menopausia me ha llevado más allá y sé que cuando te encuentras en una situación de mierda que no puedes cambiar individualmente, hay que decirlo. Para que otras puedan responder «yo también» y «yo te escucho».

Y a ti también, hombre, yo te escucho. A mí los tíos me gustáis. Algunos de vosotros me habéis hecho feliz. No os guardo rencor. Muchos seguís comportándoos muy bien conmigo. Y no solo hombres de mi edad. Cierto que me molesta que ya no me ofrezcan trabajo, pero que los tipos viejos no traten de seducirme no me importa. No me interesan lo más mínimo.

Me gustan los hombres jóvenes, los aviones de combate, los tíos seguros de sí mismos, bien dotados, con pose de matón y esa alegría feroz en la mirada. La gente fea e inteligente siempre les dice a las chicas como yo en tono tristón «la belleza es efímera». Como si la inteligencia y el talento lo fueran menos. Y los tipos de mi edad no es solo que sean feos, es que son aburridos. Pero de eso ya te he hablado. Pensarás que estoy obsesionada.

Te escucho. Lo entiendo. Todo esto se os ha venido encima como una puta sorpresa. Todo es acostumbrarse…

OSCAR

Yo no me quejo. Pero el único momento en que olvido lo que me pasa es cuando voy a Narcóticos Anónimos. En general, tengo que hacer un esfuerzo. Antes de ir estoy convencido de que esta vez no va a funcionar, de que no vale la pena. Y me equivoco. Los veteranos me dijeron que los tres primeros meses había que acudir a una reunión diaria. Cuando escuché eso pensé «ni hablar». Una de las cosas buenas de esta asociación es que solo hay casos difíciles. Así que es un programa diseñado para personas que, cada vez que se les da un consejo, piensan «ni hablar». Conclusión, acudo a una reunión diaria. Allí me encuentro un poco con la sensación que tienes en un bar de provincia. Nadie te espera, vas si quieres, nunca sabes a quién te vas a encontrar, hay caras conocidas, pesados que siempre repiten lo mismo y gente que te gusta, y luego eso cambia, los que te gustaban te cansan y los que pensabas que eran imbéciles dicen algo que te llega, y te cambia la mirada. A veces hay alguna chica que me gusta, y la miro a pequeños sorbos, con mucho cuidado de no agobiar porque lo último que querría es engrosar la lista de depredadores sexuales de NA. Eso creo que no lo soportaría. Así que al final de las reuniones no intento hablar con ellas. Me mantengo alejado de mis caprichos románticos.

Cuando voy a una reunión NA a la que nunca he ido soy un tímido. Tímido como cuando era preadolescente. Hay algo juvenil, algo frágil en eso que siento y que no me resulta familiar. No sabía que era tan tímido. Desde que tenía quince años, a la mínima que me sentía inseguro me pedía un whisky. De hecho, antes siquiera de sentirme inseguro empezaba a pensar con qué me iba a colocar, quién podría volver el día más interesante. Es mi remedio contra el aburrimiento, contra el malestar, contra la vergüenza, contra la tristeza, es mi manera de celebrar los acontecimientos felices, de relajarme, de buscar la inspiración, de conjurar la nostalgia. Es el tabasco de la vida cotidiana, lo que le da sabor a lo soso. Es, desde siempre, mi respuesta a todo. Y cuando una droga se vuelve problemática la sustituyo por otra, o cambio a la gente con la que la consumo. Nunca me he considerado un tipo tímido, y ahí descubro que sí lo soy. Tampoco me he considerado nunca un tipo miedoso. Como era capaz de tomarme cualquier producto que me ofrecieran, me creía un temerario, un kamikaze, un chalado. Pero debo admitir que, si no me dopo, soy un cuarentón al que se le embala el corazón cuando entra en una sala llena de extraños.

Esta mañana hacía buen tiempo, fui caminando a eso de las ocho de la mañana, a esas horas París me encanta. Al llegar a la iglesia de la calle Saint-Maur, delante de la puerta había un grupito esperando, el tipo que tenía las llaves llegaba tarde. Algunos me han saludado, yo he mirado el teléfono preguntándome si me reconocerían. Una curiosa reunión. Visto desde fuera, una adivinanza difícil de resolver, ¿cuál es el punto en común? Una chica muy joven, negra, auriculares atornillados en las orejas, el pelo liso echado hacia atrás, cara inexpresiva, jersey beige de cuello alto y grandes pendientes dorados. Una mujer de unos sesenta años, ojos muy claros, cabello blanco, con un radiante chándal nuevo. He pensado que parecía una loca, pero más tarde ha tomado la palabra y tenía un discurso extremadamente articulado, la voz suave, nada que ver con mi idea inicial. Un chico bonito de cara, de mi edad, pelo muy corto, manos hermosas, mentón prominente. Yo lo veía como un enterado, tal vez un maricón, pero ha sido ponerse a hablar y pensar que no era más que un capullo engreído y sin ningún interés. Un árabe, de unos cincuenta años, cara de maleante, un mazas de esos que solo con verlo te queda claro que lleva a sus espaldas varios años de cárcel, y en cuanto ha hablado resulta que no era en absoluto el bruto que imaginaba, mente rápida, indirectas asesinas, fórmulas lapidarias, se conoce el programa como la palma de la mano y nos ha dado una charla impecable sobre el trabajo en las distintas etapas. Ha hecho reír a todo el mundo. Con esa cara de asesino y nadie le tenía miedo. Un tipo rollo figurín, de unos veinte años y una belleza que trasciende la división de géneros, turbador para cualquiera, mirándolo me he dicho con esa cara claro que te sientes un poco aislado del mundo. Hablaba en voz baja, retorciendo las manos, las pasa canutas, piensa en volver a consumir pero lo ha perdido todo. Ha hablado de la vergüenza y yo he estado a punto de interrumpir la reunión para preguntarle pero estás loco o qué, con esa carita de ángel uno no puede no quererse hasta ese punto. Una chica de pelo rizado, muy blanca, dentadura errática, con un divertido suéter de lana, pelo ni corto ni largo que no se parecía a nada. Más tarde, en la reunión, ha devenido luminosa. Hablaba de su gratitud por el programa y del camino recorrido, y su dulzura resultaba contagiosa, me ha parecido como si iluminara la habitación. Un señor mayor, enorme, muy feo, cuando lo he visto me he dicho basta de historias no puedo pretender que tengo algo que ver con esta gente porque el tipo parecía una piltrafa y otra vez lo mismo, qué sorpresa cuando abre la boca y habla de su padre en Argelia, de donde acaba de volver, él bebiendo cervezas todo el día, y de su deseo imposible de salvarlo. Y eso me perturba porque pienso que a mí también me hubiera gustado salvar a mi padre, no del alcohol sino de esa tristeza resignada, y que para mí fue imposible.

Me levantaba cada cinco minutos para tomar café. No podía estarme quieto. Al principio de la reunión, mientras se leían los textos, siempre los mismos textos, pensé como de costumbre «ya está, esta vez no funcionará, ya es demasiado, este es el momento en que me doy cuenta de que este tampoco es mi lugar». El primero que levantó la mano para tomar la palabra parecía el cajero de un banco, hablaba muy bajito con una voz desagradable y había que hacer un esfuerzo para entender lo que contaba. Dijo «estoy feliz de estar con ustedes, necesito una fraternidad para soportar lo que estoy pasando, mi hija mayor no está bien, la han hospitalizado, quiere suicidarse y yo me he pasado la vida evitándola, me he escaqueado de cuidarla todo lo que he podido, podría decir que es porque quería colocarme, pero creo que es al revés, me colocaba a la mínima de cambio para evitar ver a mis hijos y pensar en mi esposa a la que odio y ahora la culpabilidad es lo que me resulta más soportable, lo que de verdad me destroza es asumir que ahora toca hacer el duelo de nuestra relación, que la culpa es toda mía y que es demasiado tarde. He fallado en mi paternidad. Y necesito una fraternidad para expresar mi pesar y mi confusión, en voz alta». Y ahí su voz se ha ahogado, entonces ha concluido «poder decirlo y ser escuchado y no sentirme juzgado es milagroso. No creo que lo merezca. Vengo aquí para encontrar la fuerza necesaria para hacerlo lo mejor que pueda, en lugar de repetir mis errores sin tratar de arreglar las cosas». Me he dado cuenta de que estaba llorando. Eso me ha flipado porque mis pensamientos me estaban contando una historia —en la que todo me la sudaba y no encontraba mi lugar—, y mis instintos me estaban contando otra. En la que había vuelto. No recuerdo haber llorado nunca delante de nadie. No recuerdo que nadie me haya prohibido llorar, ni en casa ni en la escuela, así que no sé dónde aprendí a no hacerlo. La chica a mi lado me ha sonreído, no me decía cálmate ni déjate hacer ni he escrito un libro ¿podrías presentarme a tu editor? Me ha sonreído porque también ella estaba conmovida. Y no me ha molestado. Yo es que desconfío de todo el mundo, especialmente en estos momentos, siempre me pregunto qué ocultará la gente detrás de su amabilidad. Pero esta mañana, simplemente he aceptado las reglas del juego. La bondad fluye, es parte del truco. Es gratis. He levantado la mano, pero éramos demasiados, no he hablado. Eso era lo de menos. Cada palabra que esos extraños pronunciaban —el paro, Tinder, la vivienda, el curro, el dentista, los vecinos, el porno, el azúcar, la ira— me afectaba como si yo la estuviese pronunciando con ellos. Al final he dicho el tiempo que llevaba, tres semanas ya. Nunca había estado sin tomar nada de nada. Ni siquiera lo había soñado. Cuando acudí con Françoise a aquella primera reunión, no pensaba en dejarlo todo. Solo me dije tal vez el alcohol, un tiempo, hasta que esto se calme. Alguien dijo «me llevó años comprender que la única forma de no drogarse es no tomar droga nunca», y yo me reí. Pero se me metió en la cabeza. Y aquí me tienes. Ahora mismo me siento sinceramente afortunado de que alguien me aplauda en alguna parte y me felicite y que no sea un fraude. Algunos saben lo que me pasa con Katana. No les importa lo más mínimo. No es asunto suyo.

REBECCA

Tu enfoque me parece admirable. Es el viaje al fin del día, ese rollo tuyo de dejarlo. Hace falta valor para intentarlo. Me sorprendería que Zoé y sus colegas fueran sensibles a semejante esfuerzo. Es gente que se expresa esencialmente en internet. No están ahí para dialogar ni para reconciliarse ni para tenderle la mano a nadie. Internet, ante todo, es bilis. A veces ves a uno o a una que lo usa a la antigua, para expresar ideas complicadas y responder a argumentos. Pero, por regla general, el activismo en internet es fanatismo en estado puro: una vez que la gente se convence de estar en el lado correcto de la moral, le parece decente degollar al adversario. Tenía mis dudas sobre tu método. Pero pareces tan contento con tus nuevos amigos que no me gustaría estropearte todo ese entusiasmo. Por una vez que dejas de quejarte... Además, últimamente, me han hablado de ti. Corinne me ha llamado. Me ha mareado, por cierto. Le diste mi WhatsApp, me escribió y yo le respondí enseguida; lo cual en sí mismo es extraordinario porque recibo demasiados mensajes para que me sea humanamente posible responderlos todos, además tengo un agente, y con lo que cobra me parece lógico que del correo se encargue él. Una de las cosas que me gusta de ti es que nunca me preguntas cuándo nos vemos. Si no es para trabajar, a mí salir de casa no me llama. Eso de estar con gente, si no es porque trabajamos juntos no entiendo qué interés tiene. Los small talks, todas esas cosas de la sociabilidad común, me aburren. Así que a Corinne le contesto enseguida, un verdadero regalo. Y reconozco el tono que emplea conmigo, el tono de la gente que está muy impresionada de que yo sea conocida pero que no puede soportarlo. Una familiaridad agresiva, gente que quiere recordarte a toda costa que ellos no son fans como los demás, que ellos no son unos incautos, que ellos no se dirigen a mí «desde abajo». Lo dejé pasar. Lo sé por experiencia, cuando la cosa empieza así ya no hay solución posible. Si tiene un problema con la fama, yo no puedo ponerme a desmontar toda la película que se ha montado en su cabecita y explicarle que, cómo te lo digo, no voy a renunciar a ser quien soy solo para que ella se sienta mejor. Imposible despegarme del personaje público. Yo soy las dos personas, hay que acostumbrarse o dejarme en paz. Y claro, no podía faltar «me apetece verte pero tengo mi ego y desconfío de las actrices». Yo le dije que se fuera a la mierda. No sé qué le habrá pasado con qué actriz de quinta categoría, pero yo soy una leyenda. Si no puede manejarse con eso, que me deje en paz.

Me bastó charlar cinco minutos con ella para entender que solo cuentas lo que te parece. Tal como lo ve tu entorno, no eres solo un tipo que se toma unas copas para ir de novelista rock'n'roll. Lo tuyo es de asuntos sociales. Avergüenzas a todo el mundo. Eres el típico tío que no aguanta las drogas y se empeña en seguir tomándolas. Tú y yo no jugamos en la misma liga. Yo estoy hecha para esto. Me sorprende que los científicos no estudien mi caso, porque llevo décadas en la droga y se me da la mar de bien. Yo no huyo de la timidez, ni de la vergüenza. Por mucho que me quites la prótesis de la droga, sigo sintiéndome igual de cómoda allí donde me pongas. De lo que huyo es del aburrimiento. Las cosas son demasiado lentas. No sé si has visto ese documental con Amy Winehouse, cuando ya no se mete y después de un concierto dice desesperada «sin droga no es divertido». Yo entiendo exactamente a qué se refiere. Cuando estoy metida en un rodaje no tomo nada porque eso en cámara se nota y da planos imposibles de montar. Además, un rodaje es el único momento en que, por mucho que te pases horas esperando, la intensidad es suficiente como para no aburrirte. Pero el resto del tiempo, sin droga no es divertido. No para gente como yo, que somos legionarios de la droga, profesionales del ramo.

He buscado en internet de dónde viene esa palabra: adicto. «En la Edad Media, quien no era capaz de cumplir con sus compromisos, de mantener la palabra dada, era declarado *addictus* y adjudicado a un amo». Adjudicado a un amo: degradado al nivel de la mujer, o del esclavo, del ciudadano que depende de la buena voluntad de los demás; subordinado al interés de los otros, sin que su propio interés contase para nada. Por tanto, ser adicto implicaría siempre una forma de renuncia a tus plenos poderes. Echar a perder tus privilegios. Ser incapaz de cumplir con tus compromisos y de pagar tus deudas. Yo creo que al nacer cada cual hereda sus propias deudas. Un día entenderemos la información del ADN y descubriremos que el hecho de que papá te cantara nanas o bien destrozara la casa y pegara a mamá al final no importa tanto. Lo que importa es la historia que heredas. ¿Cuál es el compromiso que he traicionado yo para merecer ser una adicta? El secreto reside más bien en cuál es la traición que he heredado. Va más allá de mi biografía, en el sentido burgués del término: esa pasión de los ricos por la historia de sus familias. Una siempre se droga en un contexto histórico y político. Drogarse es una forma de reconocer que tienes una cuenta pendiente; de reconocerlo y al mismo tiempo de borrar esa cuenta pendiente. Si prefieres verlo así, cuando me administro grandes dosis de droga, lo que estoy haciendo es escupir la lengua que hablo, la que me impide respirar. Fundir los plomos de mi conciencia para conjurar la humillación de los adultos que conformaron mi entorno. Ausentarme de esa situación, retirarme.

Yo soy incapaz de ser una buena empleada una buena esposa una buena adulta, puntual, educada y fiel. Fiable para el sistema. Soy defectuosa. Soy difícil de explotar. Soy un mal soldado. Los buenos soldados se toman las drogas que les prescriben. La droga es como la violencia. Legítima en manos del Estado. Delito en manos del individuo. Si consumo la droga que me receta el médico me convierto en una adicta legítima. He ido viendo que los drogadictos siempre son los que más se resisten a someterse a un tratamiento antidepresivo. Si uno es adicto a las drogas legales de la psiquiatría, si ingiere la droga recomendada por el médico, es un buen trabajador. Un buen sujeto económico. La idea de fondo del colocón es esa. Renunciar a tu país. Renunciar a la lengua que hablas. Renunciar a ser una mujer honesta. Renunciar a la fábrica donde trabajaba tu mamá. Renunciar a la trinchera en la que murió tu bisabuelo sin que nadie se enterase.

Ser adicto es hacer promesas que no cumplirás. Es afirmar estaré allí mañana y no acudir, es afirmar iré a buscar al niño al colegio y no presentarse, es afirmar haré mi trabajo y no contestar al teléfono. Y esa cruda realidad finalmente revelada no siempre cuadra con la que nos contaban de pequeños los padres. Aquella mochila burguesa de la obsesión paterna es una obsesión del psicoanálisis, un esfuerzo desesperado por afirmar que el poder de la aristocracia y la burguesía consiste en ser capaces de poner el mundo entre paréntesis. Las paredes del dormitorio del niño burgués son tan gruesas que no se dejan penetrar por el rumor del mundo. Ni por sus miasmas. Ni por el ruido de las bombas. Las paredes del dormitorio del niño burgués son tan gruesas que basta con que la madre le cante la nana adecuada para proteger al niño del mundo que lo rodea. ¡Bullshit! Cuando acabas en comisaría para rendir cuentas por adicto, en quien piensas no es en tus padres. Aunque no les gustaras y les incordiases porque eras un crío superfluo un crío decepcionante un crío cretino un crío feo. La verdad que has ido a buscar en la celda es una verdad política.

Y como sucede a menudo en la revolución, enseguida te reabsorben: los depredadores acechan a la vuelta de la esquina de cualquier revuelta. Porque el problema no es tu sumisión a un producto, ni que te conviertas en esclavo de un solo remedio. Lo que en realidad sucede es que acabas sometido a toda una serie de amos que quedan siempre en la sombra: la policía, el blanqueo de capital, el narcotráfico, las fronteras, la mafia, la cárcel… una catastrófica cadena de corrupción y de violencia inútil. Te metes lo que a ti te parece una solución milagrosa buscando la libertad, el consuelo, la alegría, la experiencia, y terminas en la Dark Web siguiéndole el juego a un montón de desalmados. Quién sabe si, después de todo, lo que busca el adicto no es precisamente eso: la punición salvaje, el correctivo administrado sin miramientos, el encarcelamiento. La anulación real de su ciudadanía. De todo cuanto lo constituye. Colocarse es no querer saber nada ni de ti mismo ni de los demás. Es atreverte a decir la verdad: yo no me quiero, y a ti tampoco te quiero. Quien te acompaña en la celda, esposado e interrogado, es tu linaje al completo es tu lengua es tu pueblo es tu tierra. Quien se empeña en seguir mintiendo, quien se deja manipular insultar ridiculizar, quien resulta sospechoso y acaba condenado es tu linaje al completo es tu lengua es tu pueblo es tu tierra. Y eso el Estado que criminaliza al adicto lo sabe perfectamente. El Estado sabe que las leyes sobre drogas son ante todo leyes de dignidad económica. Gente a quien se le retira esa dignidad, y gente a quien se le otorga. El camello de poca monta que pasa chocolate es un criminal. Da un servicio a la comunidad, resulta útil y no perjudica a nadie, pero es un criminal. También forma parte de la cadena que acaba lavando el dinero del accionista poderoso, quien en cambio no da ningún servicio a nadie y arruina comunidades enteras. Para el primero, la cárcel; para el segundo, los honores.

Me gustaría viajar en el tiempo para volver a la década en la que las drogas y yo éramos amigas y drogarse servía de algo. Yo era como un padre demasiado indulgente y preocupado por su hijito, protegiéndolo de todo por miedo a que le hicieran daño o fuese incapaz de valerse por sí mismo. Imagino mi genio malvado con pintas de malote, de viejo boxeador. Inquietante pero carismático y protector. Diciéndome yo me ocupo de la vergüenza de la tristeza de la timidez de la angustia de la vulnerabilidad. En el momento menos pensado, igual que sucede en un cuento de hadas, la realidad se vuelve maleable. Ese genio es seductor. De lo contrario, no le habría dedicado mi vida. Pero ahora, yo diría más bien que estoy poseída. No tiene sentido. Lo sé. Ahora, cuando me drogo también me aburro. Aun así, sigo haciéndolo. La parte de mí que quiere drogarse es como una región que lucha por tomar el control sobre todo el país. No lucha por su autonomía, lucha por la indexación. Es una instancia dictatorial. Pero también es mi país. Del mismo modo que es mi guerra.

La droga es también la disidencia sin complicaciones, la disidencia que se fuma que se esnifa que se inyecta o que se traga. La disidencia sin molestias. Cualquier idiota puede drogarse. No hace falta valor para volver a hacerlo. En cuanto que es más fuerte que uno mismo, se convierte en desobediencia fácil. Porque, en última instancia, desobedecer es siempre obedecer a un poder distinto del establecido. Obedecer a tu instinto, obedecer a la justicia, obedecer a tu deseo. La desobediencia siempre es decirle al padre: tú no eres el jefe. No eres el único jefe. Tu palabra no es divina.

Eso sí, por supuesto, cuando obedecemos a las drogas estamos obedeciendo a la palabra del padrino. A la palabra del banquero que blanquea dinero. Nos convertimos en empleados de un sistema paralelo en cuya cúspide acabamos sometidos a la misma masculinidad. Entre una demostración de violencia y la otra, siempre acabamos atrapados en la misma cabronada.

Tengo ganas de plantarme. Tengo ganas de desviarme tengo ganas de no resultar fiable. Me aburro sola, tengo la impresión de ser el césped bien cortado del jardincito de una urbanización burguesa de provincias. Tengo ganas de estropear los relojes. Las buenas maneras me cansan. Definitivamente, antes muerta que hacer yoga.

OSCAR

Es la guerra que libramos todos. Esta historia de mantenerse sobrio no es fácil. Yo no me reconozco. Pierdo la calma. El otro día alguien decía «un golpe de viento y ya no sé dónde estoy». Es como estar un poco perdido, pero también sentir esa cosa típica del adicto, como avizor, vigilante, listo para embarcarse en una aventura desastrosa o magnífica: cualquier cosa con tal de que haya movimiento.

Así es como me siento, un golpe de viento y ya no sé dónde estoy. Para alguien como yo, ese rollo de mensajes mails multiplicación de estímulos se convierte en un auténtico martirio, me aturde, no logro concentrarme, cualquier chorrada me deja hecho polvo.

Ayer por la noche, cuando me fui de la cena a la que me habían invitado, llovía mucho y en el portal tuve que pedir un Uber, enseguida llegó un hombre taciturno con su enorme coche negro. No estaba escuchando música, no me preguntó cuál era mi emisora de radio preferida. Se le veía en la cara que estaba quemado y agradecí que no me dijera nada. Estaba aturdido, feliz de no haber bebido, aliviado de que nadie se sacara del bolsillo algo con lo que liarse un peta ni sugiriese llamar a un camello. En el mundillo editorial no es tan raro, el alcohol sigue siendo el único producto en circulación. Intenté felicitarme por haber avisado al llegar de que no quería beber –nadie me preguntó por qué–, pero no estaba contento conmigo mismo, solo sentía cansancio y una agotadora sensación de extrañeza. Volver a casa sobrio.

Durante la cena nadie habló de mi asunto. En esos ambientes siempre me he sentido un intruso. Nada que ver con ese complejo de desclasado del que tanto se habla: todo ese rollo de los cubiertos para el pescado que no controlo, la angustia de no saber en qué copa toca beber o qué cuchillo utilizar. Yo ya sé que no me invitan para comprobar si he pasado por una escuela de hostelería, y si quiero decir buen provecho, pues lo digo, todo el mundo sabe que no soy el hijo del embajador. No conozco los códigos de mi nuevo ambiente, a mí qué más me da. Es una de las ventajas de la embriaguez. En la mesa, yo siempre me sentaba con los que beben abundantemente y van todo el rato al baño, y en esas actividades la mezcla de clases se lleva mejor. Yo tenía un beber alegre y expansivo, y eso me convertía en un invitado apreciado. Aun así, nunca se le olvidaba a nadie mencionar que soy hijo de obrero. Llevo diez años publicando libros, ya verás como si buscas, esa mención la encontrarás en todos los artículos que hablan de mis novelas. El relato importante no es «ha llegado donde está a base de talento», sino «no pertenece a la élite, ¿no os parece exótico?». La excepción que represento solamente es tolerable en cuanto que confirma la regla: un privilegiado no es fruto del camino recorrido, sino del lugar en que nació. A menudo me preguntan con aire travieso «pero usted se ha aburguesado, ¿a que sí?». No sé por qué, pero el periodista siempre la formula en ese tono medio triunfante medio inquisidor de la pregunta trampa. Como si tuviera que sentirme mal por haber aprendido tarde a valorar el bufet del desayuno de los grandes hoteles, la cachemira o los sillones de diseño. Como si tuviera que responder personalmente de las desigualdades del capitalismo y de por qué el ascensor social se ha estropeado. Como si me restregaran la nariz en la mierda diciéndome con sorna «¿ves como te gusta nuestro lujo, pobretón de los cojones?». Pues claro que me gusta su lujo, pero es como si tuvieran que comprobar una y otra vez que son la envidia del resto del mundo. Por eso necesitan crear tanta miseria. Para estar seguros de que hay quien les envidia; porque sin la envidia del pobre, no es que la felicidad del rico sea incompleta, es que se desvanece. Yo eso no trato de comentarlo con ellos, pero lo que más me gusta del lujo es no tener que poner el despertador. Y si cuando me levanto me da la gana, volver a acostarme a leer durante toda la mañana. A mí en esta vida lo que me interesa es el cheque a principios de año. Desde que voy a las reuniones de Narcóticos, me doy cuenta de que me estoy resistiendo a ponerle una cifra a lo que me ha costado todo ese rollo en términos económicos. No me he comprado un piso. No me he comprado un coche. No he abierto una cuenta de ahorro para la universidad de mi hija. Pago, eso sí, todo lo que hay que pagar. No miro el precio de las cosas para ver si me las compro o no. Mi lujo es ese. A mí me basta. Pero tengo claro que un día sacaré las cuentas de cuánto me gasto al año en coca cuánto en bares cuánto en putas... de cuánto me ha costado todo lo que tiene que ver con la droga. Y digo en dinero, ya ni me planteo esa otra forma de verlo que empieza a abrirse paso y según la cual puede que, por estar colocado todo el rato, haya mandado al traste historias de amor o de amistad o de trabajo que me importaban. Que puede que tuviera una mejor relación con mi hija. Que puede que con Zoé –y esto siento que también me va a costar– me pasase un poco de la raya y en verdad la vieja Françoise estuviera en lo cierto. Puede que sereno no me hubiera comportado exactamente así. Porque soy tímido. Descubrirlo a los cuarenta pasados resulta extraño. Soy tímido como un niño.

Y desde que empezó todo este mogollón, he ido viendo cómo cerraban filas. En los últimos tiempos he comprendido que igual no me había esforzado lo suficiente para someterme e integrarme. De haber sido uno de ellos, a Zoé la habrían silenciado de esa forma tan eficaz de la que son capaces. Pero nadie ha descolgado el teléfono para protegerme.

REBECCA

Estos días tengo a una amiga en casa. No me gusta tener a nadie en casa. Ella se impone y yo la dejo hacer, es menos agotador que mantenerla a distancia. No duermo bien me duele la espalda tengo la impresión de andar todo el rato volviendo la cabeza hacia la derecha y luego hacia la izquierda es algo que odio y no estoy de humor para soportar a Sandrine.

Nos conocemos desde que teníamos diecisiete años, llegamos a París el mismo año. Nos conocimos en Les Bains Douches, en un concierto de Jesus and Mary Chain... Nunca habíamos estado en esa discoteca, ni ella ni yo, y nos largamos antes de hora porque éramos unas esnobs y nos pareció que aquel sitio estaba démodé. Demasiados viejos, demasiados pijos, demasiados payasos, demasiados floreros: no nos apeteció que nos gustara. Nos hicimos amigas con ese pacto de desprecio. Le sacamos a un colega una cápsula de Dinintel y nos pasamos la noche paseando por París y contándonos nuestras vidas de chicas de diecisiete años. Su belleza tenía algo de asombroso. Pómulos altos, ojos de un verde muy claro casi metálico y unas largas manos blancas de dedos finísimos: una especie de extraterrestre. Llevaba una chaqueta blanca con hombreras y una gorra de marinero, estaba fascinada con Grace Jones. Luego he vuelto a pasar por esas mismas calles, sintiendo el júbilo en mis piernas, reviviendo aquel pasado intacto, y con lágrimas en los ojos de tanto como me gustaría poder volver a esa noche.

Éramos dos criaturas sublimes, dos soldados perdidos. Juntas, nuestras fuerzas se multiplicaban. Hemos mantenido una amistad notablemente larga, y feliz. Con todas las ventajas del gran amor romántico pero sin la posesividad.

Hoy en día no sabría decirte qué relación tenemos… He cortado los lazos con ella muchas veces, pero el vínculo que nos une es como la hiedra: puedes arrancarla de la pared, pero volverá. Sandrine sabe lo que quiere de los demás, y es una apisonadora.

Tiende a hablar sin preocuparse por la persona que está delante. También ella me habla de drogas. Sostiene que, si de niña has tenido razones para aprender a abstraerte de la realidad, de adulta, cada vez que la realidad escuece, sigues usando estrategias para ausentarte. Como si fuéramos un cajón que se cierra.

Y veo la casa de cuando yo era niña. La brutalidad de los cuerpos a mi alrededor, viviendo entre fieras condenadas a soportarse en un espacio limitado. No es solo que el apartamento fuese demasiado pequeño para contener cinco cuerpos, es que el horizonte –tapado por otros edificios que te obligaban a levantar la cabeza para atisbar un trocito de cielo– también lo era… Y sin embargo creo que si de niña aprendí a huir de algo, no fue de mis emociones, sino de la tristeza de los padres. La tristeza no es lo mismo que la precariedad. Y los niños no tardan en comprender que esa tristeza cotidiana los acabará devorando, si se dejan llevar los asfixiará vivos. Sandrine dice que ya no bebe alcohol ni prueba el azúcar. Cigarrillos aún fuma. Tarde o temprano los dejará. Se exige demasiado. Exige demasiado a la pequeña empresa en que nos hemos convertido todas nosotras. Café sí toma. Pero se siente culpable. El otro día se comió un dónut, la oyes contarlo y es como si fuera una puta enganchada al crack dispuesta a chupársela a cualquiera para poder pillar… Su realidad mental parece Guantánamo. Estar metida en su cabeza debe de ser un suplicio. Una prisión llena de guardias psicópatas que te golpean con sus porras apuntando a los tobillos. Dice «quería estar más presente en mi vida, ser más honesta sobre mis límites y mis deseos».

Su vida es una mierda, y sus deseos se la pelan a todo el mundo… Tal como yo lo veo, lo que está haciendo es entregarle la niña que hay en ella al abusador. Y este normalmente no te dice «voy a partirte la puta carita»; a menos que sea desde lo alto de sus botas de sádico declarado, lo que hará será utilizar argumentos de terapeuta, de moralista, de educador, de juez recto. El abusador construye al culpable con el fin de ejercer sobre él toda una serie de castigos. No por ser lúcido se es más benévolo.

Estoy acostumbrada a su presencia, que se ha vuelto invasiva. Puede que al drogarme esté respondiendo a un deseo silenciado de los adultos que me rodeaban cuando era pequeña, cuya vida, si yo no hubiera estado allí, habría sido mucho más fácil… Hicieron como que estaban muy contentos de tener por fin una hija, pero fingían sin convicción; con hija o sin ella, mi padre era un matón. El dinero que ganaba, y creo que ganaba mucho, se lo gastaba por su cuenta fuera de casa. Yo fui la tercera, lo cual para mi madre significó un montón de problemas más… Fijándome en nuestra cronología, yo soy la hija que sobra, la que provocó que mi padre dejara de engañar a su mujer a diestro y siniestro para directamente buscarse una nueva legítima. Y en medio de esa debacle, yo aún representaba noches sin dormir, días libres para cuidarme, una cama que encajar en algún sitio, material para el colegio, comidas que preparar. Representaba un problema. Mi padrastro llegó a nuestras vidas antes de que yo aprendiera a caminar y siempre se comportó como un padre. Pero en el fondo yo lo sabía, de no tener que cargar con ese fardo —los tres hijos de mi madre— habrían sido más felices juntos. Quién sabe si cuando me coloco no estaré cumpliendo con ese deseo paterno: no armo lío, me apago, hago como si no estuviera allí. Sé que tú lo entenderás, me has contado tu vida.

Sandrine es inagotable. «Sin la opción de neutralizar mi estrés diario con una copa de vino, me veo obligada a enfrentarme con las raíces de mi angustia». Ahora estamos en esa fase. Un puto coñazo. Yo me digo cariño tu hijo está en la cárcel tú eres vieja tu asistente social es una zorra de primera división... El único logro en tu vida es que tienes un apartamento de alquiler protegido en un suburbio que no está tan mal, en el sur, desde la ventana se ven arbolitos... La escucho, pero de lejos. «Me veo obligada a enfrentarme», dice... Obligada. Adiestrada. Chorradas de mujeres correctas, siempre tan despiadadas consigo mismas. Siéntete bien en tu cabeza, encuentra tu confort, escucha a tus emociones, métele mano a las raíces de tu angustia. Hasta de eso tiene una que ocuparse. Como si te perteneciera, como si tu angustia fuera un ficus benjamín del que hubiera que responsabilizarse. Y por si fuera poco, tienes que ser feliz. «Mira tú, a mi hijo le han caído siete años en la trena, voy a aprovechar y me prohibiré cualquier placer». Arrastrarse ante el tribunal de tu propia conciencia. En un movimiento virtuoso que quizá intenta borrar la realidad tal como es. Una tentativa desesperada de tener algo bajo control.

Drogarse, en cambio, es conectarse también con otros pensamientos. Abrir las puertas del ser. Dejar que entre el aire del exterior. Desviar la atención del mercado. Y procurarse placer, allí donde esté. Sandrine insiste: «La adicción supone buscar consuelo en aquello que te destruye». Y yo respondo: a menos que eso sea tachar de destructivo aquello que te consuela. Entonces veo que le gustaría darme una bofetada porque sabe que no es lo que pienso sinceramente, lo que pasa es que me divierte pincharla. Y que después de escuchar todas sus chorradas sobre mantenerse clean, me vienen ideas nuevas para contrariarla...

No sé qué hacer con esta vieja amistad que al final es como uno de esos nudos que se les hacen a las niñas en el pelo cuando no las peinas con cuidado. Una mezcla de culpabilidad, de afectos y de recuerdos, tanto alegres como repugnantes. Y en ese espejo ya no sé qué es lo que veo. Es tan opaco.

Antes éramos hermanas. Esa famosa familia que tú misma eliges. Nos metimos en la droga al mismo tiempo, saliendo con la misma gente. Nos veíamos todos los días. Luego llegó aquel colega que me habló de un casting. Yo no pensaba más que en la pasta. Sabía que me esperaba una vida increíble, pero en el cine nunca había pensado; por otra parte, tampoco sé muy bien en qué pensaba. Sucedió por casualidad. Lo cambió todo. Aunque entre nosotras no fue ningún problema. Entre ella y yo estaba la droga, nos gustaba tanto drogarnos juntas que eso nos mantuvo unidas. Siguió siendo mi colega allí donde fuéramos. Con ese aspecto suyo tan increíble, cuando la colaba en una fiesta o en un rodaje nadie la hacía sentir mal.

De mi vida de antes no he conservado muchos amigos. A veces la gente te viene con esa teoría barata de que a la gente la abandonas porque no soportas que te recuerden quién eras antes de ser famosa. Nada que ver. La fama es una bomba. Crea un vacío a tu alrededor. Ocupas tanto espacio que se vuelve incómodo, te acabas rodeando de gente que se parece a ti. Pero la gente a Sandrine la recordaba, incluso cuando yo estaba cerca se interesaban por ella.

Un buen día se encaprichó de un perdedor que decía ser pintor y se fue con él a vivir a Canadá. Se compraron una casa. No hablaba más que de decoración y cosas de cocina. La olvidé. Tuvo al hijo. Seguía llamándome por teléfono y solo hablaba de maternidad. Cuando veía su número dejé de responder. Su novio era un timador. Aquello acabó fatal. Ella volvió con su hijo bajo el brazo y el padre se esfumó. No la eché de menos. Pero cuando vino a llamar a mi puerta, le dije que no había problema; yo me iba unos meses a Italia y le dejé las llaves del apartamento. Se quedó un año. Yo entonces trabajaba mucho, llegué a pedir una habitación de hotel para los rodajes en París. Entonces eso no era un problema… Cuando me pasaba por mi casa, lo único que le interesaba era acostar al crío y que yo llamara al camello. Seguíamos riéndonos juntas pero empezó a resultar degradante: despreciaba a mis amigos, mis películas, mi mundo. Estaba resentida conmigo. Nunca tocamos el tema.

Afortunadamente, encontró a un tío al que joder y se fue a vivir a su casa. Envejeció de golpe… Ya no volvió a escuchar música no volvió a ver documentales no volvió a salir con amigos. Naufragó en la edad adulta a la que tanto temíamos de jóvenes. Su novio murió de cáncer y hubo que llevarla de la manita porque no se recuperaba. Se presentaba en casa con los mocos colgando acompañada de su hijo, que se había convertido en su mejor amigo. Formaban el dúo de la desesperación. Ahora el chaval se ha hecho mayor, se está chupando siete años de talego; por un atraco sin víctimas no es poca cosa… pero el dinero es sagrado. Es extrañamente sexy, listo no tanto, pero está bien formado, con un punto animal que no me disgusta. Habría que tatuarlo de arriba abajo para mejorarlo un poco. Pero los hijos de los amigos no se tocan. Lo digo por experiencia. Los padres no se lo toman nada bien. De todos modos, al chaval le falta un hervor. Un imbécil le dijo «ven, vamos a hacernos un banco, tengo un plan», y el muy gilipollas le hizo caso. Cumple condena en Villepinte. Así que a Sandrine la tengo siempre en casa. Se pasa la noche quejándose y explicándome cómo no se droga… Cuando cae la noche, un rayo de alegría le ilumina el rostro, y justo después me dice «¿llamamos?». Solo por esta vez, añade «es que necesito distraerme un poco…».

Normalmente le doy el gusto, a la mínima que me lo pide llamo al camello. Pero anoche me vino a la mente tu rollo de mantenerte limpio. Le respondí lo he dejado todo. Ella sabe que es mentira, pero no puede pedirme un análisis de orina. Se quedó tan decepcionada que casi me arrepiento, pero no lo hice. A mí colocarme me apetecía, pero no con ella. Nunca lo había mirado de esa manera. Quién sabe si, gracias a ti, acabo de encontrarle una solución a un viejo problema; me da a mí que la próxima vez que necesite dónde quedarse no me llamará a mí.

OSCAR

Esa historia tuya con tu amiga Sandrine me suena. Últimamente estoy perdiendo amigos como si fueran cabellos, a puñados. No era consciente de hasta qué punto mis colegas son gente con la que bebo, o con la que me meto. Eliminas la mercancía y hasta da vergüenza verse. Corinne me ha llamado. Quería hablar de ti. Vi enseguida que volvía a la carga, con éxito. Normal, es tan insoportable como irresistible. De nuestra correspondencia no le he dicho nada. Tenemos esa relación… de desconfianza.

Te escribo desde el salón de una casa en el sur de Francia que reservé por internet hace seis meses. El fuego en la chimenea no acaba de prender, un humo blanco y espeso, he metido demasiado papel de periódico para encenderlo. Miro en Instagram fotos de mi hija de vacaciones en Ibiza, junto a una piscina. No le encuentro ningún encanto. Siento ser esa clase de padre desagradecido. Frente a mí, una biblioteca un poco desordenada: una bonita edición de un libro de Bob Dylan, una fila de cedés, algunas monografías Taschen y viejas revistas de decoración. En la pared, la foto en color de unos monjes tibetanos junto a unas cascadas, y debajo un piano de pared blanco. No sé tocar. Me habría gustado ser uno de esos tipos con oído para la música. Ni siquiera tengo sentido del ritmo. Por lo que parece, hace mucho que nadie viene por aquí. La casa es como impersonal, parece utilizada pero no habitada.

Para mí en esta región hace demasiado viento. Pero Joëlle adora la Camargue. Cuando dejé las maletas en la entrada, recordé nítidamente la noche en que, sentada en la cama con las piernas cruzadas, mi ex fue pasando en la tableta las casas que había estado viendo. Llevaba una sudadera rosa demasiado grande para ella, con copos de nieve de lentejuelas en la parte de delante. Yo me dejé convencer fácilmente porque la casa es chula y había calculado que iba a ser justo al final de la promoción de mi novela. Pensé «así tendré un deadline». De lo contrario, uno puede pasarse nueve meses firmando en provincias y en ferias del libro y en podcasts y en escuelas y un montón de actividades más o menos decentes que les proponen a los autores cuando no están metidos en un escándalo de mierda. Joëlle trabaja para la Federación Francesa de Tenis de Mesa. Era el momento en que podía cogerse vacaciones tranquilamente. Yo imaginé que leería, que haría buen tiempo y que volveríamos a tener ganas de follar todo el tiempo porque, por una vez, estaríamos relajados.

Pienso en la euforia que nos invadía mientras mirábamos juntos las fotos de la cabaña que íbamos a alquilar y me digo que no éramos nosotros, eran otros a quienes nada de cuanto iba a suceder les había sucedido todavía. A mí no me habían destruido públicamente. Joëlle no había mostrado su verdadero rostro: el de una tía interesada a quien bien que le mola pavonearse del brazo del autor de moda, pero no quiere saber nada de apoyar a su chico cuando se le viene encima una avalancha de mierda. Yo no había echado abajo a puñetazos la puerta de la habitación, ella no había hecho las maletas en plena noche gritando que iba a llamar a la policía y que me iba a enterar, yo aún no la había llamado zorra de mierda y ella aún estaba dispuesta a proteger mi reputación de capullo. Aquella noche nos gritamos tanto que ya no he vuelto a tomar el ascensor de casa por miedo a encontrarme con los vecinos. Al final no fue a la policía. Volvió dos semanas después a recoger sus cosas. Es una escenita de la que podría hablarte en cada una de mis relaciones. La separación de los objetos que conformaron nuestra vida en común. No soporto ese episodio.

Eso fue hace seis meses. Yo bebía whisky, mi mejor amigo pasaba farlopa, mi novia hablaba de dejar la píldora y mi editor estaba convencido de que mi novela iba a petarla; y si me hubieras preguntado cómo me sentía te habría respondido estoy realmente orgulloso de haber llegado donde estoy. «I can't believe we made it», ese tipo de chorradas.

Pero esta noche estoy solo en un salón helado, escuchando «The Message» de Nas, y no tengo nada que fumar ni que beber. No me he alquilado un coche, así que incluso si cambio de opinión, no me imagino saliendo a pie en la oscuridad, y además en este pueblucho, me sorprendería que hubiera algún bar abierto hasta tarde. Ni siquiera sé dónde estoy. Y cuando me parece que pierdo el control, te escribo.

El sonido aquí es sublime. Básicamente estoy escuchando gangsta rap, sobre todo de artistas de antes. Empezó a gustarme de pequeño. Y de ahí ya no me he movido. Soy un francés que escucha música estadounidense. Un blanco que escucha música de artistas negros. Un tipo que nunca ha estado fuera de la ley y que escucha música de presidiario. Me paso el día dudando de mi propia escritura y escuchando música rollo ego trip y de tipos malos. El gangsta rap es como una performance drag. A Joëlle los programas de drag queens le encantaban. Me di cuenta cuando vi a RuPaul con ella. El gangsta rap es la performance del poder ejecutada por aquellos a quienes el poder aplasta. Una forma lúdica de apoderarse de un conjunto de significantes que nos han vendido como sagrados y prohibidos a los pobres, a los condenados. Por eso creo que escucho esa música desde que era pequeño, porque me dice todo es cuestión de performance. Cuando el descendiente del esclavo usurpa los atributos del amo −los coches lujosos, la mansión, la ropa molona, las drogas duras, la homofobia, la misoginia, el champán, las joyas provocativas−, no está glorificando a los vencedores. Está diciendo «no es más que eso» y «yo puedo hacerlo tan bien como tú». No denuncia el poder, lo vuelve obsoleto al apoderarse de sus fetiches. Ya se trate de los negros en Estados Unidos o del lumpenproletariado europeo, cuando los chavales se ponen a rapear la historia que está en juego es la misma. Cinco generaciones después, a quien nos encontramos preguntándose qué hacer con su vergüenza no es al que azota al esclavo. Quien carga con la vergüenza es el encadenado. La lleva como un tatuaje, una marca en la frente. Una mancha indeleble con la que no sabemos qué hacer. Lo que tratamos de perdonarnos siempre es el mal que nos han hecho.

Vuelvo obsesivamente a la noche en que hicimos las reservas. Me entran ganas de escribirle a Joëlle diciéndole que hizo una buena elección, que la casa tiene el encanto que sugerían las fotos. Me pregunto si se arrepentirá, me pregunto si se pondrá triste. Estas últimas semanas pensaba que llevaba bien la ruptura. Pero es porque estaba convencido de que no era real. Que volveríamos a vernos, que haríamos las paces. Ahora, aquí solo en esta casa, me doy cuenta de hasta qué punto la historia que teníamos juntos, nuestros proyectos en común, eran importantes para mí. Siempre me pasa lo mismo: solo aprecio la belleza de las cosas en el espejo retrovisor, realzada por la nostalgia. Nunca hubiera imaginado que todo se iba a ir al garete así de fácil. Es como si mi vida estuviera hecha de un tejido ligero, y hubiera bastado con tirar de un hilillo para que todo se viniera abajo, sin el menor estruendo.

No duermo por las noches. Tengo unas ganas locas de beber. Pego la nariz contra el cristal y espero que mi mirada se acostumbre y distinga el contorno de los árboles. No estoy acostumbrado a la oscuridad, he vivido en la ciudad toda mi vida. No he estado solo en mucho tiempo. Cuando vivía con Joëlle, la culpaba por no dejarme en paz. Fui incapaz de decirle necesito un poco de espacio. Quería hacerlo pero nunca llegaba a decírselo, y la culpaba por mi propio silencio. La culpaba por invitar a amigos a cenar porque eso interfería en mi concentración. Porque vinieran a verla porque eso interfería en mi concentración. Porque viera una serie por las noches porque yo la veía con ella y eso interfería en mi concentración. Pero nunca llegué a decirle me voy unos días. Porque sé que cada vez que le digo eso a una novia es para engañarla. Tenía remordimientos a posteriori, remordimientos de otras historias pegados a esta nueva historia. Un magma que me debilitaba en una confusa cronología. Bueno pues, Joëlle ya no está aquí para interferir en mi concentración.

REBECCA

A mí nunca me han dejado. Me han engañado, maltratado, todo lo que quieras. Pero abandonado, no. Soy una ninja del amor, lo que me gusta es el comienzo de la historia. Aún no ha tenido un tío tiempo de hartarse que ya estoy con otro. Hace unos meses, leí en la mirada de un antiguo amante una especie de indiferencia. Nunca me había pasado. Soy una chica de las que nunca olvidas. Pero que me abandonen… eso no sé qué es.

Hace un rato he estado con una directora, en su casa. Su apartamento en la avenida de Clichy es una especie de palacio, un ático que ocupa un piso entero, organizado alrededor de una terraza que es un auténtico jardín. Me ha contado que vive allí desde hace veinte años. A mí los rollos de alfombras y muebles nunca me han interesado, ya no digamos cuidar una planta. Pero aprecio en los demás esa voluntad de crear un espacio a su imagen.

Miro a esa mujer y me parece vieja, mucho más vieja que yo. Y tiene diez años menos. No acabo de encajar con la edad que tengo en mi cabeza. Me pregunta qué quiero beber, yo le respondo «lo mismo que tú», y ella, llena de esperanza, me dice «es un poco pronto para abrir una botella de vino». Ahí he pensado en ti. Para mí no es nuevo porque nunca me ha gustado beber, pero es cierto: no beber es malgastar el tiempo decepcionando a la gente con la que estás. Resistirse al abrazo cálido que te proponen. Apartar la cara en el momento del beso. Es un rechazo. En eso tú y yo somos distintos. Tú buscas la aprobación de los demás, y si no te la dan los odias porque sientes que tu supervivencia depende de ello. A mí, modestia aparte, me la trae al fresco. Esa es la diferencia entre el alcohol y la heroína, nuestros productos de cabecera. Desde mi juventud en el caballo, conservo un desprecio enorme por quienes usan drogas legales —alcohol o somníferos—, lo mismo que por quienes gustan de las drogas blandas. Algo parecido a como deben de despreciar los gatos a los perros cuando los ven buscando la caricia humana.

Lo que a la directora le hubiera gustado que respondiera es «ya es casi mediodía, ¿y si abriéramos una botellita de vino?». Habría sido una forma muy sencilla de decirle seamos amigas, pasemos un buen rato juntas. Yo no soy su amiga. Si trabajáramos juntas, cosa que después de esta reunión me parece poco probable, podría respetarla como directora. Tiene fama de saber lo que quiere. No me costaría someterme a su imaginario durante unas semanas. Pero de ahí a distraerla de su angustia tomándonos una copita va un trecho. A mí qué me importan sus problemas, sus delirios, su humor.

Casi todas las mujeres de mi edad que no están metidas en drogas duras son alcohólicas. Durante mucho tiempo esa es la forma en la que reconocía a las chicas que tenían otras aficiones. Porque rechazaban sin inmutarse, tan tranquilamente, la copa de vino que les ofrecían a las seis de la tarde. Nueve de cada diez veces, una mujer que rechaza una copa a la hora del aperitivo es porque toma otra cosa. Si son más jóvenes, igual es que hacen dieta. Pero a partir de los treinta y cinco, es señal de una adicción a productos menos legales.

Mientras escuchaba a la directora hablándome de su proyecto, he pensado que el cine está en crisis conmigo —no me desea, no sabe qué hacer con mi edad y mi corpulencia, ni con mi carácter—, pero que también yo estoy en crisis con el cine. Mi perspectiva, mi visión de la industria a la que todo le debo y tanto me ha dado ya no es la misma, y yo soy la primera sorprendida. He tenido rupturas amorosas de ese tipo. Una armonía extraordinaria, fuera de lo común, una alianza sublime hasta que un buen día descubres que no queda ni pizca de magia. Era verdad. Pero ya no lo es. También he tenido amistades especiales que duraron décadas y lo mismo, un buen día, al despedirte de alguien te confiesas a ti misma me aburro, contigo me siento sola, has perdido todo tu esplendor, esta amistad se ha disipado. Lo que me está pasando con el cine es precisamente eso, y hasta esta conversación no había reparado en la magnitud de mi desamor por él. Yo soy actriz, nunca he tenido que fingir entusiasmo por un proyecto. Pero escuchaba a la directora y me decía solo estoy aquí porque necesito trabajar. La directora enseguida ha mencionado mi sobrepeso. Esa es la chispa que ha provocado mi acceso de lucidez. Me ha dicho de buenas a primeras que para el papel tendría que perder unos diez kilos. Yo le he dado las gracias por su franqueza y le he asegurado que no habría problema. De inmediato. Como si los hubiese estado esperando, yo, a ella y a su papel de mierda, como si no necesitase pensármelo. Digo papel de mierda porque es un personaje de mamá, y yo me había jurado que nunca haría algo así. Ella me ha hablado de los actores en que pensaba para interpretar a mis hijos, y ahí ya me he cabreado. Todo bien con rodar con ellos, esa mujer y yo tenemos gustos parejos en lo que a los chicos jóvenes se refiere. Pero interpretar a su mamá, menuda putada. Yo el guion, antes de verla, no lo había leído. Pero estaba avisada. Hay escenas en las que cocino. Yo no hago películas para que me graben fregando platos. Tampoco estoy dispuesta a aprender cómo hace una tarta una mujer como Dios manda, tanto me da.

Sobre el peso, en tono cómplice me ha preguntado si tenía algún régimen en mente; como si, sobrándole como le sobran a ese esqueleto suyo unos buenos veinte kilos, supiera de lo que habla. Yo le he dicho que vomitaría. Y he añadido «para volver a la heroína desgraciadamente ya estoy mayor». Ella se ha reído, parecía sorprendida y al mismo tiempo encantada por mi respuesta. Le he dicho la única diferencia entre otras y yo es que yo no lo oculto, pero vaya, no soy la única que lleva encima un cepillo de dientes a todas partes. Ella se ha hecho la entendida, «para el aliento, claro». Pero no es para el aliento, es por los ácidos, que atacan los dientes; ahí me he dado cuenta de que no tenía ni idea de cómo hacen las actrices para mantenerse en su peso. Y enseguida me he arrepentido de no haberle respondido cuando me pedía que perdiera peso «¿y tú qué, puta gorda?». Si lo que tienes en mente es plantarme en tu película delante de una tabla de planchar en compañía de unos chicos superfollables con los que no me voy a acostar, ¿a quién le importa mi figura? Qué vergüenza, responder amablemente a alguien que lo que se merece es una buena hostia. Si no lo he hecho ha sido por lástima, porque he pensado pobrecita, tan joven y ya es así de fea, abrirse paso en la vida con esas piernas cortas y esas rodillas rechonchas, el pelo tan grueso y la piel tan grasa, con esa nariz demasiado corta que deja a la vista las fosas nasales y esos ojitos de mediocre, no debe de ser nada bonito. Le he respondido amablemente porque necesito trabajar y sé que ya no puedo permitirme ser brutalmente sincera. La he culpado por la situación en que me encuentro, cuando la culpa no es suya. Hace diez años me habría negado a reunirme con ella: semejante escena no se habría planteado nunca.

Y justo entonces he pensado que todo el cine se resumía en esa escena: lo que ella estaba haciendo al hablarme sobre un régimen era ratificar su sumisión a un sistema que ni siquiera le resulta favorable.

No le he dicho no sé qué pinto yo aquí, conozco a los directores como tú y sois unos cansinos. Lo que queréis es filmarme en una faceta mía desconocida para el público. Anda y búscate a quien te entienda, búscate a alguien que sí tenga lo que quieres. No vengas a mí para obligarme a ser algo distinto a lo que soy. Porque no ha venido a decirme mira, es que voy a volver a rodar *Ben-Hur* y esta vez Ben-Hur serás tú, en un papel así no te ha visto nunca nadie; eso habría sido divertido. Pero no es así. Lo que ella quiere es que le permita filmar la angustia de la edad madura. No en su verdad; lo que quiere no es mi cuerpo tal cual ni entrar en mi casa cuando me estoy fumando mi pipa de crack. Lo que ella quiere es una verdad a medias, la fracción de eso que llama verdad que es capaz de soportar. Quiere romperme las pelotas, ejercer un falso poder sobre mí. Lo que en última instancia pretende es asegurarse de que no tendrá que pagar maquillaje ni peluquería para mí, y que podrá descuidar la iluminación. Cuando habla de filmar la carne y de no temer a las arrugas se refiere a eso. Me viene con que voy a hacer de fea en una película de mierda y aún quiere que le diga que me parece genial.

Es decir, que me importaba una mierda decepcionarla. Pero pensé en ti. Mi tranquilidad también depende, para bien o para mal, del hecho de que mi reputación de mala me precede y no tengo nada que demostrar. Toda la profesión sabe que me drogo. Nadie me pide que entre en detalles sobre mi consumo. Tengo esa aura, y les gusta. Es mi punto rock star, me pongo en peligro en su lugar. Y viéndome hacerlo, es como si también ellos desobedecieran, por persona interpuesta.

OSCAR

Pedirte que interpretes a una mujer cualquiera es absurdo. Es como ir a buscar un tigre para interpretar a un hámster. Y contrariamente a lo que dices, no tiene nada que ver con la droga. En los dominios del espectador, con o sin dopaje, tú eres la loba real. No me sorprende que no te haya dejado ningún tío. Hace días que no estoy nada bien. Mi hermana ha estado meticndo cizaña.

«Si crees que te has curado, ve a ver a tu familia». No dejo de darle vueltas a esa máxima de NA. En el seno de mi familia, las peticiones de consuelo y protección se asemejan a esos dibujos de escaleras imposibles: arquitecturas cautivadoras en perspectivas que no existen, y sin embargo tan sencillas de dibujar. Seducen la mirada y la pierden, te enredan el cerebro. A principios de semana volví a llamar a Corinne, que me había dejado un mensaje. Durante diez minutos fue bien, yo estaba contento de que nuestra relación mejorara. Charlamos un poco sobre nuestra madre, que ahora mismo está eufórica. Le dije «igual es que ha conocido a alguien». Se pasa la vida en Facebook, y ya se sabe que el Facebook es un poco el Tinder de la tercera edad. Mi hermana sentenció que una mujer heterosexual de setenta años tenía pocas posibilidades de disfrutar con un hombre. Se las daba de desenvuelta, del palo yo no es que vaya por ahí fantaseando sobre gente famosa, pero entendí que estaba obsesionada con la idea de recuperar su buena relación contigo. Ahí me jodió un poco, por eso estaba tan amable. Le dije que llevaba más de un mes sin probar una gota de alcohol y no aprovechó para predecir que volvería a caer. La cosa empezaba bien, pero siempre pasa lo mismo, a la mínima metemos la pata y al carajo la conversación. Le conté en confianza que en esta casa extraña y vacía me siento violentamente solo, con vagos ataques de angustia cuando cae la noche y me pregunto qué pinto yo aquí, y que al mismo tiempo esto de no beber, ese despojamiento, me está sentando profundamente bien. Me permite enfrentar los hechos. Me reí un poco al señalar que lo peor de lo que me estaba pasando fue leer declaraciones supuestamente en mi defensa, y resulta que vienen de unos retrasados tan deplorables que preferiría que no se tomaran la molestia. Sentí a Corinne extrañamente lejana. Tenía la impresión de haberla perdido, al otro lado del teléfono. Entonces dijo «es asqueroso la que le está cayendo a Zoé Katana». Yo respondí «lo que es asqueroso es decirme eso a mí». Y justo entonces una intuición, literalmente un fulgor. Lo supe. Le pregunté «¿la conoces?». Y me di cuenta por el tono de su voz de que se ponía tensa «hace treinta años que soy feminista. No es algo que me haya entrado de pronto como a quien le entran ganas de mear. Le he escrito, sí. Al ver con qué violencia la estaban atacando, pensé que necesitaba todo el apoyo posible. *No estás sola*. Entre nosotras es lo más importante que tenemos que decirnos».

En Narcóticos Anónimos pienso mucho en mi rabia. En la forma en que me dejo llevar y pierdo los estribos cuando la situación se me resiste o me siento atacado. Mandarlo todo a la mierda como un rechazo a cualquier complejidad. Y me apetece quitarle drama a mi vida, no subirme a la parra. Restablecer mis relaciones con los demás.

Pero cuando Corinne me dijo eso, dejé a un lado todo el rollo de restablecer nada. ¡Me sentí tan traicionado y estúpido por haber pensado que podía confiar en ella! Aprovechando que mi vecino más cercano está a quinientos metros y no iba a molestar a nadie, me puse a gritar en medio de la cabaña. Le dije que era una zorra repugnante. Por otra parte, como gritábamos a la vez, tampoco nos escuchábamos. Oí vagamente que me llamaba mierda que se escandaliza porque lo ataquen cuando él se comporta como un cabrón privilegiado y alcoholizado, y que mi ex le había dicho que yo la había forzado y entonces sí que me volví loco porque hostia puta, ¿qué coño les pasa a todas mis chicas, que se llevan tan bien con Corinne? Colgué el teléfono. Me pasé la noche haciendo una lista de argumentos que echarle en cara.

Apagué el teléfono. Luego desconecté el internet de la casa, directamente. Quiero paz. Eso me hace sentir bien. No empezar el día con una avalancha de información atroz. Eso me sienta la mar de bien. Detox. Ser adicto es una falla en la imaginación. Cuando empiezas a dejar una cosa, empiezas a querer dejar otras. De alguna manera es una adicción a la desintoxicación... Eso me permitirá concentrarme en mi nuevo libro. Creo que voy a contar mi historia, tal como la estoy viviendo. Hace tiempo que me apetece escribir autoficción. Estoy harto de las novelas policíacas. Imaginar una historia que no ha existido es muy difícil. Quiero hablar de lo que me está pasando.

En el pasillo hay varios libros de Céline, en edición de bolsillo. Nadie los ha robado. Igual es que esta casa no la han alquilado nunca, y lo que siento tan violentamente es precisamente ese abandono. A mí Céline no me gusta. Su prosa es carca, apática, afectada, petulante a más no poder.

De adolescente, leí las primeras páginas del *Viaje*, sin molestarme en saber si era uno de los autores más importantes del siglo, y las primeras páginas me produjeron una impresión de estupor; luego me pareció que salía por peteneras y nunca lo terminé. Unos años más tarde, introducido en el mundo literario, descubrí que Céline era insoslayable. Un estilista fuera de lo común. Un inventor de genio.

Con los autores no pasa como en el fútbol. En la selección francesa, ya puede no gustarte un jugador u otro, pero hay razones objetivas para que estén ahí. Nunca hemos visto a un completo patata llevando la camiseta azul. En literatura es muy distinto. Para ser un gran autor, basta con que tres niños de papá se extasíen aclamando al genio. Y a los celinianos yo los desprecio. Cuando evocan su estilo inigualable, lo que están haciendo es celebrar la sumisión al poder; un poder de extrema derecha. El gusto por la sumisión es cosa de fachas. Céline imitaba el lenguaje proletario con vistas a que le diesen un Goncourt, es decir, ofrecía lo obrero en los salones tal como allí lo imaginan. Desganado, espeso, incontinente, antisemita, incapaz de follar bien. Más tarde leí sus panfletos antijudíos y me di cuenta de que el mundillo parisino le está agradecido también por eso: una subversión aparente para bailarle el agua al poder. Eso es lo que les excita. En estas décadas complicadas de la corrección política, les ha permitido entonar el lamento de los censurados. Tanto es así que, durante un instante, ser un bastardo racista de mierda estaba mal visto. Yo amo a Calaferte y desprecio a Céline. No creo que todos los artistas tengan vocación de ser respetables. Pero a algunos los rescatan a pesar de su mala conducta. Mientras que Calaferte fue censurado, y eso es todo. Fue olvidado. No se les concedió el mismo trato. Uno escribía para los proletarios, desde el proletariado. El otro era un tiralevitas de los poderosos, frustrado en su reverencia por un contragolpe histórico que no supo prever. Desprecio a Céline. Debería mencionarlo en un libro. Ahora mismo me faltan enemigos.

REBECCA

Camarada:

¿Sigues en tu casa en el campo? ¿Has vuelto a París? Me da a mí que pronto vas a poder mirar el teléfono con toda la tranquilidad del mundo, sin miedo a encontrar comentarios de odio sobre ti… Te escribo desde un tren casi vacío.

He estado unos días en Barcelona por una retrospectiva de mis películas, y se ha cancelado todo. De la noche a la mañana la ciudad se ha cerrado. Mi agente me ha comprado un billete de tren para volver, dice que el aeropuerto era un caos.

El viaje dura seis horas. He visto gente con guantes de plástico, otros con mascarilla. Regreso con la maleta llena de botellas, tabaco y gel hidroalcohólico porque al parecer en París no queda y, esta última semana, tengo la impresión de que la gente no piensa en otra cosa. Dicen que en París también van a cerrarlo todo, pero me parece exagerado. Me cuesta imaginar que vayan a parar los rodajes o que mi agente baje la persiana. La vida seguirá como antes. En Barcelona he visto las Ramblas vacías por primera vez en diez años. Había olvidado que es una avenida preciosa. Ahí he entendido que tal vez las cosas no iban a ir como yo me imaginaba. Un colega periodista me dice por teléfono con una risilla angustiada que van a cerrar los distritos de París. Yo le he dicho no te agobies, pasaremos los controles. Aun así, evitar que la gente salga de sus calles me parece complicado. Aunque este ambiente extraño tampoco me disgusta tanto. A la gente como yo, no precisamente adaptada, las situaciones límite nos resultan extrañamente tranquilizadoras. Hay algo emocionante en los cambios de cuadro, de perspectiva.

Y en medio de esta calamidad pienso en ti, mi amigo el cretino. Y me digo que debes de sentirte aliviado. Igual el famoso coronavirus eclipsa tu MeToo…

OSCAR

Ayer por la noche, ya tarde, la vecina que viene una vez por semana a hacer la limpieza de la casa llamó a mi puerta. Me dijo que tenía que irme. Me costó entender lo que me estaba contando. Es polaca, debe de tener mi edad. Su francés es precario. Le expliqué que me quedaban quince días de alquiler, y al ver su expresión entendí que algo se me escapaba. Así que encendí el teléfono y constaté la magnitud de la tragedia. Tenía el buzón de voz saturado, docenas de whatsapps cada cual más enloquecido, y tu mail. Entonces tranquilicé a la mujer de la limpieza, en ese extraño francés que me sale cuando me dirijo a alguien que no habla mi idioma y que me parece que debe de ser completamente incomprensible. Pongo palabras donde no toca junto a verbos que no conjugo, pero entendió enseguida que iba a hacer las maletas.

La última vez que me conecté a internet ya se hablaba de ese virus… Precisamente, me dije que en este pueblucho estaba a salvo, que no corría mucho riesgo. ¡Pero el país confinado, qué rapidez! Los dueños de la casa acaban de llegar, quieren aprovechar el jardín. Me pregunto cuánto durará todo esto. He tenido que hacer las maletas a toda prisa, feliz de que un taxi viniera a recogerme. Hemos estado hablando como si nos conociéramos de hace mucho, el acontecimiento es tan desconcertante que todos tenemos algo en común. La estación estaba vacía pero los trenes salían. En mi tren Nîmes-París éramos unos treinta. Nos sonreíamos como si estuviéramos cansados. La gente hablaba entre sí. La que ha llevado a los niños a casa de su padre porque trabaja en el hospital y no podrá cuidarlos, el que había ido a casa de sus padres y se ha dado cuenta a tiempo de que no iba a poder soportarlo y ha preferido volver, la que se va a casa de su amante sin darle explicación alguna al novio al que deja atrás. Y yo, que había desconectado el internet en mi casa alquilada. A la gente mi historia le ha hecho reír. Yo la contaba con gusto, la contaba cada vez mejor. Exageraba la escena con la polaca, mi incredulidad cuando enchufé el teléfono.

A quien no he hecho reír es a mi hija Clémentine. La he llamado desde el tren. Ella me ha dicho «estábamos preocupadas», y he entendido que no se creía mi historia y que quería que supiera que además no le importaba. He insistido, quería saber qué se imaginaba, y me ha contestado tan tranquilamente que «en verdad» yo estaba tan drogado que ni siquiera entendía lo que estaba sucediendo. Eso me ha herido en lo más hondo. Le he dicho «no he bebido nada desde hace un mes, y deja de hablarme como si fuera un alcohólico, estás exagerando». Ella me ha respondido «claro, claro, papá», en un tonito de hastío. Cuando he colgado estaba furioso. Su madre le ha estado comiendo la cabeza. Si no fuera por la desconfianza de su madre, no veo por qué iba a pensar mi hija que me coloco hasta el punto de no enterarme de lo que dicen en la radio. No veo por qué iba a sospechar que le estaba mintiendo. Se me ha pasado por la cabeza ir a tomarme una copa en cuanto llegara, para enseñarle lo que es bueno.

Pero me he visto a mí mismo en Narcóticos Anónimos, diciendo he recaído porque mi hija me ha levantado la voz. Y me he dado cuenta —no había caído en eso— que poder decirles a los demás «no he consumido» ya cuenta. Y que te aplaudan. Estaba convencido de que ese ritual colectivo era un poco estúpido. Pero cuenta. También recordé a un tipo que, no hace mucho, decía «me escaqueo todo lo que puedo de la custodia de mis hijos», y al escucharlo lo juzgué, me dije que realmente era un pobre hombre. Pero al mismo tiempo caí en la cuenta de que estaba diciendo algo que yo me resistía a admitir. Hace más de un mes que no voy a recoger a Clémentine. Siempre encuentro una excusa para saltarme el turno. Y cuando mi mujer me lo reprocha me enfado con ella. Si no se hubiera ido, no habríamos llegado a ese punto. Pero lo cierto es que tengo miedo de llevarme a mi hija, nunca sabemos qué hacer juntos.

París estaba desierto, eso ya lo sabes. No tengo una imagen mejor que la que corre por internet: el escenario de una película apocalíptica. Extrañamente poético. Muy onírico. Más asombroso que angustiante. En el vestíbulo de mi edificio olía a alcohol doméstico. En mi casa hay un silencio que no conozco. Excepto el ruido de los hijos de los demás, que juegan en las escaleras.

Lo que más me fascina es la rapidez con la que cambiamos, la plasticidad de nuestras realidades. Lo que era impensable ahora es lo normal. Conozco a una chica que es una gran heredera. Se ha ido a su isla. Me invitó a que fuese con ella. Hicimos un Face Time en el que aparecía sentada delante de una cesta de frutas exóticas y rodeada de palmeras. Le dije que ese paraíso suyo era mi idea del infierno. Ella se rio, pero vi que el virus la tenía aterrada. Su padre era un magnate farmacéutico.

Desde entonces, leo las reacciones indignadas de mis contemporáneos ante el hecho de que dos autores se han ido a sus casas de vacaciones mientras que otros franceses viven en unos pisos minúsculos. Como si en caso de problema, dos horas de viaje fuesen una gran diferencia. Y pienso qué lata esa manía de no odiar nunca demasiado hacia arriba. Solo a tu vecino, alguien que podrías ser tú. Pero no a los que están realmente a salvo.

He apagado la radio y la tele. No sirve de nada. Este apocalipsis ni siquiera es espectacular. También yo evito internet. Cuando me meto en las redes sociales, me siento un poco como una gallina. O como una anciana preocupada que no soporta que le cambien la manta de sitio. No me gusta el efecto que esto tiene en mí. Esta tonta hipersensibilidad, esta forma de juzgar como estúpido o exagerado lo que dicen mis amigos. Estoy escuchando a Wagner a todo volumen. Los vecinos no se atreven a quejarse. A pesar de todo, aquí estoy.

Mi agente ha pasado a llenarme la despensa antes de salir de París. Horas de atasco, todo un éxodo. Hace meses que no tengo tarjeta de crédito. Así que vino y saqueó la tienda de debajo de casa. Tengo una reserva de Coca-Cola y sopas chinas como para resistir un asedio. Dice mi agente que los periodistas se han agenciado un salvoconducto que les permite circular durante tres meses. No puedo concebir que nos vayan a tener encerrados tanto tiempo. Antes de marcharse, me dejó un fajo de billetes. Fue como una escena de *Uno de los nuestros*. Todos los días bajo a comprar algo, más por curiosidad que por otra cosa. A pesar de que odio caminar, doy interminables paseos. Sobre todo de noche. Nunca había visto nada parecido. Un decorado de película del tamaño de una ciudad. No hay adolescentes en las calles. Pensé que se escaparían y aprovecharían para hacer un montón de burradas. Los camellos han pedido prestados perros para poder salir a la calle, hacen entregas a domicilio. ¡Qué admirable capacidad para adaptarse! Deberían promoverlos a jefes de los servicios públicos, todo funcionaría mucho mejor. Eso sí, hay que hacer el pedido antes de que anochezca, a las siete de la tarde dejan de entregar. Pero puedes comprarles mascarillas. La idea de comprar droga en horario de oficina me deprime.

Lo primero que se me ocurrió fue proponerle a mi camello que se viniera a vivir conmigo. No tengo presupuesto, pero nos une una excelente relación: con todo el tiempo que hace que nos conocemos, seguro que me concedía un crédito. Pero no lo hice. Y me produce escalofríos. Pero con todo lo que me has venido mareando con tu rollito de «estoy limpio», me lo tomo como un desafío. Por lo general soy bastante competitiva. Lástima que el deporte no me guste, tengo espíritu de campeona.

OSCAR

En mi WhatsApp, gente que apenas conozco –que están en Narcóticos Anónimos– hacen circular links de reuniones que se celebran por Zoom. La noche que llegué estuve en una. Es un desastre, nadie sabe cómo funciona, eso del Zoom. En pantalla vi cómo las ventanas cobraban vida.

Estaba el tipo en su bar vacío, la señora mayor en un despacho blanco, la chavala en su habitación del centro de acogida, el tipo acostado en su cama y encuadrado de cualquier manera, el fanfarrón en un jardín en el campo, el senegalés ante la mesa de su cocina, la rubia guapa en una tumbona, un actor conocido en su salón con muchos libros detrás. Me conmovió. Estuvimos hablando por turnos de lo que el confinamiento suponía para nuestras vidas. Salió el miedo y la rabia, en otros casos el alivio. Eso me llevó a pensar en lo que me decías el otro día. Si uno está acostumbrado a sentirse un poco fuera de lugar, cuando el lugar salta por los aires se siente cómodo. Creo que me estaba desmoronando, pero esa red humana me mantiene en pie. He ido viendo que a mí el confinamiento me lo pone más fácil. No voy a verme en una cena teniendo que abstenerme de beber, ni fingir que no me he fijado en las idas y venidas al baño de los demás, ni pensar qué puedo pedir en un bar que no sea alcohol, ni rechazar una invitación al backstage después de un concierto. Me ahorra las tentaciones. También estaba lleno de gratitud: esta gente es como los camellos, sabes que puedes contar con ellos. En menos de una semana se han inventado otra forma de seguir haciendo las reuniones.

Así que todos los días enciendo el ordenador y me conecto con ellos. He llamado a un novelista que está también en el programa porque necesitaba un padrino, quiero empezar a escribir las etapas en medio de este marasmo. Él me puso en contacto con otro, y este accedió a ser mi padrino durante el confinamiento y me envió fotos de su cuaderno de etapas. Nunca había visto algo así. Sigo traumatizado por el complot que han urdido en mi contra y pienso que nunca había tenido tanto apoyo. Esta cosa es la antítesis de Instagram. Un lugar donde se reúnen hombres y mujeres para hablar de sus debilidades, de sus incapacidades, de sus penas; donde prometen ayudarse mutuamente sin tratar de imponerse, y con éxito. Existe en la vida una solidaridad masculina, pero siempre tiene un precio. Debes demostrar que eres un hombre, que sabes manejarte, que estás a la altura. Eres un tipo duro, eres un follador, ganas pasta, tienes un coche molón, tienes una tía molona. Existe la solidaridad masculina, pero no la fraternidad. En NA, voy a una reunión todos los días y todos los días muestro mi debilidad, y no veo ni media sonrisita. Digo tengo miedo de estar solo. Estoy metido en un lío y pacto con todos los que me odian y tropiezo todos los días con mis propios pensamientos. Y al terminar, no veo a nadie soltándome una pullita.

Mi padrino es un tipo un poco loco, es como si lo hubieran propulsado a nuestros días directamente desde la Edad de Piedra, pero lleva sobrio veinte años y lo sabe todo sobre la fraternidad. Me ha hablado de unas reuniones salvajes que organizaban presencialmente a pesar del toque de queda, pero me he negado a ir. He limpiado toda la casa con lejía. Si salgo a comprar leche limpio el picaporte de la puerta. Por lo que veo, pertenezco al grupo de personas a quienes el virus tiene aterradas.

Pero estoy escribiendo esta primera etapa. Se trata de un largo inventario de mi relación con lo que ellos llaman «los productos». Temía que al hacerlo me entrarían ganas de drogarme. Empiezo el día con una reunión, y funciona, digo yo que será subliminalmente, no tengo otra explicación, pero el hecho es que me olvido de pensar en las drogas, y hostia puta, es algo en lo que hasta ahora pensaba todos los días de mi vida.

REBECCA

Me siento demasiado vikinga para que el virus me asuste. Me digo a mí misma que con todo lo que me he tomado a lo largo de mi vida, mi cuerpo debe de ser una máquina de primera cuidándose a sí mismo. Y aunque no veo a la gente amontonando cadáveres en las calles, el miedo de los demás sí que lo percibo, y lo respeto. No todo el mundo lleva en el cuerpo quince años de heroína y veinte de crack. El cartero no lleva mascarilla. Es amigo mío, el cartero, un cinéfilo. El cine francés no le gusta. Salvo las películas en las que actúo yo, que le parecen increíbles. No lleva mascarilla y veo que está aterrado porque no quiere entrar en mi cocina y tiene una sonrisa triste. Me dijo que las oficinas de correos estaban abiertas y que los que atienden en las ventanillas tampoco llevan mascarilla. La policía no lleva mascarilla. Los ves deambulando por las calles vacías. Cuatro en cada coche. Sin ninguna protección. Todos esos cuerpos de trabajadores con un sueldo base entregados a la enfermedad, y nadie es capaz de decir cómo se propaga. Cuerpos despreciados. Eso me resulta humillante. Hace quince años que no me siento cercana al pueblo, pero ahora esas cosas me hieren. Es difícil de explicar. Lo que se viene abajo es la idea que teníamos del país. Yo no sabía que lo amaba, a mi país; lo mismo que tú cuando hablas de tu novia, de cómo ahora que se ha ido descubres que te importaba. Ahora que la Francia en la que crecí ha desaparecido, me doy cuenta de que la amaba.

OSCAR

Cuando nos dijeron «estáis confinados» y volví a París, me esperaba todo menos esto. Vivo mejor que nunca. Por la ventana veo a los vecinos de enfrente, una pareja que ha sacado al balcón unas sillas y toma el sol toda la tarde. Por la noche, después de los aplausos de las ocho, hay un tío que toca el saxo y todo el mundo sale a la ventana a escucharlo y aplaudir. Anoche tocó «Despacito» y bailé, yo solo.

Estoy más sereno que nunca. No sé cuánto tendrá que ver el silencio, cuánto el hecho de que me llegue el olor de los árboles de la avenida por primera vez desde que vivo aquí, o cuánto que mi organismo haya superado el shock inicial de la abstinencia, y haya empezado a recuperarse.

Me paso horas en TikTok. El confinamiento ha aguzado el genio de los creadores de la plataforma. Hace tiempo que conozco la aplicación, pero no había entrado nunca.

Un fin de semana que tenía a mi hija en casa, escuché un alboroto de locos en su habitación, donde estaba con su primo, y eso que acababa de pedirle que por favor no hiciera ruido porque tenía una llamada con Estados Unidos. Odio que me hablen en inglés por teléfono; no ver la cara de mi interlocutor me provoca una especie de absurda semisordera. Después de colgar, abrí la puerta de su habitación a gritos, sin llamar a la puerta aposta como diciendo si tú no me respetas por qué habría de hacerlo yo, y también porque estando con su primo no sospechaba yo que fuese a encontrármelos haciendo cosas raras —con la ruidera que estaban armando, no había muchas opciones de que no fuesen más que chorradas de críos—, y va y me los encuentro así: se habían puesto unos impermeables con la cremallera subida hasta la barbilla y la capucha puesta, él saltando encima de la cama con los brazos pegados al cuerpo mientras que ella se ponía en primer plano delante de la cámara para saltar de la misma forma. Entré gritando y sobre la marcha entendí que a ellos, a tiempo real, les parecía que aquello iba a ser una toma genial para su TikTok: se miraron con una coordinación admirable, fingieron que los había asustado, y Clémentine detuvo la grabación, se disculpó y salieron de allí riéndose como locos: cuanto más los amenazaba yo, más se reían ellos.

Me puse celoso. A punto estuve de tirarle el teléfono al váter para que dejara de reír. No era la primera vez que pasaba. Salí de su habitación insultándola porque me entraron ganas de llorar. O de reventarlo todo. Estaba celoso por haber sido excluido de su generación celoso de su risa loca celoso de su baile celoso de que me hablaran de una aplicación que no me sonaba de nada celoso de toda aquella tontería y de lo bien que se llevaban. Celoso de no ser yo quien hacía todo aquello. Estaba celoso de su juventud. Y por una vez lo vi claro. No me mentí acerca de cómo me sentía. Me jodía ser el viejo, me jodía ser el padre, me jodía no poder ponerme un impermeable y una capucha bien abrochada y saltar encima de la cama con los brazos pegados al cuerpo delante de la cámara sintiéndome genial. Ni siquiera podía decirme que a su edad me reía igual, porque vivía aterrorizado, convencido de ser un muermo y de que nunca me iba a pasar nada bueno porque siempre tuve la sensación de que, cada vez que quería salir con amigos, me tocaba insistir. Estos celos de mi propia hija los disimulo con mucho cuidado. Me cuesta admitirlo incluso en voz baja. Prefiero hacer como que la compadezco, como que me preocupan las tonterías que hace, las notas tan bajas que saca en el colegio. Sostengo que menudo escándalo, esta juventud que de tanto estar pegada a la pantalla le sale joroba antes de hora. Pero este mes estoy viendo TikTok, y me confieso a mí mismo algo mucho más sencillo: muchas veces siento celos de su juventud. De la forma en la que la viven.

ZOÉ KATANA

Tengo una amiga actriz. Una estrella de cine. Hablamos mucho por internet. Se interesa por mi salud. No soy de las que van por ahí diciendo que pasan de la gente famosa. Tengo un lado fan, y no me importa admitirlo. Me emociono por celebrities a las que nunca conoceré, las convierto en amigas imaginarias, hablo con ellas en mi cabeza. Sé que es cosa de chica frívola, pero a mí me ayuda a seguir adelante, y no me importa confesarlo. Tengo una amiga actriz de cine que me manda mensajitos positivos por las mañanas. Y eso me gusta mucho. No hay más.

No salgo de casa casi nunca ni veo a mucha gente, pero me las he arreglado para pillar ese virus de mierda. Vaya susto. Tenía una fiebre terrible y dolores agudos en las extremidades. Algo no iba bien, algo más chungo que una mala gripe. Llamaba a urgencias y me decían que me tomara la temperatura y esperara porque no estaba tan mal como para llevarme al hospital. No podía pedirle a nadie que viniera a cuidarme, tenía miedo de empeorar y de no ser capaz de pedir ayuda. Una migraña interminable me provocaba ganas de vomitar. Todo muy triste. Y al quinto día, mi amiga la lesbiana radical le dio mi número a Rebecca Latté. No, no estoy delirando. Hace días que me ha bajado la fiebre. Lo habéis leído bien: Rebecca Latté. La tercera de la Santísima Trinidad: Béatrice

Dalle, Lydia Lunch, Rebecca Latté. Aquellas a las que una recurre cuando se trata de sobrevivir como heterosexual. (La cuarta en mi lista es Hannah Arendt, pero de Hannah Arendt no tengo ninguna foto colgada encima de la cama. De las otras tres, sí). No hace falta decir que cuando recibí este mensaje: «Vivo aquí al lado, ¿quieres que te deje la compra en la puerta?», fue como si se me apareciera la Virgen. Lo leí docenas de veces. Le respondí que sí, me senté delante de la ventana y, aunque la fiebre no me había bajado, ya no me preocupaba tanto. Entonces la vi. Buscó en el móvil el código de mi puerta y yo me fui corriendo a la mirilla para verla llegar. Mientras comprobaba el nombre en los timbres le grité «es aquí. No puedo abrir, pero es la puerta de la izquierda». Ella dijo hola Zoé, y yo me reí. Hacía mucho que no me reía. Le dije «qué raro pensar que conoce usted mi nombre». No parecía tener miedo de que la enfermedad se deslizara por debajo de la puerta, porque se apoyó contra la pared, la veía de perfil. Se encendió un cigarrillo, eso me sorprendió, «¿fuma en el pasillo?», y ella, volviendo el rostro hacia mí, me dijo con una sonrisa «te protege del virus, he leído algunos artículos al respecto».

Cuando se fumó el cigarrillo, hablamos a través de la puerta. Yo reconocía su voz, pero en vivo me parecía más grave, más impresionante.

—Hace una semana que no hablo con nadie.

—Esa es la idea. Dicen que se transmite a través de esos asquerosos miniescupitajos que proyectamos al hablar.

Se sentó en el suelo, contra la pared, con la cabeza hacia atrás. Como en una película. Tiene una risa que reconforta, una risa que supera la situación, que le da la vuelta.

—Hablar con usted me sienta bien. Me tranquiliza.

—¿Sabes quién es Corinne, la chica que me dio tu número?

—Estoy al corriente, sí. Al principio no quería saber nada de ella. Pero no dejaba de insistir; tanto mejor, así está usted aquí. Me dijo que se conocían de cuando eran adolescentes.

—De cuando éramos niñas, incluso. ¿Te dijo que conozco a Oscar?

—No.

—Oscar y yo nos estamos escribiendo. Prefiero que lo sepas.

—¿Se lleva bien con él?

—Es un capullo, lo sé. Pero es amigo mío. Tengo muchos amigos capullos. Creo que se explica por el hecho de que también yo soy bastante capulla.

—No importa. Mientras no hablemos de él.

Jayack ya me ha jodido bastante la vida, no voy a renunciar a conocer a Rebecca Latté solo porque ella le encuentre algún tipo de interés.

La oí bajar por las escaleras y abrí la puerta. Había fruta y pan y leche y patatas fritas y gominolas de fresa. Todas esas cosas que ella compró para mí. Me volví a la cama y caí en un sueño profundo.

No voy a insultarte pidiéndote que pierdas el tiempo disculpándome. No me esperaba que fuese a escribir algo así. Es lo que tienen estos jóvenes. No puedes llevarles un cruasán sin que lo cuenten en internet Por una vez que quería hacer las cosas con un poco de tacto. Tanto da, de donde no hay no se puede sacar. Tal como habías previsto, Corinne ha vuelto a la carga. Más suave, más divertida. Por otra parte, estamos encerrados todo el día, coquetea vagamente conmigo, un poco a la antigua, es de armas tomar, tampoco es que vaya a pasar nada, así que la dejo hacer. Charlamos por teléfono de vez en cuando. Me habló de Zoé, yo le dije que no estaba siendo demasiado leal contigo, Corinne replicó que en su calidad de feminista histórica (básicamente conocida en su barrio, aunque no olvidemos que ya viene siendo eso) se sentía obligada a expresar su apoyo, aunque fuese a nivel simbólico, a la joven internauta acosada por todas las fuerzas del mal que campan por internet, y sabe Dios que son numerosas. En resumen, le pedí a Corinne que no me hablase del tema, ella me dijo ningún problema. Algo tendré que atraigo a este tipo de personas... Gente que me dice ningún problema y acaba haciendo exactamente lo contrario de lo que les has pedido. Fue así como, al principio del confinamiento... y el resto ya te lo sabes. La cuestión es que no iba a dejar a esa niña enferma sin visitarla. Soy un bien no rival, un poco como el sol. Por el hecho de que le lleve un par de limones y un poco de jengibre no significa que tú vayas a disfrutar menos de mi radiación. Al ir a su casa me sentí un poco como lady Diana. A medio camino entre la princesa y la enfermera.

De vuelta en casa, leí varios de sus artículos. Hay un cierto desfase entre la jovencita que me hablaba desde detrás de su puerta y la apasionada valquiria en llamas que arenga en el internet feminista, y es una dicotomía que me gusta. Sé que no se te puede pedir que seas sensible a algo así, pero es verdad que se está comiendo un buen marrón. Yo, que no soporto que un cretino como tú vaya diciendo que in real life soy fea, no sé cómo reaccionaría si estuviera en su lugar. A nadie le gusta que lo pongan en la picota. Tampoco a ella, y la somanta que le cae cada vez que abre la boca hace que, a mis ojos, el capital de su simpatía vaya en aumento. Así que al día siguiente le envié un mensaje bonito preguntando cómo estaba.

Te conozco lo suficiente como para saber que puedes montar un drama de todo esto. Con lo que te gusta escribirme y leerme, sería una lástima.

OSCAR

Me gustaría poder vomitarte fuera de mi vida. Hace semanas que nos escribimos, te has convertido en mi amiga más íntima, y va y te pones a conspirar a mis espaldas conchabada con mi hermana, me dices en tono juguetón que dejas que te tire los tejos, vas a visitar a la tipa que me ha arruinado la vida, me cuentas cómo le va, y me dices no está muy bien pero ya me ocupo yo de ella. Voy a reaccionar como un tipo que se siente traicionado. Y tienes razón, te echaré de menos, me da una pena indecible, seguro que dices que estoy todo el rato quejándome, pero lo que no estoy es para hacer como si nada.

Gracias por todo. Y bye.

REBECCA

Cuando recibí tu mensaje, pensé ningún problema, vete a tomar por el culo. Solo que me he acostumbrado a tus cartas. Con todo el tiempo libre que tengo ahora mismo prefiero escribirte que morirme de aburrimiento. Puesto que tanto te gusta la franqueza, te serviré una ración: me ha conmovido leer que en estos momentos soy tu amiga más íntima, y me ha hecho darme cuenta de que el sentimiento es recíproco. No nos engañemos, nos estamos haciendo grandes amigos.

Te escucho por Zoom en las reuniones de la mañana. Entendí que era tu forma de empezar la jornada. Me tocó tragarme varias, hasta dar con la reunión a la que tú asistías. No sueles conectar la cámara, pero tu nombre te delata. Así que ahora ya reconozco tu voz entre las otras cuando te presentas o haces alguna lectura. No creas que te estoy espiando. Tengo todo el derecho a asistir a estas reuniones. Sobre todo porque todavía no he llamado a mi amigo el camello. Merecería que me aplaudierais. Pero me apunto con pseudónimo y la cámara no la enciendo nunca. No quiero que algún gilipollas se divierta grabando la pantalla para burlarse de mí en YouTube.

Entiendo que te hayas puesto a la defensiva porque fuese a ver a Zoé. De todas las tías de París, he ido a elegir a la que más te repugnaría imaginarme visitando. Podría decirte «pero es que ella no ha hecho nada, la víctima es ella», podría decirte «tu hermana me ha manipulado, la que ha montado este lío es ella porque le jode que seamos colegas». O podría decirte que te vayas a la puta mierda, que a mí no me deja nadie ni nadie se enfada conmigo y no vas a ser tú la excepción. Pero prefiero decirte: lo sé, la he cagado. Esta vez no me he comportado como una buena amiga.

Mientras tú te cabreabas, esa misma noche llamaba a un colega que tiene material, vino a recogerme en moto, me pasé dos días en su casa. Su estudio se ha convertido en una crack-house de lujo, no hay más que VIP, allí dentro. Eso no me gustó. Hace un buen rato que ya no me gusta. Pero es difícil no hacerlo.

Ahora, basta ya, va a hacer diez días que estás enfurruñado conmigo. Por la presente, decreto unilateralmente nuestra reconciliación.

Me interesa el rollo ese de las reuniones. Y no puedo hablar de ello más que contigo. En primer lugar, es cierto que esa conexión con Francia –más profunda o menos, pero Francia– cambia radicalmente el ambiente del confinamiento. Por otra parte, hay de todo en ese barullo. Lo cual es lógico, me dirás, puesto que todo el mundo se droga… Aunque si te fijas, y sin voluntad de obsesionarme con el tema, de celebrities tampoco he visto muchas. Para ser exactos he reconocido a dos. El lado religioso me da tirria. Que me hablen de Dios con el estómago vacío no me encanta. Pero vuelvo todos los días, así que esta es la crítica de una mujer seducida por el asunto.

Para empezar, he advertido que existe una auténtica creencia en algo así como que existirían personas que no están enfermas. En una sociedad como la nuestra, pensar que hay sujetos sanos me parece arriesgado. La inmensa mayoría de la gente está completamente desquiciada. Todos. Y lo que yo he visto es que, de forma prácticamente automática, los dependientes asimilan su tendencia a drogarse con lo que sería su parte destroyer. Os escucho y es como si viera a los dos matones con los que tropieza Pinocho, el Zorro y el Gato; como si los adictos de NA, que vendrían a ser unos pequeños muñequitos encantadores e inocentes, huyeran de unos malos consejeros cuyo propósito sería manipularlos para hacerles daño. Yo con eso no estoy muy de acuerdo. En un momento dado, drogarte es algo que haces a pesar del sentido común. Evidentemente, es algo que juega en tu contra, pero no por ello dejas de hacerlo. Cuando empiezas, tu objetivo es protegerte y al mismo tiempo ponerte en peligro. Como estrategia, funciona; de lo contrario no habríamos caído en el asunto, tan tontos no somos.

En general, lo que más me gusta de las reuniones es que, si las usas como esquema para leer el mundo tal y como es, funcionan perfectamente. El mundo, si lo ves desde el punto de vista de un consumidor de crack, funciona. Si le dijeras «igual habría que ir pensando en dejar la pipa y probar otra cosa», te replicaría «¿estás loco o qué?, colocarme en un parking está en mi naturaleza». Si sustituyes crack por «remuneración de los accionistas», funciona. Todo el mundo sabe que la economía actual nos conduce al desastre. Y podríamos apostar a que la gente que está a los mandos respondería como adictos delirantes: «Yo a rehabilitación no voy, antes muerto».

Ahí me estoy haciendo la listilla. Le doy vueltas porque se me hace raro prestar mi adhesión a este asunto. Yo nunca me he adherido a nada. Y menos a un programa. A priori, solo con escuchar la palabra rehabilitación ya me dan ganas de saltar por la ventana. Te escribo por una cosa que sucedió en una reunión. Yo lo veía de lejos, interesada pero a distancia; y entonces tomó la palabra esa chica. Me identifiqué con ella porque era muy guapa. Y sorprendentemente fotogénica, de lo contrario, delante de la cámara y sin maquillar como iba, no habría resultado tan deslumbrante. Dijo la palabra crack. Normalmente, yo eso lo sé, el producto no se nombra. Pero ella lo hizo. Una de las cosas apreciables de la fraternidad es que es una congregación de gente acostumbrada a hacer precisamente lo que se les pide que no hagan. Así que dijo la palabra crack desde el principio. Dijo yo fumaba crack con mi hija al lado y, como entre toma y toma no sentía la abstinencia, pensaba que controlaba y que no era dependiente. Pensé en ti cuando me decías que en cada reunión llorabas como una magdalena. Yo no lloré. Pero sentí que algo se me rompía por dentro. Comprendí lo que todos allí entienden por «identificarse». Miraba los cuadros que hay colgados en la pared, detrás de ella, no alcanzaba a ver lo que representaban.

Tampoco yo noto la abstinencia entre una toma y otra. Si paro varios días, como ahora mismo, no tengo mayor problema. Y como ella, me digo que no soy adicta porque no siempre tomo las mismas drogas. Voy alternando. Depende de la temporada, de las personas, de las ciudades, de la ocasión. Consumo lo que hay y, de eso, deduzco que controlo. Pero cuando afirmo con el corazón en la mano que en un rodaje nunca me coloco estoy mintiendo. En mi caravana, si creo que tengo tiempo y me lo proponen amablemente, me la suda saber que voy a joder las tomas y que, durante el montaje, el director va a flipar pero que acabará arreglándoselas y nunca se atreverá a decírmelo. Esa chica que se atrevía a pronunciar la palabra «crack» era tan bonita como yo. Su sinceridad me trastocó el cerebro. Nosotras las guapas no le debemos nada a nadie. Y menos a la verdad. Que aun así decidiera contarlo me pareció flipante. Me parecía que cada palabra que pronunciaba para contar cómo se mentía a sí misma cuando llegó a NA, me la decía a mí.

Todos los días enciendo el ordenador para stalkearte. Pero en realidad, también escucho reuniones a las que tú no asistes. Los oigo decir «se me ha ido la obsesión de consumir», y eso me cabrea, me parece infantil y cursi. Y al mismo tiempo me da envidia.

También me asusta. Me pregunto dónde acabará llevándome toda esta tontería. Por lo pronto ya me he hecho feminista. Luego me sentí cerca de toda esa gente que tiene que trabajar durante el confinamiento. Y ahora escucho cómo habla la gente sobre mantenerse sobria. A este ritmo, en seis meses estaré comprándome unas zapatillas y me pondré a correr. Da miedo. De seguir así voy a decepcionar a mi público. Pero no estoy aquí para entretener al personal. Lo que quiero es sobrevivir. Y no sé yo si soy capaz de hacerlo. Creo que lo que más me asusta es lo que hacéis vosotros. Arriesgarme a no lograrlo.

OSCAR

Confieso que me alegra que me escribas. A punto estuve de recaer por culpa tuya: de tu infidelidad, de tu falta de fiabilidad. Me dije ha fingido ser mi amiga y un puntal al que agarrarme, y no sentía ningún afecto por mí. Estaba dispuesto a hacer lo que he hecho siempre en estos casos: acostarme de lado durante días y lamentarme de que nada me sale bien ni nadie me apoya como un ser humano merece, etcétera.

Y luego fue como una cadena de pequeños satori. A mí Kerouac tampoco me gusta. Ese idiota americano borracho de su propio genio. Pero cuando me sucedió, la palabra sí se la tomé prestada. Pequeños satori. Esas putas reuniones diarias y la escritura de mi primera etapa me han salvado. Dicen que es normal, que los primeros meses de estar limpio siempre lo ves todo de color de rosa. Un clásico.

Y luego me escribiste. Quería responderte enseguida, pero seguía ofendido. El placer que me da imaginarte en las reuniones es difícil de expresar. Es algo raro que pasa en NA, ese entusiasmo por la rehabilitación de los demás. Gente a la que ni siquiera conoces y deseas que a ellos también les funcione, como si te fuese la vida en ello. No tengo del todo claro cómo me sucedió a mí. Solo sé que no pensaba en otra cosa, que definía todo cuanto era yo, a las personas que me atraían, que era mi forma de estar en el mundo. Y que salió de mí. Y que no sabía que podía llegar a sentirme tan fuerte. Tan tranquilo. Confiar tanto en mí mismo. Cómo me gustaría que te sucediese a ti...

«Para pertenecer, basta con querer dejar de consumir». Como eslogan es genial. Por una vez, no me pregunto si miento o si tergiverso, o si merezco. Pertenezco a este grupo y ya está. Pues para pertenecer de forma legítima basta con querer dejar de consumir. No hay nadie tratando de colarte otros prerrequisitos del palo necesitas una tarjeta de crédito o haber hecho una dieta o tener buena ortografía o haber nacido aquí o demostrar que eres un tío como toca, es un grupo en el que «basta con». Nunca había visto a tanta gente dispuesta a cambiar de estrategia para mejorar las cosas. En general, están lejos de lograrlo. Pero la cuestión no es esa.

Lo que cuenta es la tensión, la tensión hacia el bien. No recuerdo ningún lugar que funcione así. E imaginarte como uno más de esos cuadraditos negros cada mañana, con nosotros, me hace tan feliz…

Mi hija no está bien. Me siento desamparado. Estos días la tengo en casa. Léonore necesitaba respirar. Clémentine no es feliz, y es la primera vez que entiendo que no es porque tenga algo en contra mía. No es para que me sienta mal o para culparme por algo. Es una persona, y no un satélite anexo a mi vida. Podría haberlo pensado antes, pero es como si hasta ahora no hubiera tenido tiempo. Me las arreglaba para no pensar en ella. Demasiada culpa.

Lo llevamos mejor de lo que esperaba. Jugamos al Reversi. Me da unas palizas de escándalo, así que yo sigo jugando sin la menor condescendencia, lo doy todo pero me hago un lío, no sé qué me pasa, y vuelta a empezar. Como veo que le encanta, pues jugamos al Reversi. En el fondo, sentirme tan estúpido me duele, lo mismo que tragarme sus celebraciones, no puede decirse que nos una demasiado. Me entran ganas de decirle: pero ¿tú te has visto, lo patética y mezquina que te pones cuando ganas? Pero apechugo y cierro el pico. Jugamos al Reversi escuchando la música que le gusta y nos vamos acercando. Billie Eilish me moló. Luego me dejé llevar por Lana Del Rey. No le dije lo que pensaba de las letras –my pussy tastes like pepsi cola–, hice como si no supiera inglés pero en mi interior me dije ok alguien ha pensado en las letras. Me gusta la idea. My pussy tastes like pepsi cola. Intenté que escuchara PNL y vi en sus ojos que estaba horrorizada de que su padre escuchara a un grupo de jóvenes, pero el disco lo puse igual. Le pedí cambiar de juego y me dejó, sacamos la caja de Triominó porque así por lo menos estamos empatados. También le dio una oportunidad a PNL. He ido viendo que no escucha música hecha por chicos. En su caso no es una postura ni una decisión. Yo diría que PNL, rollo depresivo, son lo suficientemente femeninos como para que cuele. Llegamos hasta Bad Bunny: lo mismo, al principio ni pensarlo, pero luego ha colado.

A las ocho abre las ventanas y aplaude con los demás. Antes de que llegara, yo estaba en contra. Me parecía asqueroso: ponerse ahora a aplaudir a las enfermeras, cuando antes de la catástrofe nadie prestaba atención a sus demandas, lo mismo que nadie será solidario con ellas cuando esto termine. Pero en cuanto oye un aplauso, Clémentine se levanta y yo veo que le gusta, así que me pongo a su lado. Me sorprendió mi propia emoción, me sentí como acogido. A las ocho de la noche está oscuro, no ves a tu alrededor, y me he dado cuenta de que no tiene nada que ver con los sanitarios. A quienes aplaudimos en la oscuridad es a nosotros mismos, para conjurar el miedo. Me alegré de no haberle dicho a Clémentine que era una tontería.

De noche vemos series porque así no tenemos que preguntarnos de qué vamos a hablar; antes cenamos. No es lo ideal. Sé que cuando vuelva con Léonore y Clémentine le diga que nos hemos ventilado cuatro episodios de *Pretty Little Liars* por noche se pondrá furiosa. Sobre todo porque, en tema colegio, le enseño a hacer lo mínimo.

De vez en cuando intento comentarlo con ella, pero no es fácil. Mi padrino me dice que hay que ser paciente: para que tu hija olvide que antes eras un adicto y no se podía confiar en ti hace falta tiempo.

Yo no soy un padre de revista. Pero Clémentine tampoco es una hija de ensueño. Es dura. En Narcóticos, igual ya la has visto, está esa chica que pone la cámara y tiene cara de árabe, con el pelo tan estirado hacia atrás que debe de dolerle. Siempre que habla es para decir algo negativo. Me recuerda a mi hija. Escucha a todo el mundo y solo interviene para decir «todo eso es bullshit me parecéis todos unos memos deshonestos me entran ganas de morirme me tenéis harta».

Y me gusta esta chica. Así que, de rebote, me digo que también debería gustarme mi hija, por ese rollo suyo de ser sistemáticamente negativa. A la defensiva.

Salvo que me gustaría tanto que la atención que le doy a Clémentine resultase suficiente para que se sintiera bien… cuando veo que se cabrea así le daría una torta, le diría pero ¿por quién me has tomado?, ¿por un padre de compañía? Nuestra relación está mejorando, pero me gustaría que todo fuera más rápido. Me gustaría que me quisiera y me dijera me alegro de que juguemos a juegos de mesa y de que estés limpio y de que, después de aplaudir, nos pongamos juntos a ver series. Pero se deja hacer más que otra cosa. Me está quedando claro que lo único que le interesa sucede en su teléfono, y no tiene ningunas ganas de contarme qué es lo que sucede en su teléfono.

He tenido esa revelación. Me jodió de verdad que fueses a ver a Zoé. Que me contases que mi hermana coqueteaba contigo y tú te dejabas querer. Y entonces tuve esa revelación. En verdad no lo estás haciendo para fastidiarme. Ni para humillarme, ni para hacerme sufrir. Hay cosas que la gente hace que no tienen nada que ver conmigo, incluso cuando me resultan desagradables, no las hacen contra mí.

REBECCA

Ya, pero si quieres mi opinión, ándate con ojo… Demasiada exaltación mata la exaltación, y tanta benevolencia podría volverte un poco tonto. Por lo demás, nunca entenderé ese rollo vuestro de hacer críos. Se diría que, antes de liarse a procrear, a nadie se le ocurre preguntarse si va a ser un buen padre o aquello será un sindiós. Los tíos aún, estáis de servicios mínimos… y aun así os da problemas.

Ayer, un amigo me prestó su bicicleta eléctrica y él cogió su fixie. Su proyecto consiste en salir todos los días a las ocho y que le aplaudan «como si ganara el Tour de Francia». En otras circunstancias, me propones ir en bici y te parto la cara. Pero ya no puedo más de estar encerrada, creo que diría que sí hasta a hacer footing. Pensé en ti, se me ocurrió que a lo mejor pasaríamos bajo tu ventana. La gente me reconoció, fue un festival. Siempre he amado París, y ahora mismo tengo la impresión de estar descubriéndola bajo un prisma diferente. Hay algo triste en ello, del estilo adiós a una época.

En la plaza République, la policía despejaba la zona que habían ocupado los migrantes. Pedaleamos en la otra dirección. Los policías me adoran, siempre quieren hacerse selfis conmigo. Pensé que aquello nos había estropeado la noche, pero al llegar al cementerio de Père-Lachaise, un chaval se puso a andar en patinete sobre una rueda a mi lado. Tendría unos doce o trece años, pero era grande, cuando se dio cuenta de que verlo hacer sus chorradas sobre una rueda me hacía gracia nos acompañó un buen rato, y así rodeamos el cementerio. Me encanta ese barrio, me pareció que aquello era un plano de película. Lo que estaba viviendo era un momento de cine. Un momento de gracia absoluta.

Y hoy estoy superagobiada. Sé que están pasando cosas importantes en el mundo y que debería sentirme indignada porque están destruyendo la sanidad pública, la educación o la cultura. O porque Trump vomita mierda 24 horas al día, Rusia encierra a los homosexuales, China aprovecha la crisis para aplastar la resistencia en Hong Kong y aquí hay una caza del migrante a cielo abierto; dicen que la poli les gasea las mantas para que no puedan volver a usarlas. Pero la verdadera razón por la que hoy me siento fatal, lo que realmente me revuelve el estómago y me destroza la moral, es que esta mañana me he probado unos pantalones que hace tres meses me venían bien. Y ya no me caben.

Te lo advierto, si esto se lo cuentas a alguien te mato. En el primer sentido del término. Estoy tan cabreada que preferiría pasarme el resto de la vida en prisión antes de asumirlo públicamente. Hace años que tengo un acuerdo tácito conmigo misma: cuando salgo de la ducha no me miro en el espejo. Cuando paso por un escaparate, no me miro. Cuando me toman fotos, les echo una simple ojeada. A lo largo de toda mi vida, cada vez que me miraba me gustaba lo que veía. Y eso es algo que también lamento en relación con las drogas: cuando entre ellas y yo todo funcionaba bien. La gente hace como si fuera un asunto secundario. A las chicas la heroína también nos gusta porque es un producto que nos da esa silueta perfecta. Cuanto más la tomas, más guapa eres. Hasta que ya no te pareces a nada, pero los primeros años eso es lo que buscas. La cocaína, si la tomas todos los días, también. Y las anfetaminas cuando éramos pequeñas. Esas drogas también nos gustaban porque nos hacían delgadas. No entiendo qué ha podido pasar. Durante algunos años tomé mucha codeína, quizá metabólicamente no me funcionó. O será la edad. O esa obsesión que he desarrollado por los gofres y la crema chantillí. Tanto me da. No quiero estar gorda y lo estoy.

No es que me despierte pensando «estoy gorda», sé que hay chicas cuyo primer pensamiento cada mañana es «puta vaca gorda, no haces más que tragar». No es mi estilo. Porque realmente no lo creo. No me identifico con quien soy. Creo que estoy esperando a que mi verdadero yo vuelva por su cuenta. Un poco más viejo, sí. No operada, pues no veo yo que a las otras les haya salido bien. Pero delgada. Yo siempre he sido delgada y con las tetas grandes, que ahora las cosas cambien de repente me parece una insensatez. Ni siquiera a las feas les apetece estar gordas. Lo cual, por cierto, siempre me ha parecido una locura. He conocido a un montón de chicas del montón que te decían muy seriamente «no gracias, estoy a dieta». Yo las miraba y me decía si yo fuera como tú me pasaría el día tragando patatas fritas. Ya puestas… Para las mujeres, mantener su peso a raya es casi un compromiso de castidad. Un signo de sumisión extremadamente importante. Y a mí me la sudaba, me drogaba tanto que nunca engordaba.

Ahora he cambiado y no quiero ni oír hablar del tema. Pero esta mañana me he pesado. En la casa de la vecina de arriba. Con la puerta cerrada para que no supiera qué estaba haciendo en su baño. Siempre he estado a favor del pecado. Pero engordar, para una actriz, es imperdonable.

Y el hecho de que me importe tanto me humilla. Me gusta sentirme por encima de las leyes comunes. Y esta obsesión es tan común. La tristeza que siento es tan banal. Intento racionalizarlo, pensar que de todos modos me estoy haciendo vieja. Aun si no fuese gorda, seguiría siendo vieja. O sea que a comer patatas fritas y a no darle más vueltas. Quisiera ser invencible. Como un hombre. ¿Acaso a Robert De Niro se le saltan las lágrimas cuando se sube a una báscula? No lo creo. ¿Acaso Tony Soprano, antes de ser el chico más sexy de su generación, se preguntaba si era demasiado gordo? No lo creo.

Te lo repito, gatito: le comentas a quienquiera que sea lo que te acabo de comentar y eres hombre muerto. Que nos hayamos reconciliado no significa que estén permitidos los golpes bajos.

OSCAR

Eres hermosa como una italiana. Sé que esto no bastará para tranquilizarte. Pero hostia puta, te queda un rato para convertirte en una chica del montón.

Seguro que me dices que no es lo mismo, pero a mí sí me lo parece: sé lo que es avergonzarte de tu cuerpo. La diferencia principal no es que tú seas una mujer y yo un hombre. La diferencia es que yo nunca me he mirado en un espejo y me he dicho ok todo bien. No soy delgado, soy un flacucho. No soy un tío elegante, esbelto, un tipo un poco fino. Soy escuálido. Esa escualidez de hijo de pobre de la que ya nunca escapas. Tengo los hombros estrechos, los brazos frágiles, la piel muy blanca, jamás he visto un abdominal por encima de la línea de los calzoncillos, lo que se ven nunca son músculos, sino huesos. Ser yo siempre me ha puesto triste.

Snoop Dogg me salvó la vida. Él es más alto que yo —y además negro y americano y millonario, obvio, y ha escrito unos álbumes que cambiaron las reglas del juego para siempre—, pero era la primera vez que veía a un tipo con mis mismas pintas. Realmente delgado, pero en absoluto ridículo. Snoop es gracioso, pero no es un cómico. Tiene swag. La primera vez que lo vi me quedé flipado. Un tipo seco, como yo, pero no un tipo feo.

Me dirás claro pero vosotros podéis definiros por cosas distintas a vuestro físico. Y me dirás claro pero tú feo siempre has sido, así que no tienes ni idea de lo que supone, para alguien que ha sido espectacular, perder un poco el look. Y tendrás razón, no puedo ni imaginar lo que representa impresionar a la gente con tu belleza en cuanto entras en una habitación. Que quieran hablar contigo solo por tu cara bonita.

La historia que tuve con Zoé la viví con muchas otras chicas. Al punto que me sorprende que no hayan salido otras a decirlo. La lista de las chicas a las que he amado y que no me han correspondido es interminable. Afortunadamente, no siempre me declaré. Muchas veces se notaba demasiado su falta de interés. En el fondo, lo que más me ha dolido de estas acusaciones no ha sido oírles decir «¡qué masculinidad más tóxica, qué horror! Esa jovencita diciéndole que no y él dale que te pego». Sino que digan todas las mujeres pasan de él. No tiene el menor atractivo. No hay nada masculino en él. Las mujeres eso lo sienten, por instinto. No quieren nada con él. Es una cucaracha.

Esta historia con Zoé es la que ha salido a la luz. Pero antes ya la había vivido diez, veinte veces. Yo totalmente convencido de que una chica está hecha para mí, adorando cada uno de sus gestos, prendado de cuanto representa, convencido de que podríamos compartir nuestras vidas y nuestras ilusiones. Y ella que no quiere verme ni en pintura. Sintiéndose atraída por cualquier idiota. Incluso sin ser muy guapo. Pero no por mí. Es como si percibieran que soy defectuoso.

Prefiero ir pregonando a quien quiera escucharme que Zoé Katana se ha ensañado así conmigo porque buscaba publicidad. Pero yo sé que me rechazó, como me rechazaron tantas otras antes de ella, y también después. El éxito me ha vuelto menos repugnante a sus ojos. Pero las mujeres a las que amo nunca acaban siendo las que tienen algún interés por mí.

REBECCA

Yo no he dicho nunca que el físico sea menos importante para los chicos que para las chicas. Jamás. Toda mi empatía por tu lamentable situación. Pero no quiero volver a hablar del tema. En serio, gracias por tu respuesta, ha sido adorable. Pero no quiero saber nada más del misterio de la ropa que encoge en el cajón. No me quedan fuerzas para volver sobre ese asunto. Prefiero decir que tanto me da y que tengo cosas más importantes que hacer.

Y estoy mejor. Últimamente voy mucho a casa de la vecina. Subir esos dos pisos me saca de mi rutina. Su novio se ha ido a otro lugar. Discutían demasiado. Yo estoy bien posicionada para confirmarlo, suelo tener las ventanas abiertas y oía todo lo que se decían. Era como vivir en una serie americana de trama psicológica. Broncas interminables, un coñazo.

A la vecina te la encuentras en la escalera y tiene buen tipo, es sofisticada, nada la supera, siempre impecable, muy clásica. Toda una sorpresa porque el apartamento, que es cuatro veces más grande que el mío, lo tiene hecho un caos indescriptible. La señora de la limpieza se negó a seguir trabajando allí, su marido es viejo y tiene miedo del virus. La pareja no se ha adaptado nada bien a su ausencia. Lo digo yo, que no soy precisamente una higienista.

La primera hora estamos bien juntas. No está demasiado triste. Dice que su historia terminó hace mucho. Que hace años que no follan. Que tenía que pasar, que le apetece estar sola. Sobre todo quiere beber tranquilamente.

Está bien educada, sin rigidez, cuando se mueve despliega la elegancia de una primera bailarina, es como si la siguiese una luz, como si una melodía que solo oyera ella rigiese cada uno de sus gestos. He visto fotos de cuando tenía veinte años y se parecía a Audrey Hepburn. Tiene unos cuarenta. La observo mientras hablamos y es una mujer que habría sufrido demasiado y, al mismo tiempo, una adolescente revoltosa, dos facetas que en ella conviven sin conflicto aparente, aunque es como si buscase dónde colocarse entre esos dos polos. Tenemos mucho de que hablar, entre nosotras es fácil. Abre una primera botella. No me gusta beber. Pongo la mano sobre la copa sin esfuerzo, ella me prepara otro café. No sabría decir en qué momento sucede, pero de pronto la mujer que tengo delante es otra distinta. La borracha. No se transforma gradualmente, es como una actriz que cambiara de repertorio de buenas a primeras. Sus gestos no son torpes, no se tambalea al levantarse, no se le pierde la mirada en el vacío. Es el mismo cuerpo, la misma cara, pero la personalidad que la habita cambia drásticamente. Y en cuanto cambia, yo cojo el tabaco y me bajo. La chica del principio me gusta, pero la borracha, todo el rato repitiendo los mismos horrores una y otra vez, me cansa.

Dice que a las mujeres, si beben, las estigmatizan. Por miedo a que sean demasiado sinceras. O a que se vuelvan sexuales. Yo sé que tiene razón. Pero es también lo que hay en ella de cobarde, de feo, de frustrado, que irrumpe brutalmente y dan ganas de echar a correr.

Me pregunto si estaré yendo a su casa para comprobar esa transformación. Para felicitarme por no haber tomado nada desde el inicio del confinamiento.

No conozco a nadie en París que diga echo de menos el ruido de los coches echo de menos el olor de los coches echo de menos tener que esperar cinco minutos a que pasen los coches para cruzar la calle. Al contrario, tengo la impresión de haber escuchado al menos una vez al día esta tranquilidad es extraordinaria qué bien que sienta es la primera vez desde que vivo aquí que he notado el olor de la primavera en la ciudad.

En cuanto al resto, cada cual va a lo suyo. Están los que se vuelven locos los que beben más de lo habitual los que han descubierto su propia casa los que quieren separarse los que han aprendido un montón dando clase a sus hijos los que han escrito un libro gordo los que han perdido el sueño y los que vuelven a conciliarlo los que se han lesionado por hacer demasiado deporte y los que se han visto todas las series coreanas disponibles en las plataformas.

Pero no conozco a nadie que eche de menos ese apretujarse de los cuerpos humanos para abrirse paso entre los coches.

Miro en internet y me acojo a la primera estadística, la de la OMS. Los accidentes de tráfico causan alrededor de 1,3 millones de muertes al año. Y entre veinte y cincuenta millones de heridos.

Un millón trescientos mil. Los coches necesitan catorce años para causar tantas muertes como la Primera Guerra Mundial. Ya puede prepararse, el coronavirus. ¿O sin confinamiento habríamos llegado a un millón trescientos mil muertos en el planeta?

No puede decirse que ese millón trescientos mil muertes anuales —donde hay tanto jóvenes como deportistas como obreros como niños como mujeres como camioneros como conductores de autobuses como actores como ancianos— pase desapercibido porque se trate de cuerpos pobres.

Cuando tenía veinte años, había aquella idea de los coches. Los viajes por carretera, una auténtica fascinación por los grandes automóviles americanos, pero también por algunos viejos bugas franceses, una especie de fijación general. La gente se chupaba diez horas de carretera sin rechistar. Conducir molaba. Molaba más el coche que la vida humana. Será cuestión de la industria. De la economía del petróleo. De gestión de carreteras. De accionistas poderosos que no quieren que eso cambie. Pero el hecho es que seguimos creyendo que hay algo racional en nuestro comportamiento. Algo que podría explicarse por la avidez de ciertas personas interesadas en que así sea. Pero lo que a mí me parece es que creemos que el coche es un dios. Estamos flipados por nuestra tecnología. Es irracional. Tan irracional como sacrificar niños año tras año en la cima de una pirámide para complacer a los dioses o calmar su ira. Es infinitamente más letal, menos asumido, pero no más racional.

Creemos en dioses feroces que no nombramos. El liberalismo sí lo nombramos, estudiamos sus engranajes, la trágica crueldad de confiscar el trabajo de muchos en beneficio de unos pocos. El saqueo del planeta para producir cosas feas e inútiles.

Pero en el fondo, creemos que sin la tecnología nuestros cuerpos son una nulidad. Creemos en la nulidad de nuestra especie frente a ciertas máquinas que hemos deificado. Nos parece inadmisible que el virus mate porque no es una máquina que hayamos fabricado nosotros.

Y todos sabemos que después de este confinamiento no entraremos en razón. Porque creemos en esos dioses-máquina. Dios del teléfono Dios de la red social Dios de lo nuclear Dios del avión, todos esos dioses que nos hacen sentir una nulidad. Que valen nuestras vidas. Las máquinas no nos mejoran como seres. Nos devoran. El poder de nuestra creación nos flipa. Las máquinas ya no son motivo de discusión, como el Dios de la Biblia cuando pretendía que le rebanasen la garganta al hijo para probar que eran creyentes. La única manera que conocemos de decirle a un poder superior que lo respetamos es morir por él. No soportamos morir por un simple virus. ¡Pero el coche sí es una buena muerte!

REBECCA

Y yo no conozco a nadie de la generación de mis abuelos que haya dicho «antes era mejor porque para ir al pueblucho de al lado había que caminar una jornada». Me recuerdas a aquellos paletos de los ochenta que no dejaban de hablar de Debord. Se notaba que eran todos unos niños bien. En mi casa, a nadie se le ocurría ir diciendo que antes de la televisión se vivía mejor: cuando todos tenían frío y hambre y se aburrían.

Porque haya montado cinco minutos en bicicleta no voy a sumarme a ese delirio tuyo de viva la ciudad sin coches. Estamos bien, estamos tranquilos. Pero que esto se ponga otra vez en marcha, por favor. Sobre todo por la comida. Yo no soy de cocinar. Siento el mayor respeto por toda esa gente a quien la cocina le apasiona, pero no va conmigo. El señor de la tiendecita de debajo de casa me trae platos que prepara su mujer. Se ha apiadado de mí. Estoy pensando en hacer como esas estrellas que se abren una cuenta de Instagram para filmarse en la habitación más lamentable de su casa y decirle al mundo que están confinadas, igual que todos. Salvo que yo, lo único que diría es: tengo hambre. Que alguien me prepare algo.

En mi calle la gente vuelve a salir. Un grupito de cuatro chavales del barrio en la acera, uno lleva mascarilla, a otro se le ha bajado al cuello, los otros dos no llevan. Se ríen.

Anteayer me puse las botas. No podía más. Con un viejo conocido. «Solo esta vez», me dije. Estuvo bien. Pero la fiesta terminó, siento que ahora sí; enseguida he vuelto a las reuniones por Zoom. He hablado por primera vez. Sin la cámara. El corazón me iba a mil. La reunión de los maricas del viernes. Son todos guapos. Es como una caja de bombones, los pongo en mosaico y los admiro. He constatado que la combinación Chemsex/Tinder causa estragos: son muchos, y son jóvenes para confesar que tienen un problema con la droga. Ahora resultará que tengo alma de marica. Son capaces de pasar de la historia de un colocón infernal con ducha de esperma y fist fuck a unos delirios rollo Sissi emperatriz, crinolina y valses de Strauss... sin transición, sin contraste, sin sentirse obligados a elegir entre las dos propuestas. Me siento absolutamente representada. Me vino bien participar.

Nunca he reflexionado tanto sobre qué es la droga. Cuando me coloco, me estoy recompensando como me recompensaba mi madre, de manera incoherente y angustiosa. Como haría alguien que no sabe disfrutar, alguien que no sabe cómo protegerse, alguien que no sabe distinguir entre sentirse bien y pecar de orgullo. Alguien que no sabe qué hacer con el dolor y la ira y está convencido de que hay que apagarlo como apagarías un conato de incendio. Fui la hija de una mujer deprimida. Mi madre nos recompensaba por nada, a ciegas, para colmar un vacío. Le encantaba consumir, darme cosas dulces. Fue concebida acabada la guerra. De ahí vengo yo, de esa atrocidad colectiva. De esa sucesión de terrores de privaciones de separaciones. Sus padres vivieron tres guerras, y entre una y otra les encargaban la dura misión de confiar en el Estado y en la dignidad. Es sorprendente, pero todo se reduce a esa paradoja: a las mujeres se les atribuye la fragilidad la dulzura la delicadeza... y el caso es que dan a luz abriéndose en dos la pelvis y sobreviven a las guerras aun cuando las dejan solas en ciudades bombardeadas. En mi abuela siempre pienso en esos términos. Meter a su padre y a sus tíos en un tren para la primera guerra. Meter a su marido y a sus hermanos en un tren para la segunda guerra. Meter a su hijo en un tren para la de Argelia, y cada vez saber por experiencia que la persona que sube al tren ya nunca volverá. Y aunque volviera, todo habría cambiado. Mi madre nació en ese absurdo: por supuesto que te recompensaba de cualquier manera. Por supuesto que trataba de llenar un vacío aterrador, y por supuesto que a los trece años yo quería alcohol y heroína y anfetaminas y desinfectante y ácidos y hachís. Quería cualquier producto que me permitiera desaparecer.

Escucho a las feministas preguntándose cómo es que el patriarcado ha podido durar tanto tiempo. Dicen que es el miedo a la violación, se trata de una teoría de los años setenta que hoy en día es muy controvertida, pero que las feministas cristianas de derechas siguen sosteniendo. Otras hablan del miedo a la separación, a la ruptura: queremos identificarnos hasta tal punto con los roles que se nos asignan que acabamos prefiriéndolos a la verdad, aunque seamos incapaces de encarnarlos. Buscan explicaciones complicadas. No entiendo por qué hacen como si las guerras fueran algo tan natural que no vale la pena tomarse en serio. Por un lado, te explican que si te metieron mano cuando tenías trece años, tu vida quedará marcada para siempre por la vergüenza. Pero por otro, vamos encadenando una guerra tras otra y no se preguntan qué relación podrían tener las guerras con el patriarcado, en lo que tienen de patológico. Entiendo que es más ambicioso decirse las guerras hacen demasiado daño hay que cerrar las fábricas de armamento, que voy a tener una conversación con mi marido quiero que lave los platos. Porque la guerra está en el centro de todo. Yo sí quiero acusar a los hombres, decir que esa es la única manera que han encontrado para engendrar desde la sangre. Las teorías no cuesta nada construirlas, si quieres te regalo una: están tan frustrados por no dar a luz que se han montado una historia donde también chorrea mierda y sangre, como en un parto. Y todo para parir nada. Naciones vencidas y naciones triunfantes. Ya me dirás tú lo que hemos avanzado en eso. Pero al final, por lo que estoy viendo, las feministas creen que van a seguir reflexionando durante mucho tiempo sin plantearse la cuestión de la guerra. Y eso que son como yo, hijas de mujeres que prepararon las maletas de sus hermanos de sus maridos de sus hijos y los llevaron a la estación. Y para cuando regresan, si es que regresan, las mujeres tienen otras cosas en que pensar antes que pedirles un salario igualitario. Fíjate en cómo nos machaca el covid, e imagina la ciudad bombardeada, destripada. La guerra, el trauma, es demasiado profundo, acaba soldando a los humanos entre sí como se sueldan los huesos tras una fractura mal curada: todo queda pegado, nada respira. Estamos entre alemanes, entre protestantes, entre judíos, entre argelinos, entre maricas, entre afganos, entre vietnamitas, entre gitanos, entre opositores; ni hombre ni mujer, no queda nada en pie más allá de: nosotros no somos los demás. La guerra es eso, decir nosotros no somos los demás.

Yo me he colocado con príncipes con vagabundos con negros con putas con ministros con embajadores con filósofos con pintores con refugiados tunecinos con actrices. Yo soy los demás. Y creo que lo que todos tratamos de evacuar son las guerras que nos han transmitido. Todas esas guerras que vivieron los mayores quedan alojadas en nuestros huesos. Constituyen un miedo que se transmite mucho mejor que un idioma o una herencia.

Así es como yo lo veo: me he drogado toda mi vida y no tiene nada que ver con lo que me pasaba en casa de pequeña o lo que me pasó en la vida de mayor. Lo que estoy curando en mí es la guerra. Y el padre que hay en mí trata de protegerme; ese adulto desamparado que me lanzaría un chaleco salvavidas en cualquier momento, a pesar de hallarme yo en tierra firme y no estar familiarizada con los chalecos salvavidas. Conjuro una angustia que no es la mía, y que se remonta lejos en el tiempo. Uno se droga por razones políticas. Es un diálogo con los antepasados. Uno se droga para olvidar las guerras que lo atraviesan, las guerras de las que ha vuelto o no, el hambre de las mujeres abandonadas en las ciudades, la angustia de esa trampa de la que no puede escapar. Y si no, uno se droga para recordar la guerra, el caos y la intensidad, el hecho de seguir vivo, el milagro diario. El caso es que siempre está la guerra al fondo. Por eso durante este confinamiento mucha gente empezará a drogarse; se dirán a sí mismos es porque tengo miedo de estar solo o porque he perdido el trabajo o se inventarán lo que se quieran inventar. Pero esa angustia nos la causa el recuerdo de los años de guerra.

Y yo, que siempre hago lo contrario de lo que hacen los demás o no me siento cómoda, en el silencio absurdo de esta ciudad dormida, confieso que el gesto ya no me sirve. Escucho a la gente contando por Zoom los esfuerzos que hacen para no consumir y, por primera vez en mi vida, no me parece una chorrada.

OSCAR

Asisto a una reunión todos los días, luego me tomo una hora para escribir esta primera etapa. Me doy cuenta de que he protegido mi relación con la droga a costa de todo lo demás. Desde que estoy en el programa, me digo a mí mismo que solo vengo porque necesito que me protejan del escándalo con Zoé Katana. Que no soy un adicto, como los demás.

Me miento a mí mismo. No solo mentí a mi chica para hacer lo que quería y que me dejara en paz sin meter la nariz en mis asuntos privados. El que metía la nariz en la coca era yo. En la buhardilla. En la cocina de casa hay una puerta que conduce al piso de las buhardillas, y cuando por casualidad el conserje me avisó de que una se quedaba libre, la alquilé sin pensármelo; la parte de mí que quería poder colocarse tranquilamente sabía muy bien lo que se hacía. Argüí que era para guardar libros y manuscritos, arreglé la habitación modestamente, dictaminé que con la niña de Joëlle enredando por todas partes no podía escribir tranquilo, y como en decencia a una niña de seis años no se le podía pedir que se quedara encerrada en su habitación todo el día, lo mejor iba a ser que, cuando quisiera trabajar, me subiera a la buhardilla. Por lo general, los escritores que se alquilan un despacho para escribir lo usan como picadero: para recibir a sus amantes tranquilamente. En mi caso era para drogarme sin que me viera mi chica. Mi verdadera amante era la coca. Y nunca lo pensé en esos términos.

La toxicomanía es siempre una cuestión de fe, insistir en comprobar la imposibilidad del milagro: desear volver a hacer lo mismo y que esta vez funcione. Cualquier cosa con tal de que haya altibajos. Es la falta de algo unida a la predisposición a forzarlo, a violentarlo; es exigir que suceda de todos modos.

Queremos forzar las cosas para que coincidan con lo que creemos esperar, tener derecho a desear. A exigir. La toxicomanía es siempre una exigencia mal emplazada. Desplazada. Es querer imponer tu voluntad. Dicen que es un problema de devaluación de uno mismo. Pero con quien se es más agresivo no es con uno mismo. A quien se desprecia es a los demás: sus esfuerzos por sacarnos de ahí. Su estúpida satisfacción de ser lo que son. De haber acumulado lo que tienen. Es una declaración de guerra, que dice: ¿que yo soy una mierda?, miraos a vosotros mismos, yo al menos no finjo.

ZOÉ KATANA

Compañeras feministas, os leo cuando habláis del cine: ¿cuándo vais a dejar de jugar a la Marie Kondo del séptimo arte denunciando a tres realizadores violadores que habría que evitar a toda costa? Nosotras creemos que sería más eficaz pegarle fuego al edificio entero. Y cuando se denuncia públicamente a un violador, en lugar de enviarlo a los tribunales, exigimos mejor terapia de grupo. Que cada persona que ha visto y no ha dicho nada, que cada persona que recuerda pero no ha hablado pueda expresarse, disculparse, enmendarse. Y sobre todo, cambiar de profesión cuanto antes mejor. Nos hablan de «fábrica de sueños» y nos quedamos con la palabra «sueño», cuando la que cuenta es la palabra «fábrica». Una fábrica para producir la noche cerrada. El cine es inasequible a la empatía. Paradójico, cuando se jacta de captar la emoción en primer plano.

Ahora que me he hecho amiga de una estrella del cine, he visto las películas en las que actúa. Y me ha parecido sublime. Que nunca le hayan concedido un premio a la mejor interpretación me parece una consagración de su obra, la prueba de su genialidad.

Como había conseguido unos códigos para ver películas, decidí continuar. Y entendí por qué nunca iba al cine. Esa falsa conciencia de inmersión reproducida artificialmente y anexada siempre a los deseos del uno por ciento de los más ricos. El cine está diseñado para tranquilizar a las grandes fortunas que lo financian. Lo que quieren crear es el arte de producir la realidad.

¿Cómo se define un maestro? Un maestro es aquel que decide lo que existe. Quién entra en el cuadro y en qué condiciones, y quién se queda fuera, del lado de las máquinas, del atrezzo y de la gente pequeña. El cine viene a satisfacer a sus amos. Es una cadena de humillaciones. Cada uno comprueba su poder a su nivel. Para vengarse. Su industria no da el pego, señores. Sus películas huelen a desgracia y a obediencia y a siniestra propaganda.

Cuando trabajaba en la industria editorial, pude observar de cerca la venta de los derechos de adaptación, y ahí entendí lo que era una película. Un proyecto sometido a decenas de aprobaciones sucesivas. Y adivina qué: todas esas aprobaciones son emitidas por hombres blancos hasta las orejas de pasta. Y todos esos hombres blancos hasta las orejas de pasta son unos pedazos de hijos de puta. La peor clase de palurdos asquerosamente incultos, los más tontos, los herederos tarados y los acomplejados imbéciles. Todo eso es lo que da luz verde a cada paso del proceso. Supongamos que, en medio de todo ese barullo, surge una buena idea: la localizan y se aseguran de convertirla en una tontería siniestra.

Y nosotras, el público, nos tragamos todo lo que nos han preparado. El espectáculo de nuestra exclusión. Edades, cuerpos, clases, razas… ellos seleccionan y nosotras lo incorporamos como modelo, a través de los ojos, a través de los oídos. Nos comemos nuestra propia vergüenza por no estar allí. La gran pantalla es ese lugar donde no estás representada. Nosotras estamos fuera de cuadro.

Una sociedad neurótica tiene reflejos neuróticos, no reflejos sanos. Así que el cine no balbució demasiado antes de convertirse en lo que es: vaqueros, superhéroes, soldados, guerreros seductores hasta las orejas de pasta. Y chavalitas tontas que no son más que un complemento directo, nunca un verbo. No hacen avanzar la acción, no hablan entre ellas más que de los héroes masculinos, y aun así tienen pocas líneas de diálogo y siempre menos de treinta años, porque están ahí solamente para realzar la figura del héroe blanco, poderoso y asesino. Y no me vengáis con que ese tipejo se limitó a humillar a las tías. ¿Sabéis por qué los tíos se callan? Porque si hablan de sus verdaderas condiciones de trabajo, sacaremos las fotos en que se pavonean en los festivales con una enorme sonrisa y les preguntaremos «¿por qué te ríes, en la foto? ¿Por qué sonríes después de haber sido humillado?». Si dijeran la verdad sobre sus condiciones, quedarían como lo que son: unos pobres tipos a los que tratan como a una mierda. Bien pagados por ello. Pero tratados como una mierda.

El cine planteó una respuesta ideológica de una violencia implacable al feminismo de los años setenta. ¿Quieres una sexualidad, payasa? Yo te la daré, a todas las hora del día. Cada vez que no aparezcas representada lavando los platos, será porque estarás jugueteando con tu potencial erótico. Es lo único para lo que vamos a usarte. ¿Quieres vestirte de corto? Yo te exhibiré con saña, a ver si después del tratamiento que voy a darte sigues igual de chulita. Serás frágil, estarás sola, tendrás miedo y si quieres huir solo podrás valerte de tu agilidad; serás lo más parecido a esa cervatilla de la que se ocupa el cazador en los dibujos animados.

El cine es siempre una definición de lo femenino. Que procede por exclusión. En pantalla están prohibidas: las gordas, las viejas y las demasiado inteligentes. Se toleran, una vez por década, en una sola película: una no blanca, o una mujer fuerte que sabe luchar, o una mujer con sentido del humor.

A partir de los años ochenta, la industria cinematográfica se encargó de articular la respuesta más represiva y eficaz a los movimientos de emancipación. Decía: las chicas están hechas para ser deseadas y forzadas, los negros para encargarse de la limpieza y bailar, los gordos para la risa, los revolucionarios para que los asesinen, los pobres para pasar hambre y ser compadecidos, aunque quien los acabe salvando sea siempre un rico amable; los aliens están allí para matarlos, etcétera.

La forma del mensaje es la seducción, el lenguaje de la publicidad. No se dirige a tu inteligencia. Es un mensaje que va directamente al inconsciente: viva los ricos, viva los poderosos y viva la guerra.

Lo que tengo que decirle al cine es: a mí y a mi sexualidad oprimida no nos importa que la fiesta fuera más resplandeciente cuando nos callábamos. Yo no soy un parásito, soy el plato principal. Soy la que la industria del cine define como presa válida: joven, delgada, sin poder. Aquella con la que no queréis divertiros, aquella contra la que queréis gozar. Siempre en contra. Si yo también me divierto, ya no mola tanto. Si consiento soy una puta, es vergonzoso. Si gozo, la dominación no se disfruta tanto, es vergonzoso, arruina el placer. Qué menos que asegurarse de que al día siguiente me sienta mal, para que la gente pueda regodearse mientras yo me escondo. El placer que se celebra es siempre el mismo: el vuestro. El de degradar, matar, reducir a cenizas. Vuestro maldito impulso de guerra.

Hay que meter sexo en los cuerpos de las mujeres asegurándose de que no es lo suyo. De que no escapen, aun si no es para ellas. En este relato, «ellas» permanecen bloqueadas en la entrada de la humanidad, en la puerta, rechazadas por los porteros. Ni siquiera tratadas como objetos. Pues a los objetos no se les reprocha el uso que se les da.

Es una fiesta que pasa por nuestros cuerpos pero en la que nunca debemos participar en plenitud. Bailan encima de nosotras. No con nosotras. Nosotras nunca somos compañeras. Solamente la presa o la víctima.

En un sistema de dominación violenta, si nadie llora no hay placer. El deseo siempre tiene que asociarse con la destrucción, de lo contrario no es masculino. Si cuando te follo disfrutas, y al día siguiente no te sientes como una mierda, es que no te he follado como un hombre. Y si no: te poseo, te desposo, te embarazo y te enclaustro en tu papel. El caso es destruir. Eso vale para la heterosexualidad y vale para todo. Si después del orgasmo no hay ruinas, es que no hay masculinidad.

El cine es la atronadora voz autoritaria del hombre rico, del blanco poderoso convencido de que su arrogancia puede ser la base de la cual partir. Todo cuanto tiene que decir, por activa y por pasiva, es viva las armas y muerte a las mujeres que no permanecen atrincheradas en su hogar. Si la hemos visto corriendo y llorando, es una mujer, si lo hemos visto armado y delirante de ira, es un hombre. Las unas son presas; los otros, depredadores psicópatas. Qué programa tan bonito.

En cuanto nos han permitido salir de casa, me he largado de París. Estoy en los Vosgos, de bares con mi primo. Un pueblecito de novecientos habitantes, y tienen once sitios donde ir a beber. Tres son de primos míos. Hacía mucho que no los veía. Durante el confinamiento han enterrado a mi tío. Nada que ver con el covid, pero no pudimos despedirnos. He venido a ver su tumba.

Estoy asombrado de la buena acogida que me han dispensado, y de estar tan contento de volver a ver a mi familia. Pido cafés. No pienso mucho en el alcohol que se consume a mi alrededor. Las mujeres beben mucho. Pienso en lo que me escribiste: todas las mujeres de tu edad son alcohólicas. Son las que más beben, en silencio, discretamente, se acaban las botellas de champán como si fuera agua. Y reconozco a los que saben, los que no insisten cuando digo «no gracias, alcohol no». Todos mis primos han pasado por lo menos por una rehabilitación. Lo captan. Y no hacen comentarios. Durante la cena, mi tía insiste «donde hay vino hay alegría». Es como si indirectamente le estuviera insultando, solo porque no me lleno el vaso. Pero estos tres días en Neufchâteau, voy por los bares la mar de relajado. A las cinco de la tarde escucho a un tipo que ya va borracho hablando de helicópteros, de cosas bastante sofisticadas, como si fuera una reunión de pilotos comerciales: uno con pastís, el otro con su copita de blanco. Al fondo de la sala hay unos cuantos jugando a las cartas, unos sesenta años, venga la cerveza y el vaso de tinto. Y a las seis una pareja: ella con muletas, pelo largo y rizado entre el blanco y el amarillo, y él tiene pinta de cazador trampero majareta, como si acabara de salir de un bosque canadiense. La parroquia de siempre. De no ser porque falta un pinball, todo sería igual que cuando yo era niño y el bar lo llevaba el hermano de mi tía.

Hago muchos vídeos con el teléfono, y tienen sonido, me oigo reír como un gilipollas; me río como reía mi padre, para camuflar la vergüenza y mantener la compostura. Odio mi risa, lo mismo que odio mi voz. Una morena bastante fresca, de unos veinte, leggings negros y amplia blusa roja, se acerca a mi mesa. Cuando se agacha para hablar conmigo, puedo adivinar el tirante de su sujetador negro. La zorra intelectualoide del lugar. No me fío. No quiero problemas. Me dice parece que te ves con Rebecca Latté… Luego me habla de tus películas con el tono de una crítica de France Culture. En ese momento echo de menos el alcohol. Hacía soportables las conversaciones. Alude al último texto de Zoé Katana y no está de acuerdo, por otra parte, en general, «ese» feminismo no le gusta. Todo esto lo dice con un tonito de superioridad. Yo me saco el teléfono como si hubiera vibrado y me disculpo al levantarme, «tengo que contestar». Una vez fuera, me entran ganas de pegarle. ¿Por qué se siente autorizada a hablar conmigo? ¿Y a hablarme de Katana? Ya lo he leído, su texto.

Con todos los meses que llevamos escribiéndonos nunca te he hablado de cine, nunca te he dicho yo es que soy escritor, he aprendido a desconfiar de tu industria. Tan pronto como tenemos un poco de éxito, a los escritores viene a rondarnos el cine como una tía buena dispuesta a hacernos el favor de dedicarnos un poquito de caso. Cada vez que un escritor ha respondido favorablemente a sus proposiciones, he visto cómo caía a pedazos. Ya te hablé de aquel guion que nunca llegó a rodarse, financiado por un productor un poco loco que no pagaba a nadie. Son cosas imposibles de decir en la plaza pública: nuestro oficio es demasiado particular, demasiado privilegiado también, tocar el tema es complicado. No es fácil de explicar. Trabajar en una historia, hacer que exista, llegar a estar convencido de que se mantiene en pie y encontrará su público, y luego verla olvidada en un cajón… es horrible. No conozco ningún ejercicio más humillante y destructivo para un novelista que dar a leer su trabajo a unas personas que no leen libros, no leen el periódico, no van al museo, no escuchan música, no tienen ninguna otra vida que las juergas de los festivales, y que además te obligan a escuchar sus doctas opiniones sobre tu texto. Y sucede exactamente lo que decías: la vergüenza de responderles amablemente porque necesitas su aprobación y ellos lo saben y abusan y te acorralan. Lo que en última instancia comprueba el mundo del cine cuando convoca a los autores no es que sean capaces de construir una historia o de escribir un diálogo, sino su docilidad. Verifican si estarán dispuestos a humillarse y prostituir sus habilidades ante los dioses idiotas del cine. Comprueban el poder de su dinero sobre tu imaginario, la corrupción del carácter a cambio de una pizca de prestigio falso. Te convocan para celebrar la jerarquía, y por lo tanto el vicio, y para asegurarse tu silencio. Tu renuncia a cualquier tipo de sinceridad. No se me ocurre nada más siniestro. Cuando explotó toda esta payasada del MeToo y aún no sabía que acabaría por atropellarme, lo primero que pensé fue esto empieza con las actrices, pero luego saldrá todo el mundo a decir: esta industria es la prueba de que todo creador está dispuesto a humillarse, a cambio de dejarse acariciar un ratito por esa luz falsa.

REBECCA

Ya os podéis ir calmando, unos y otros, con el temita del cine. A Zoé ya le he echado la bronca. Esta generación se cree que puede escupirte en la jeta delante de todo el mundo y que tú lo consideres parte de tu trabajo. Ya la he mandado a la mierda, a esa cría. El cine es como mi familia: no me importa criticarla, pero si la crítica viene de fuera no me hace gracia. En el fondo, entiendo vagamente lo que quieres decir. Yo he visto cómo cambiaba la industria. Precisamente la he visto convertirse en una industria. Es decir, perder toda la magia de la que fue capaz.

Solo veo películas antiguas. Cuánto no he amado yo esta industria de otro siglo, el savoir-faire de cada persona en un plató de rodaje. Y la alquimia del conjunto: nada mejor que una peli para comprobar la idea de que el esfuerzo colectivo puede ser superior a la suma del trabajo de cada cual. Pero desde hace diez años, en nuestro país como en los demás, lo único que cuenta es la pasta. Lo cual, teniendo en cuenta que ya no la tenemos, resulta grotesco. Seguimos con los mismos rituales, que ya no se corresponden con nada. Jugamos a fingir que hacemos cine igual que antes. Y sé que nos estamos mintiendo: hacemos tele pretenciosa.

Advertir a la gente de lo que les espera no tiene nada de malo. En los años ochenta, se nos advirtió de que la heroína era una droga difícil de manejar. Muy exigente. Con el caballo no se negocia: es lo primero siempre, punto. Las campañas las diseñaban unos mequetrefes y nosotros fingíamos que no las teníamos en cuenta, pero la verdad es que no nos pasábamos las jeringuillas. Estábamos informados. De lo contrario, no me tendrías aquí contándote todo esto. Eso no impidió que quienes tenían vocación, como yo, reincidiesen una y otra vez. Pero mi objetivo no era morir. Yo quería cabalgar la situación, no joderme la vida.

Muchos de mis contemporáneos no se fiaron, se abstuvieron de experimentar porque aquello no cuadraba con la idea que tenían de la vida a la que aspiraban. No estaban dispuestos a convertirse en auténticos yonquis. Si lees las biografías de Art Pepper o de Charlie Mingus verás que, antes de que empezaran las campañas, los tíos se metían jaco varios días seguidos y, cuando volvían a casa, les sorprendía sufrir unos terribles resfriados… no estaban al tanto de las particularidades de la heroína, iban a ciegas, sin darse cuenta. Cuando hay peligro, estar avisado vale la pena. Eso disuade a los turistas, los que no están dispuestos a pagar el precio.

Con la industria del cine, yo haría algún tipo de propaganda parecido: no es para todo el mundo. Hay que ser dura. Es como la heroína: si me hubieran avisado, yo me habría metido de todas formas. Pero igual que me ha tocado ir al cementerio varias veces para darle mi último adiós por sobredosis a gente que no tenía ni treinta años, también he visto a docenas de muchachas destruidas por el cine. Con la salvedad de que, si a los dieciséis años te escogen para un papel, nadie te recomienda que te lo pienses dos veces antes de jugarte el tipo.

En las reuniones de Zoom, durante el confinamiento, alguna que otra vez reconocí la cara de viejos camaradas de colocón, de camellos arrepentidos, de putillas con las que me crucé en alguna fiesta. Nunca les dije estoy aquí. No me fiaba. Me daba vergüenza. No quería que nadie lo supiera. Pero un día vi aparecer la cara de Redouane. Tenemos una larga historia juntos. Compañeros de fechorías. Cuántos buenos recuerdos con él. No es moco de pavo, Redouane, es un peso pesado, tiene el pedigrí de gran artista de las drogas duras. Se dedicaba al tráfico go-fast y no lo pillaban nunca. Astuto, rápido, vicioso, sexy, sorprendentemente culto para un delincuente de su calaña. Todo un príncipe de la noche. Tras uno de sus pasos por la trena nos perdimos la pista, aunque nunca nos enfadamos. Tenía su número, lo llamé enseguida, no había cambiado. Me dijo llevo dos años limpio, princesa. Bienvenida a la fraternidad. Charlamos durante dos horas. Entonces lo supe. Si a él le funciona, para mí también es un buen sitio. Anteayer lo acompañé a una reunión presencial. Pensé en tu timidez. Estaba más nerviosa que si actuase en solitario en el Olympia y no supiera cantar. Con mi cara de actriz que todo el mundo reconoció. Me escabullí antes del final… Tú me lo advertiste y es verdad: lo admirable en esta asociación de casos perdidos y gente de temperamento es que nadie te viene jodiendo. Así que decidí que acudiría a las reuniones con gafas de sol, que llegaría un poco tarde y saldría un poco antes. Anónima y una mierda… yo soy una leyenda, muchachos. Y así vamos.

Me dejo llevar. Dudaba si ir, pero la reunión se celebraba calle abajo, al lado de la iglesia. Lo tomé como una señal. Me he dado cuenta de que siempre he pensado que drogarte te vuelve más interesante. Pues bien, que dejes de consumir no cambia las cosas. Como los ministros, que el título lo conservan de por vida. Un chico ni joven ni viejo ni guapo ni feo, un tío completamente invisible estuvo un buen rato hablando de su relación con el crack, y yo lo miraba diciéndome «mira qué gracioso, y sin embargo no nos parecemos en nada». Como si me hubiera quedado en una edad mental de catorce, convencida de que chutarse era la prueba de una vida interior intensa. Que por otra parte no es falso. Con la vida de ese tipo, que es a todas luces programador y se gana bien la vida, podrías hacer una película. Le quitas el crack, y dudo que haya algo que contar. La droga es mi país en guerra: sufres, te destruyen, pero pasan cosas.

Aparte de eso, estoy en plena forma versión clean. No había estado tanto tiempo sin tomar nada desde que tenía trece años. No salgo de mi asombro. Es mucho más agradable de lo que me esperaba. Drogarse es un deporte para jóvenes. Debería haberlo pensado hace mucho tiempo. Soy menos pesimista, me siento menos angustiada. Es desconcertante, toda esta frescura. Yo lo veía como una muleta en que apoyarme, pero se había convertido en una merma de mis fuerzas.

En verano me largo de París. Voy a Barcelona. Odio el sol, pero adoro esa ciudad. Iré en tren, me asusta la idea de llevar mascarilla seis horas seguidas.

Temo estar alejándome del programa. Ya no tengo ganas de ir a las reuniones ni de escribir las etapas. Todo eso me encantaba, pero ahora me parece muy artificial. He llegado al límite de mi capacidad para la buena voluntad. También es por la sexta etapa. Empieza con el inventario de tus defectos. Me siento como un hipocondríaco que se pasara el día consultando el DSM. Estoy harto de la sinceridad. Solo quiero ser un pedazo de cabrón. Tener mala fe. Odiar a la gente. Despreciarla. Achacarles la causa de todos mis males. No me saco de la cabeza lo que oí en una reunión: «una recaída se construye». Algunos desastres tienen su arquitectura.

Es irónico que me esté pasando esto cuando entras tú en el programa. Me gustaría alegrarme por ti. Pero la euforia se ha disipado. Me siento solo, nada más; abrumado. Quizá un poco triste por no haber sido el que te acompañaba a tu primera reunión. Convencido de que no quieres que te vean conmigo. Y tendrías razón. Tengo ganas de tirar la toalla. Una chica de NA se me acercó y me dijo que leía mis libros. Antes. Que le gustaba mucho lo que escribía. Antes. Es decir, antes de saber quién soy realmente. Un acosador y un cabrón. Yo le sonreí y le dije que me la sudaba, no he venido a hablar de literatura. Pero me destrozó. Quiero que me quieran. No escribo para que me escupan. Mira tú por dónde, pensé en Zoé. A ella le llueven por todos lados, en internet. Somos dos sacos de boxeo, expuestos ante públicos diferentes. Con la salvedad de que ella ama a las personas que la defienden. Se dirige a quienes la comprenden y la reconocen. Yo, después de que la chica me dijese eso, me he avergonzado del apoyo de los dos tíos con los que estaba. No quiero saber nada, de esa solidaridad masculina. Solo querría no ser quien soy.

Qué pesado eres, colega: yo tomo las riendas y tú te me derrumbas. No estamos sincronizados, ahora mismo. Escribe sobre lo que te está pasando. Será más útil que echar un trago.

Yo soy actriz. Mi ego es mi bisnes... Ser deseada por el realizador, validada por el productor, impresionar al crítico, captar la luz en un plano, defender cada línea de diálogo, movilizar a varios equipos para hacer una sola foto, lidiar con los escándalos... No me pagan para ser humilde. No para dudar de mi valía. Ya sea sobre el escenario o en un set de rodaje, un actor es alguien que impone su ritmo a la narración. El ritmo de tu ego, en cierto modo. No trato de engañarme sobre ese aspecto, no voy de modesta. Y ver cómo otros hacen lo mismo tampoco me importa. Tú piensas demasiado en tu reputación, y no lo suficiente en curar tu ego. Tu reputación, tu obra, la ofensa perpetrada contra lo que vendría siendo tu nombre... Vives como una maestra de pueblo de los años cincuenta. Que si los chismes de los vecinos que si el qué dirán el domingo en misa que si me invitarán a la fiesta de la parroquia. Bienvenido al tercer milenio, corazón, ya no estamos allí. ¿Escribes libros? Piensa en el próximo. Olvida la idea de ser el Dr. Dre de la literatura, ya eres demasiado viejo. Tendrías que seguir el modelo de Casanova. Ahí lo tienes. Él escribió su gran obra tan tarde que murió sin saber que siglos después seguiríamos hablando de él. Es la ventaja de los escritores. Envejecer no es necesariamente un defecto. Digamos que mañana das un pelotazo, como Pharrell con «Happy». Genial. Pasta, oportunidades, reconocimiento, te conviertes en una persona importante. Cuando eso pasa es agradable, te despiertas y piensas qué hermoso día, qué suerte, qué aventura. Sé de lo que hablo. Pero luego se te escapa entre los dedos, como todo lo demás. Nada queda grabado en piedra. La fama nos la venden como un must. Y nosotros, como ovejitas, decimos todos a una «yo quiero un trocito, quiero que reconozcan lo que valgo a través de la fama». Yo puedo presumir de tener una buena reserva de fama. Estoy legitimada para dar mi opinión… es un poco como la 3-MMC. Es decir, una droga dura que no tiene ninguna espiritualidad. Un subidón rápido, potente, que moviliza todas esas células, una propulsión hacia arriba. Es el éxtasis consumista, tan imparable como vacío. Luego viene el bajón. No queda nada. Solo nervios rotos, pérdida de orientación, irritabilidad extrema, angustia. Y una sola obsesión: meterse otra.

OSCAR

Eso es, el reconocimiento funciona para mí y en mí como la droga. La primera vez que me di cuenta de que una novela iba a ser un éxito, hice lo mismo que al meterme la primera raya: desdoblarme en otro yo, dar rienda suelta a una parte de mí que, sin eso, soy incapaz de proyectar; fue una revelación maravillosa. Quizá un poco más nerviosa que el alcohol; el alcohol comportaba la idea de «beber es suficiente», y yo crecí en un país en que el alcohol está en todas partes, mientras que el reconocimiento me iba a tocar salir a buscarlo, encontrarlo, cuidar de él. Era una presa más complicada, pero esa certeza había alzado en mí a todo un ejército decidido a lograrlo. Iba a conseguirlo. Por lo menos quería convencerme de ello, puesto que yo no era uno de esos jovencitos burgueses que creen tener derecho a todo, sin hacer el menor esfuerzo ni pagar el precio. En la medida de mis posibilidades, me batí en esa guerra. Durante décadas, la máquina de drogarse produjo buenos resultados, y la máquina de acumular fama también funcionó. Luego todo se fue al garete. Nunca era suficiente: escribir para agradar para ser reconocido para inventar una versión de mí más intensa desinhibida más masculina… menos patética. Cuando leo el libro de Moby, *Then It Fell Apart*, tengo la misma sensación. Entiendo que hay que renunciar. Es como ese amigo al que acaban de operar del corazón, y cuando el cardiólogo le advierte tienes que dejarlo todo, el alcohol y las drogas duras, va y te suelta todos los cardiólogos dicen lo mismo, no lo entienden, yo trabajo en la noche, eso ellos no lo entienden, es mi única válvula de escape, mi único placer, no puedo dejarlo todo de golpe, no puedo vivir sin nada, es lo único que me hace sentir bien, una cuestión de justicia; es como un niño berreando si es lo único que de verdad tengo ¿por qué me lo quitas? Y escuchando a ese amigo lo que pienso es tú no controlas, lo sabes, si controlaras, lo primero que harías al salir del quirófano no sería llamar al camello y sacar las botellas de alcohol. Si controlaras, sabrías que tienes la capacidad de divertirte de otras formas, de vivir de otra manera. No controlas. Y yo le digo si quieres hablar del tema, nunca se sabe, siempre puedes darme un telefonazo. Y de algún modo sé que, al decirle eso, estoy rompiendo nuestro pacto. A mí con el reconocimiento me pasa lo mismo: algo en mi interior me dice que no puedo renunciar del todo. Es lo único que me da derecho a existir.

REBECCA

O puede que solo sea un razonamiento estúpido. Un razonamiento cobarde, es decir, un falso razonamiento... una ristra de argumentos que violentas y retuerces para que encajen con tu idea de lo que sería puro y justo.

El reconocimiento social no tiene nada de justo. Es la creación de una desigualdad demasiado grande. Y no hablo de ser conocido en tu pueblo o en tu medio. A principios del siglo XIX, por ejemplo, no tengo la menor idea de en qué consistiría el reconocimiento del artesano calderero, tal vez entonces tenía algo que ver con la virtud... algo así como si te esfuerzas, si tienes talento, si haces tu trabajo de la manera más moral posible recibirás como recompensa el respeto y el afecto de los que te rodean. No lo sé. Lo que yo conozco es el siglo xx: la mediatización. Poner el foco en un individuo que ha sido escogido por un entorno que le otorga el derecho a ser más importante que quien lo mira: el espectador delante de la gran pantalla, incapaz de cambiar nada de cuanto sucede delante de sus narices, absolutamente pasivo. La película se desarrolla según lo previsto; lo mismo que la tele en el salón de tu casa, ya puedes hacer lo que quieras delante de la pantalla que el programa no cambiará. Con internet, la gente tiene la impresión de que es distinto y sí puede intervenir. Aunque pronto se da cuenta de que la forma más eficaz de intervenir es el insulto.

Nosotros éramos humanos más grandes que la naturaleza, reproducibles hasta el infinito, estatuas vivientes, iluminadas y maquilladas para ser sublimes, nos ponían en la boca palabras impecables, seleccionaban nuestros gestos y éramos eternos. El cine era eso. Me parece que hoy en día volvemos de forma circular a la idea de la actriz y el actor despreciados, un poco putas, de dudosa virtud, con un talento siempre cuestionable, accesible.

A finales del siglo xx, las estrellas llegaron a ser lo que fueron gracias a la música. A la posibilidad de reproducción mecánica de ese contacto espiritual que es la música.

El reconocimiento hace buena pareja con la droga dura... Buscar consuelo en el reconocimiento es buscar consuelo en lo que te destruye. Tú te vendes. Yo jamás me he prostituido, nunca he hecho nada sin deseo, sin un deseo sincero. Pero nunca tuve ninguna razón para hacerlo. Nunca me vi en la obligación de someter mi deseo para hacerlo coincidir con nada de nada. La fama te roba a ti misma. Es un privilegio. Y todo privilegio tiene un precio, normalmente desorbitado.

Una depresión brutal. Es como si me hubieran amputado algo que nunca existió. He perdido una tranquilidad con la que fantaseo. Te hago caso y decido escribir sobre el alcohol. Me angustia. De todos modos, no puedo hacerlo en forma de autoficción, como había previsto. No puedo hablar de NA en primera persona. Quiero beber. Cuando lo digo en voz alta, se me pasa enseguida. Cinco minutos. Luego vuelve a empezar. Una voz me dice solo una copa, ya ha pasado mucho tiempo, has cambiado, tú no eres como los demás, esos absolutistas de la sobriedad no saben beber como tú sabes. Esa voz es la de un jugador de ajedrez que iría diez pasos por delante de mi conciencia. Es paciente, hábil estratega, me conoce perfectamente. Es lo más elaborado que hay en mí.

Veo a unos amigos de Nancy y les pregunto por esa chica que sé que está intentando dejar de beber, me lo ha dicho varias veces, tiene un beber triste. Ellos me dicen «su terapeuta le preguntó si no pensaba que ya se había castigado lo suficiente, y le aconsejó que volviera, pero con moderación». Una parte de mí se escandaliza de que alguien pueda considerarse terapeuta y, al mismo tiempo, creer que es cuestión de voluntad, que para dejar de ser alcohólico basta con moderar el consumo. La otra, la parte de mí que quiere beber, busca amparo en esa frase. «Con moderación». Me subo a ese cocotero y lo sacudo con fuerza. ¿Y si yo fuera capaz? ¿Habré dejado de beber para castigarme? ¿Habré pactado, a mis propias espaldas, con la ola de odio que se abatía sobre mí porque creía que me merecía una buena reprimenda? Eres mala gente, un asqueroso, así que se acabó el pasarlo bien. Con nada.

Con moderación. Beber como los demás. Solo una copa de vez en cuando. Notar ese puntillo, pensar mañana tengo curro, aflojar el ritmo como hacen los sobrios, con naturalidad, decirte de una vez por todas: ya he bebido bastante. Aquí me paro.

Como hacen los sobrios o como hacen los comemierdas. Los aficionados. Yo no quiero ser un puto enólogo. No me apetece beber con moderación.

La vida me envía señales. El tema siempre es beber. Me encuentro con un colega guionista con quien hace mucho tiempo escribí un largometraje que nunca llegó a rodarse. Estuvimos trabajando para un joven productor, seductor y cultivado pero totalmente chiflado, que te discutía cada coma del contrato y luego no te pagaba ni un céntimo.

El guionista y yo seguimos llevándonos bien, me encuentro con él y entramos en un café, nos ponemos en la barra. Charlamos. Pedimos un café tras otro. Como si fuéramos tíos que beben. Recuerdo una foto en blanco y negro que tiene en casa colgada, es joven, con sus amigos, pesa treinta kilos más, está irreconocible, con esos aires de bruto entusiasta. Lo ha dejado, sorprendentemente joven. La forma en que vamos empalmando cafés... somos dos exalcohólicos. Dos viudos inconsolables que conservan las maneras —ahora de fogueo— de las farras de otros tiempos.

A veces me derrumbo. Tengo ganas de ceder, solo para acabar con esta tensión. Que pare ya, joder. Sucumbir. Hasta la palabra es bonita. Caerse de culo. Perder el conocimiento. Acabar por los suelos, arrastrarse por el bar, revolcarse en la cuneta, vomitar. Perder. Lo que nos gusta de beber es lo que nos gusta de fumar es lo que nos gusta de la pasión amorosa es lo que nos gusta de los curros bien pagados que te hacen infeliz: amamos lo que es más fuerte que nosotros mismos.

Otro día, lo mismo. Voy a una comida, todos autores, se trata de conceder un pequeño premio literario del que nadie ha oído hablar.

Todos tienen decidido su fallo, y hacen como que no. Fingen que aman la literatura y saben de qué hablan. Al final se lo damos a uno cualquiera: durante las deliberaciones nadie escucha a nadie, cada uno de nosotros tiene su idea de la cosa, los hay que votan por un amigo, por su editor, por un libro que le ha gustado, contra un autor que le ha disgustado.

Después de las deliberaciones, durante la comida, la discusión gira en torno a Styron, a quien yo no he leído. En torno a la traducción. En torno a *La decisión de Sophie*, si es o no un buen libro, teniendo en cuenta que los primeros, en eso están todos de acuerdo, son formidables. Y luego sobre el alcohol, «dejó de beber de la noche a la mañana, pasó una depresión de veinte años, luego murió. Pero nunca volvió a lograrlo».

De camino a casa, paro en una librería. Compro *Esa visible oscuridad*, el breve relato que escribe sobre su depresión. Pensaba que iría todo sobre el alcohol. Lo que tiene que decir sobre el tema cabe en unas pocas líneas. «La tempestad que en diciembre me arrastró a un hospital había empezado en junio como una nube no mayor que un vaso de vino. Y la nube –la crisis manifiesta– implicaba el alcohol, una sustancia de la que llevaba abusando cuarenta años. Como muchísimos otros escritores americanos, cuya adicción al alcohol, en ocasiones letal, ha llegado a ser tan legendaria como para alimentar por sí misma un torrente de estudios y de libros, yo usaba el alcohol como puerta mágica a la fantasía y a la euforia, así como acicate de la imaginación. No es necesario ni lamentarse ni disculparse por mi uso de ese agente relajante, y a menudo también sublime, que tantísimo influyó en mi escritura; aunque jamás escribí una línea bajo su influencia directa, sí lo usaba –a menudo en combinación con la música– como un recurso para permitir que mi mente concibiese unas visiones a las que mi cerebro, inalterado y sobrio, por sí mismo no tenía acceso. El alcohol era un socio eminente e inestimable de mi intelecto, además de ser un amigo en cuyo auxilio acudía yo a diario: también acudía a él, ahora me doy cuenta, como una forma de calmar la ansiedad y el incipiente terror que, durante tanto tiempo, acechaban escondidos en algún rincón de las mazmorras de mi espíritu. El problema, a principios de ese verano en concreto, fue que me traicionó. Fue un golpe repentino, casi de la noche a la mañana: ya no podía beber. Era como si mi cuerpo, secundado por mi mente, se hubiese alzado en protesta y conspirase para rechazar ese baño diario de ánimo que tanto tiempo había recibido con placer, y quién sabe si, incluso, había llegado a necesitar».

He deducido que tal vez quise dejar de beber demasiado pronto. De haber esperado a que mi cuerpo dijera basta, no le habría dado tanta importancia al fenómeno. Me apetece beber como me apetece cruzar el portal que conduce a todo un mundo. Pero Styron escribe de una época pasada, y entonces los hombres no debían rendir cuentas ante nadie sobre su comportamiento. Renuncio a volver a beber. Momentáneamente.

REBECCA

En Barcelona me dejan un apartamento, uno bastante largo en que no entra el sol. Me alegro de estar fuera de París. Todos los días, por el Raval, me encuentro con el mismo tipo, un joven negro bastante guapo, inexplicablemente elegante: pelo largo, gafas de sol hechas polvo, pantalones cortos y descalzo. Las ruedas de su bici no tienen cubierta, la cadena cuelga junto al cambio de marchas y no hay sillín, se sienta directamente sobre el cuadro. Hace dos meses que lo veo con la misma bici en el mismo estado, y cada vez me lleva un tiempo advertir que en esa estampa nada acaba de funcionar. Va tan hierático y seguro de sí mismo que hace falta pararse a pensar: a los dos les faltan piezas esenciales, a la bici y a su usuario.

En la playa, un chaval moreno paseaba con una enorme bolsa negra Gucci, como si acabase de salir de la tienda. Desde lejos parecía un jovenzuelo más; luego vi que sacaba una caja de cartón para dormir a la sombra, y lo miré mejor. Era un chaval, tenía unos quince como mucho, y de hecho era un joven vagabundo, con unas viejas bermudas naranja que le venían grandes. Tardé en caer en la cuenta de que andaba por allí, por esa playa gay, buscando algún cliente potencial, o a un tipo a quien desplumar, vete tú a saber. Eso es lo que tanto disgusta de la prostitución: que se ve.

Todo el mundo lleva mascarilla. Hace semanas que el calor es sofocante; perlas de sudor en el labio superior. Es irrespirable. Y probablemente inútil. Todo el mundo usa mascarilla incluso en el exterior, la gente la lleva en la mesa mientras charla, hasta que no les sirven hablan con la mascarilla puesta. Lo hacen lo mejor que pueden. No se preguntan si es útil o cómodo. Hacen lo que pueden para evitar un nuevo confinamiento.

Yo también tengo la impresión de que la vida tiene algo que decirme, que me envía señales. Me enseña un mundo que se parece a lo que yo siento: problemático, arruinado, sin norte. Llevado por la inercia.

Al grano: quieres recaer. No estoy de acuerdo. Lo primero que hice cuando llegué aquí fue buscar una reunión. No entiendo nada de lo que dicen, y con la mascarilla ni siquiera sé quién toma la palabra. Y sin embargo me sienta bien seguir yendo. Cruzar una frontera, cambiar de idioma y tener las mismas reuniones me tranquiliza. Aquí nadie me reconoce. No es algo que me haga gracia. Afortunadamente, al salir se me ha acercado una francesa de mi edad, vamos a tomar un café. Estoy acostumbrada a que la gente me haga caso, a que me mimen, a tener alrededor pequeñas pirañas entusiasmadas con la gran actriz, cada cual su pedacito de mi tiempo, de mi atención. Pero no estoy acostumbrada a que me hablen como me habla ella. Tan directamente, de cosas esenciales.

Sería una pena que por tu culpa me hiciera adepta de estas reuniones, cuando yo no había pedido nada, y que a mí me funcionara, y que tú recayeras como un idiota. Ríndete, payaso, ¿en qué tono hay que decírtelo? Ya no tienes veinte años. Se acabó. Eso es todo. Deja de darle vueltas. Tu tiempo pasó. Ya lo viviste. Lo que ahora buscas no lo vas a encontrar ni en el alcohol ni en el hachís. Será como cuando vuelves a acostarte con un viejo amor al que adorabas y que ya no es como antes. Ni siquiera recalentado. Un muermazo.

También yo podría alardear de mis primeros ciegos la mar de emocionada. Hacía sol, era primavera. Bebía aguardiente mirabelle en una cantimplora de plástico. Estábamos ensayando un espectáculo teatral en la Casa de Jóvenes y de la Cultura de Vandœuvre. Yo interpretaba a Undina. Nos burlábamos de los trabajadores sociales y su buen humor de capullos con sus cuatro latas; aunque luego siempre acabábamos merodeando por allí. Yo adoraba el teatro, pero eso no me impedía acabar revolcándome en el suelo durante los ensayos con los brazos en cruz, y nadie se atrevía a beber conmigo. Las chicas no se atrevían a nada. En mi época, tenían miedo de todo. Yo iba a convertirme en esa adolescente de catorce años que bebe whisky a morro. Mi modelo era la chica de pelo azul de *Albator*, la de los ojos amarillos que parecen vacíos, y que toca el arpa. Ella y Christiane F., obviamente. Estaba bien. A veces hablo de mi adolescencia con adultos que no tienen el mismo tipo de recuerdos y no es fácil explicar que fue una buena época. Me compraba desinfectante y me bajaba sola al fondo de un parking con un pequeño casete y escuchaba «Flash Gordon» de Queen y Joy Division mientras inhalaba. Robaba discos en el Hall du Livre. Eso me lo recordaste tú, yo lo había olvidado. Entraba con una bolsa Dorotennis, apilaba unos cuantos, los metía dentro y me largaba. Tenía agallas, me gustaba robar en los grandes almacenes, hasta podríamos añadirlo a la lista de cosas que lamenté no poder seguir haciendo cuando me hice famosa. Podía hacerlo en Nueva York o en Tokio, pero una vez que puedes pagar y robas a propósito, solo por el chute de adrenalina, te sientes tonta, el placer no es el mismo que cuando eres una niña y robas lo que deseas. Como si estuvieras recuperando algo.

Entiendo tu nostalgia de la adolescencia. Pero se acabó, nunca volveremos a tener catorce años. No hay recaída feliz. Para saber eso no hace falta ir a una sala de venopunción. Siempre me he relacionado con drogadictos y no recuerdo a ninguno diciendo «mira tú qué bien, otra vez dentro». Así que deja de hacer el payaso y aterriza de nuevo… haz deporte o tómate unas vacaciones.

OSCAR

En el salón tengo una planta. Antes le salían flores, unas grandes flores como racimos de uvas, rojo burdeos. Esta mañana he visto que tenía las hojas devoradas, agujereadas o mordisqueadas, invadidas por unos enormes capullos algodonosos en cuyo interior viven unas oruguitas verdes. Ya le he quitado más de treinta, pero al parecer se reproducen por momentos. Cada vez que la despiojo le encuentro huevos nuevos. Las hojas se enrollan sobre sí mismas, es como si la oruga hiciese que la hoja se acurrucara. No los detectas hasta que aparece esa cosa blanca, una envoltura pegajosa; mientras las orugas no salen de una especie de cáscara marrón y se ponen a patalear, tienen el mismo color de las hojas, clavadito, y cuesta extraer el parásito para proteger la planta y asegurarse de que sobreviva al ataque de las orugas. Cuando estás metido en una historia amorosa pasa lo mismo: el capullo, esa cosa espesa que aparece en pocos minutos, pegajosa, suave y sedosa aunque opaca, desde el interior no deja ver nada. La sientes, estás pegado a la carne de las historias, vegetas en ellas. Mas por mucho que la planta de tu vida esté siendo devorada, devastada por completo, tú te alimentas de ese desastre, no sales de su interior.

He acompañado a pie a Clémentine hasta la parada de autobús. De camino solemos cruzarnos con un perro negro corto de patas, de orejas erguidas y comportamiento inquieto, yo lo llamo Volt. Y al amo de Volt lo veo sentado en la barra de un bar estrecho, fuera hace sol y dentro es como una cueva acogedora, se sienta delante de una copa que parece de martini, con un líquido rojo y espeso. Lo veo al pasar y pienso que eso es lo que más echo en falta del alcohol: que los bares sigan siendo mi casa. Que cada barra tenga el potencial de un refugio. Quedarse cuando cierran, con la persiana bajada, en compañía de los de siempre, y luego salir por la puerta de atrás e ir a buscar la tienda donde se venden cruasanes toda la noche. Curiosamente, de lo que tengo un recuerdo más vívido, una mayor nostalgia, no es de la embriaguez; no echo nada de menos las conversaciones a voz en grito, repitiendo lo mismo diez veces. Pero la forma en que se transforma la gente a la hora del aperitivo, esa manera de agruparse, de darse calor, de volverse tocones después de cenar y pasar a las confidencias. Echo de menos el rollo físico: ese trago de whisky, esa quemazón en la garganta, ese atemperarse de las articulaciones. Pero lo que más extraño son los bares. Tener el tuyo. Conocer a los camareros. Sentirte acogido. El confort de un hogar que no es el doméstico.

El alcohol era estabilidad. Yo no he conocido ninguna otra, ni antes, ni durante, ni después. La amiga, el amor, el padre, el suelo, el aire fresco y la dulzura.

Pienso en el suicidio sin demasiada convicción pero con cierta regularidad. Desde que dejé de beber, siempre acabo haciéndome la misma reflexión: antes de irme lo único que me haría feliz sería una copa de vino, una copita de vino blanco, un blanco seco, y luego otra, de un blanco más afrutado, y luego una de champán, y una copa de vino tinto, un saint-joseph, por ejemplo. Y un whisky. Sin hielo. Da igual qué whisky.

Y entonces me digo: si me tomase un trago y luego otro, si me pusiese al día con todo ese retraso, todas esas copas perdidas que no me han acompañado, que no me han apoyado ni me han distraído de ser quien soy... me emborracharía y ya no tendría ganas de morir. Olvidaría la idea. Solo pensaría en beber.

Echo en falta lo imprevisto. Hasta la cerveza echo en falta. La cerveza nunca me ha gustado pero igual siento añoranza. Fresquita. En una terraza. Añoro su color. Añoro la sensación del vaso en la mano. Ir luego a mear. Cuando te levantas para ir a vaciar la vejiga es cuando evalúas lo borracho que vas. Cuántas veces me habré visto sentado en la taza del váter, incapaz de levantarme sin caer al suelo.

Tal vez ya no escribo porque ya no bebo. Me pregunto si mi problema era que no bebía lo suficiente. Malcolm Lowry, Scott Fitzgerald, Marguerite Duras, Chandler, Truman Capote, Stephen King, Hammett, Dorothy Parker, Steinbeck, Jean Rhys, Patricia Highsmith, Hemingway, Elizabeth Bishop, Raymond Carver, Georges Simenon... un vicio de blancos. Están los jazzmen negros y la heroína, los músicos negros y todas las drogas que se te ocurran, están los deportistas negros y la droga, los actores negros y la droga, pero los novelistas negros, ya sean americanos o haitianos o franceses o keniatas, nunca vendrán a tocarte los cojones con sus dificultades para crear. Entre los grandes escritores negros no hay tradición de alcoholismo. Así que rectifico, me digo que si Baldwin no tenía que beber, igual es que para ser un buen autor no es obligatorio.

REBECCA

Te estás contando cuentos chinos. Te estás preparando la recaída como quien monta una cabaña, recogiendo cualquier pedacito de madera que cierre el paso a los demás. Yo nunca me he montado una cabaña, pero fijo que se hace así. Como tú ahora. Pides ayuda asegurándote primero de que nadie pueda hacer nada por ti.

Te entiendo, yo he disfrutado tanto tratando de volver con hombres con los que nada podía funcionar, he cargado con tantas penas que parecía una viuda universal. Con las penas de todos los amantes separados, he cargado yo, y a la mínima que surgía la ocasión volvía a meterme en una historia triste, una que iba a acabar mal, que me destruiría, por eso entiendo lo que estás haciendo. Pero tú y yo no estamos hechos de la misma pasta. Yo sobrevivo a todo. Estoy de vuelta de todo. No soy débil.

Y no puedo hacer nada para salvarte de tus propios deseos. Al convertirte en alguien limpio te vuelves un policía celoso, te vuelves un gay a principios del siglo pasado, cuando con un gesto mínimo tenía que adivinar si podía dirigirse a alguien... Desarrollas un olfato, un sexto sentido, una vigilancia impenitente. Yo si alguien se ha tomado algo lo adivino antes de hablar con él, lo sé por su piel por su olor por sus andares. Y a ti te veo regresando a la euforia: a la euforia del amante, pero un amante de cartón piedra, el amante sin pareja humana, el amante simplón. Existe una cierta voluptuosidad en tirarlo todo por la borda, pero también en plantar cara a tus demonios. Existe el placer de la caída. Tú te estás preparando. Lo estás saboreando de antemano.

Yo no puedo encerrarte, no puedo vivir tu vida por ti. Pienso en esa hija tuya a quien no conozco y que probablemente lleva un poco más de un año esperando ese momento, porque te conoce mejor que yo y sabe que no puede fiarse de ti. La culpa es tuya. Hasta a mí misma, me culpo. Sé que decir «cuidado» nunca sirve de nada. Podría estamparte contra la pared y darte una paliza, secuestrarte un mes entero en una sauna purgándote con vitamina C y magnesio. Podría presentarme con cinco ninfómanas menores de veinte años que se abalanzaran sobre ti y no te dejaran ni respirar ni pensar en otra cosa, podría hipnotizarte a la fuerza o sedarte o llevarte a las montañas de Uzbekistán o a visitar los templos de Camboya o a Lourdes o a una clínica suiza... pero no serviría de nada.

¿Qué podemos hacer por el amigo que quiere recaer? ¿Exigirle que recupere el control? Qué podemos hacer por la amiga que conoce a la persona equivocada y tú ves que le va a caer una paliza del quince y sabes que no saldrá ilesa pero ella está poseída, magnetizada, no quiere saber nada de tu advertencia.

¿Qué puedes hacer por el amigo cansado de cometer siempre los mismos errores pero que nos dice que le divierte? ¿Qué vas a hacer? Esperar. Responder a sus mensajes demasiado rápido. Decirle te quiero demasiado a menudo. Sugerirle: ¿y si lo dejas? ¿Y si cambias de estrategia? El amigo no te ha pedido que te metas en sus asuntos. El amigo no te ha pedido nada. ¿Qué puedes hacer por el amigo que está bien y al que ves construyendo su ruina?

La gente se va a la mierda. Eso no puedes evitarlo. Lo que puedes es no elegir a tus amigos entre los perturbados. La gente de mi entorno que acaba yéndose a la mierda no es gente sola, sin nadie que se preocupe. Al contrario, es gente amada. Es una forma de decirles a los que les rodean que son unos inútiles. Mirad, no podéis hacer nada por mí. Yo siempre me solidarizo con los no alineados. ¿Qué puedes hacer por ese amigo por quien temes lo peor? Nada. Si acaso enviarle un mensaje diciendo vamos a echar una partida de ping-pong, nos vemos en la terraza. Solo puedes esperar a que pase. Y luego estar ahí. Rezando para que quede algo del amigo que tenías. Y dejarlo estar. Un beso.

OSCAR

Amiga, tu carta me ha conmovido, no voy a recaer. Lo que haré será cambiar de padrino porque al que tengo ahora nunca me apetece llamarlo. Y está ese tipo al que veo siempre en las reuniones de la calle Charonne y al que admiro; no sabía que venía al programa, sé perfectamente quién es.

Me ha sucedido algo asombroso. Léonore me llamó, asustadísima. Estaba pasando unos días con Clémentine en Lyon, en los suburbios, en casa de unos amigos con los que se ve a menudo. La niña se fue sola con los chavales. Los pillaron fumando porros. Al parecer, desde el confinamiento, la policía acosa a los adolescentes. Han tomado la costumbre. Vi que Léonore se tomaba en serio mi sobriedad. Y que se lo había contado Clémentine. No me había dado cuenta de que mi hija había pillado lo que hago en Zoom. Cuando la tengo en casa me encierro en mi habitación, me pongo los cascos y no digo nada. Tuve esa primera conversación extraña con la madre de mi hija, algo que nunca había sucedido. Cada vez que me convenzo de que soy un puto drogata, la realidad viene a demostrarme que soy el único que lo ve así. Léonore me habló de nuestra separación. Yo pensaba que me echaba la culpa, pero sobre todo le echa la culpa a las drogas. Me pareció muy amable de su parte. No estoy seguro de que sin tomar nada me hubiera comportado mucho mejor. La dejé hablar. Y dejé que me felicitara profusamente por cómo me he estado manejando últimamente y que me dijera que menuda mejoría y que puede contar conmigo. Es verdad que desde que estoy limpio no he fallado en ir a recoger a la niña ni una sola vez. La escuchaba decirme todo eso y pensaba en tu carta, en lo agradable que resulta: tener mujeres preocupándose por mí.

Me ha pedido que hable con Clémentine. En mi calidad de hombre sobrio que sabe de qué va la vida. En mi calidad de padre, de hecho. Enseguida me olí el lío que iba a ser: no me veía a mí mismo diciéndole a la cría que después del hachís viene la prostitución y la jeringuilla en el brazo. Léonore no me había hablado así desde hacía años. Le dije ok envíamela y merendaremos juntos.

Fui a Picard a comprar una tarta Tatin porque sé que le flipan. El cara a cara no fue nada bien. Le dije: «Voy a hablarte como a una adulta, porque en eso te estás convirtiendo. Ya sabes que yo he fumado hachís. Sé de lo que hablo. Si fumas un par de veces al año, en ocasiones excepcionales, es una droga suave. Pero si fumas todas las semanas es un producto infinitamente más peligroso de lo que os dicen. Tomado regularmente, el hachís afectará a tu concentración, a tu creatividad, a tu humor, a tu alegría de vivir, a tu inteligencia, a tu sueño, a tu curiosidad…». Ella suspiró. Yo me puse en plan tajante. Estaba humillado. Y muy incómodo. Empezaba a pensar que debería haber enfocado el asunto de otra forma: dejarla hablar, saber qué hace con el hachís. Pero uno no se inventa una relación amistosa con su hija así a bote pronto porque resulta que la madre cuenta contigo. No tardé en llamarla imbécil arrogante y decirle que le van a caer de todas partes por ir de dura y ser tan idiota. No exactamente en esos términos, pero la idea era esa.

Ella se levantó para irse, yo la seguí hasta la puerta, la agarré por la muñeca para obligarla a que se diera la vuelta, ella me gritó «no me toques», no como alguien que tiene miedo sino como si fuera a pegarme ella a mí. Yo también le grité. La zarandeé un poco y bajó corriendo por las escaleras. La seguí como un imbécil, cerré de un portazo sin coger las llaves, y en la calle la alcancé. Ya no quería hablar conmigo.

Todo eso para decir que la cosa no ha empezado bien. Porque allí en la calle me dijo: no me vengas con sermones, te conozco, vas a empezar a drogarte otra vez así que la última persona que podría ayudarme eres tú. Eso me dejó helado. Como si la cólera me hubiera hecho desvariar. En vez de decir alguna estupidez le pregunté «pero ¿por qué me llamas drogadicto? ¿Me has visto alguna vez tomando drogas?». Ahí la cara se le deformó en un rictus de asco e incredulidad. No le quedaba nada bien. Abro paréntesis para aclarar que enfadarse es algo que sabe hacer muy bien. No ha salido a mí. Yo cuando me cabreo estoy ridículo, me pongo amarillo y se me desmadra la voz; mi padre era colérico pero le pasaba lo mismo. Si no nos burlábamos abiertamente cuando se cabreaba era solamente porque nos pegaba. Y a su madre tampoco ha salido, Léonore cuando se enfada es un desastre, llora, tartamudea y pierde los papeles. Clémentine, cuando se deja llevar, es muy salvaje y elegante. Eso me hizo pensar que si nuestra relación mejora valdría la pena tocar el tema de los chicos, porque creo que es algo que ha aprendido de los chicos, no en casa. Cierro paréntesis: su mueca de disgusto en cambio era espantosa. Pero estaba sinceramente sorprendido. Le repetí la pregunta: «¿me has visto alguna vez tomando drogas, Clémentine?». Ella dijo estás de broma, y espero que tengas tiempo, porque todo lo que puedo decir de ti está relacionado con la droga.

Desde que es adolescente, es la primera vez que me dice algo importante y sincero. Ya sabes, ese tipo de momentos. Para decirlo en lenguaje cinematográfico a la Wachowski, es como cuando alrededor del personaje todo se congela y, durante unos segundos, escapa de la situación y se mueve en un espacio que le es propio. Un milagro. Sentí un soplo gélido en la nuca, como una mano que me agarraba, y comprendí que había decidido recaer, y que no iba a poder hacerlo. Aquí la comparación con la pasión amorosa es evidente: me sentí como cuando has decidido irte con otra y tu esposa dice algo que hace que descubras que no vas a hacerlo. Maletas hechas, decisión tomada y una mano invisible atornillándote al suelo. No iba a tomarme esa copa. No iba a meterme esa raya. No iba a volver atrás. Estaba desesperado por tener que renunciar y, en ese mismo segundo, aliviado como un náufrago al poner un pie en tierra firme. Y me sentí admirable, deslumbrado por mi propio esplendor. Menudo sacrificio. Menudo padre extraordinario. Yo, esa roca en la tormenta, ese padre dispuesto a todo para tranquilizar a su hija. Es raro que yo me quiera así. Lo aproveché.

Le dije nos tomamos un café. Y al tipo del bar, que me conoce, le conté que había cerrado la puerta de casa con las llaves dentro, con las llaves y con la cartera. A mi hija le hizo gracia. «No estás jodido ni nada, papá». Ella se pidió una Fanta, no sabía que todavía existían. Ponerse a hablar le costó, pero lo hizo. Al final me acompañó al cerrajero y luego volvimos a mi edificio a sentarnos en las escaleras mientras le esperábamos; nos llevó toda la tarde. Mi hija no paraba de hablar. Me quedé atónito. Se acuerda de cosas que yo había olvidado, cosas que juraría que era demasiado pequeña para procesar. Se acuerda de todas las veces que la dejé plantada, de las rayas de coca que me tomaba discretamente en Nochebuena, de las peleas con mis ex cuando había bebido demasiado, de las noches en que la acostaba y me ponía a jugar al póquer con los colegas, y cuando ella se despertaba allí seguíamos nosotros, apestando a alcohol y a tabaco y diciéndole tonterías mientras le revolvíamos el pelo como idiotas. Se acuerda de cientos de promesas que no cumplí, de broncas a cuenta de nada porque la noche anterior había estado de farra, de mi voz pastosa cuando ella llegaba a casa, del hachís delante de la tele y de que yo estaba allí pero era como si no estuviera, de las veces que la dejé esperando en un bar mientras yo me iba al baño con unas amigas, del material en la buhardilla que yo dejaba a la vista porque no sabía que ella husmearía en mi estudio. Lo recuerda todo. Está hecha toda una poli.

El cerrajero se comportó, no intentó cambiar la puerta para cobrarme tres mil euros, sacó una tarjeta y abrió la cerradura en medio minuto. Entramos a acabarnos la tarta Tatin. Yo le pedí perdón a Clémentine por haberme dejado llevar de aquel modo y ella dijo «siento haber dicho que volverías a drogarte. Veo que estás cambiando. De verdad. Y es cool. Nunca has estado como estás ahora».

Se quedó a dormir en casa. Por la noche llamé a Corinne, había llegado el momento de hacer las paces. Ella siempre ha sabido hablar con Clémentine. Yo estaba a la defensiva, pero en cuanto le expliqué «fuma costo», Corinne no estalló en carcajadas diciendo «son cosas de la edad», sino que hizo la pregunta correcta: «¿a diario?». Ni dramatizó ni se tomó la cosa a la ligera. Nos invitó a pasar unos días en su casa.

–Tengo las llaves de la casa de los vecinos, y tienen piscina.

–Veo si su madre me da el ok y bajamos en tren. A mí también me vendrá bien. Acabo de renunciar a recaer.

–Sigues siendo un poco capullo, pero eres sustancialmente menos capullo que antes.

A punto estuve de tomármelo mal, pero hice lo contrario. Me lo tomé como un cumplido; creo que lo era.

REBECCA

No eres precisamente un campeón, en eso de la paternidad... Tu hija es una personita, no una muleta. Tu clean no debería descansar sobre ella. Me la pela, me dirás: lo esencial es mantener la mente fría. Me ha gustado leerte. No puedo dedicarte mucho tiempo. Estoy en un rodaje, pronto pasarán a recogerme. Me encanta vivir en un hotel. Que me suban el desayuno a la habitación. No quería hacerla, esta peli. Pero necesitaba demasiado el dinero. El guion me parecía una chorrada y el reparto un desastre. Pero en realidad va todo bien. La directora conoce el oficio y escena por escena creo que estamos haciendo algo bueno. No será un taquillazo, pero triunfará en festivales. El director de foto me tiene impresionada. Se pasa horas iluminándome. Me he visto en el combo. Funciona. Hace mucho que no me veía así. Qué buena idea, este clean. Te dejo, dale un beso a tu hija y otro a tu hermana de mi parte. Sé que vas a verla. Corinne me llama todo el tiempo. Ya no puede vivir sin mí. Un beso.

Observo a Corinne con Clémentine. La pequeña no es más amable de lo normal. Cuando llega saluda amablemente y enseguida se retira, saca el teléfono y se borra, lo mismo que conmigo. Está en su habitación, pero no está allí.

Corinne no reacciona como yo. Ella marca la diferencia. No se pone nerviosa. No se siente intimidada. No es el padre de la criatura, no tiene una idea preconcebida de lo que debería ser esa relación. Al mirarla no se le vienen encima los rollos que tuvimos con nuestro padre. Se deja llevar, pero no se priva de incluirla de vez en cuando, ya sea en la conversación o en las faenas de la casa. «Levántate y ve a comprar fruta», «ven y ayúdame a traer madera». Cuando le pide que haga algo, no lo hace con ese rollo pasivo-agresivo, que es lo que, al verla, me doy cuenta de que hago yo. Cuando Corinne dice ayúdame a pelar patatas no está insinuando deja el telefonito no seas como eres piensa en mí tómame en consideración dame lo que necesito. Ella quiere las patatas peladas, ya está. Yo, por lo que veo, añado estrés a todas las situaciones. Mi estrés, mi dolor, mi negatividad, mi culpa. Yo, yo, yo. Estoy viendo que me paso el tiempo obligando a mi hija a que tenga en cuenta mi desgracia. Y nunca directamente.

Pero es que además Corinne tiene entusiasmo. Le dice «cuando veo a las crías de tu edad, pienso que los fachas lo llevan claro. Con nosotras todo fue coser y cantar, pero con vosotras lo van a tener más chungo…». Y Clémentine sonríe. Yo soy incapaz de pensar algo así. Y mucho menos de formularlo como si nada. Cuando pienso en la vida de Clémentine me entra ansiedad, la cubro con un manto de tristeza, eso y nada más.

Estoy sentado en un viejo sillón naranja, cuando levanto la vista del libro que leo, miro el jardín a través de una ventana que hay justo al lado. En el pasillo, un desbarajuste al que Corinne llama su biblioteca. He dado con una vieja edición del *Romancero gitano* de García Lorca. Leo cada página varias veces. Y las observo juntas. Clémentine trata de abrir un bote de cristal golpeando el fondo con la palma de la mano y Corinne suspira «qué lástima que no exista ninguna terapia de reconversión de heteros, serías una lesbiana excepcional». Clémentine está en la gloria.

—¿Solo por abrir las alubias a la primera? Tú no estás bien de la cabeza...

—Lo digo porque todo lo que haces es impecable, nada que ver con esas patéticas maneras de la mujer heterosexual.

Y Clémentine resplandece, es un gran cumplido. Se pone a mirar Lesbian TikTok y le pasa el teléfono a Corinne, que se lo arranca de las manos:

—Pero ¿esto qué es, esta diosa?

—¡Oye, que tiene mi edad, no puedes hablar así de ella!

—No sé qué otra cosa podría decir, corazón, es un bombonazo.

Yo las miro a cierta distancia. Y observo mis emociones. Tengo el estómago revuelto por una mezcla de cabreo y de pena. Algo de celos hay en ello, de rabia por sentirme excluido, de tristeza por mi incapacidad para unirme a la conversación porque arruinaría la tranquilidad de la charla: yo soy el padre mal actor que echaría por tierra toda esa ligereza. Es un magma extraño, y en algún lugar de esos manejos discierno una especie de línea clara; como cuando en el cielo de Bretaña una franja despejada anuncia un cuarto de hora de sol que no puedes dejar pasar. También hay algo nuevo en todo ello, algo que respira y al poco se desvanece: me alegro por Clémentine, celebro que tenga a mano a algún adulto que le dé un respiro de la angustia de los adultos. Otra cosa que veo es que llevarse bien con ella tampoco es tan complicado.

Dejarse llevar por un acontecimiento. Sentir una emoción, en lugar de huir de ella. Me gustaría probar. ¿Cómo lo hago? ¿Cómo me pongo? ¿Hay que caminar? ¿A qué velocidad? ¿Con o sin música? ¿Hay que sentarse? ¿La espalda recta? ¿Respirar con la barriga? ¿Tumbarse en el suelo? ¿Poner los brazos en cruz y bostezar? ¿Dejar que los pensamientos parásitos caven un túnel en mi vientre?

Bullshit. La emoción es el agujero en la capa de ozono, el cambio climático la lava del volcán el bombardeo el virus. Las emociones no son ni fábrica ni teatro, es algo que no puede dominarse. Por eso no somos capaces de acogerlas. Te doblegan. Siempre puedes apretar las nalgas sonriendo. Te ponen patas arriba. No están fabricadas artesanalmente, individualmente, no es algo que modelas con arreglo a tu visión del mundo. No es un bol de cerámica. La emoción que sobrevuela a mi generación es la desesperación. Y es colectiva. Retumba en el fondo de la tierra. La misma para todos. Ya puede ir cada cual con su mensajito y su fórmula, que no cambia nada. Puedes ser el dueño del mundo o estar en un naufragio en medio del océano, la emoción será la misma. Pertenecemos a la emoción, es un acorde implacable que acabará sonando pase lo que pase.

Y la única técnica que te permite enfrentarte a la desesperación es la esperanza. Así de simple. La esperanza es el único antídoto contra la desesperación. Y precisamente, es lo que nos ha sido confiscado. La distopía se ha convertido en el único horizonte razonable. Creer que las cosas pueden mejorar es una prueba de estupidez. Ahí tienes la victoria del totalitarismo. Nuestro imaginario sometido a una convicción única: no existe alternativa. La esperanza es cosa de imbéciles.

Entonces Clémentine me dice vienes papá vamos a comer y yo dejo de obsesionarme por ponerle las palabras exactas a ese magma de angustia que me revuelve el estómago y me levanto y me siento con ellas a la mesa y no me obligo a sonreír no busco nada inteligente que decir ni nada desagradable para que entiendan que me siento excluido; y eso es lo que permite que me siente con ellas y digo qué bueno es García Lorca hacía mucho que no lo leía y Corinne responde hace mucho que no abro ese libro la chica que me lo regaló vive ahora en Australia me pregunto qué habrá sido de ella y Clémentine a quien tanto le da me dice Corinne ha hecho su tarta de fresa de postre y yo siento que está feliz por haber encontrado ese universo en que tiene sus puntos de referencia y que es simple; y por unos minutos experimento esa sensación extraña, que en última instancia me resulta tan ajena; estoy en mi lugar. Todo marcha bien. No me como el coco. No calculo qué podría decir para ser un papá mejor un hermano confiable o lo que sea. Pertenezco a esta escena. No tengo que hacer nada en particular para que las cosas funcionen. Por lo menos hoy me siento menos capullo que ayer.

REBECCA

¿Estás seguro de que te encuentras bien, cielo? ¿No estarás un poco exaltado?

Te escribo por la noche porque el día lo reservo para no hacer nada. Barcelona está vacía. Lo que es bueno para el corazón es fatal para la economía, y viceversa; como mínimo es un problema, esta paradoja.

Por lo general, en esta época del año las calles están invadidas. En diez años, el centro de la ciudad ha perdido al ochenta por ciento de sus habitantes. Las viviendas se han convertido en Airbnb, reconvertidos a su vez durante el covid en invernaderos de marihuana. La mayoría de los comercios, en tiendas para turistas. Calles enteras con las persianas bajadas. No quedan ni panaderías, ni librerías ni peluquerías. Tiendas de souvenirs feos. Todas cerradas. Esperando a volver a abrir. Comparado con Longwy a finales de los ochenta, aquello era un lugar próspero. Este frenesí por pudrirlo todo se lo lleva todo por delante. Ver cómo un mundo se desmorona resulta perturbador.

A menudo me repites que te angustias por tu hija. Si no te preocuparas serías tonto. Hay situaciones en las que el miedo es de sentido común. Nos estamos volviendo todos locos. Es un asunto colectivo. Hasta nos las arreglamos para discutir con gente a la que conocemos desde hace diez años porque no nos gusta lo que dicen sobre las vacunas. Te digo eso y soy la primera que los vacunaría a todos a la fuerza y les diría que cierren el pico de una vez con la jugadita de su ADN de mierda. ¿Qué os creéis que es, vuestra puta genética? ¿Un Picasso? Pero luego me digo: ¿en qué te has convertido? ¿Quién ha tomado el control de tu cabeza? ¿Desde cuándo me importa la cartilla de vacunación de mis amigos?

El mundo está perdiendo los estribos. Eso me desasosiega. Así que lo único que tengo que decir es no flaqueéis. Yo tengo la suerte de no tener hijos, pero siento que te las estás arreglando a los mandos de tu paternidad. Más vale tarde que nunca.

OSCAR

Y al final de la reunión por Zoom aparece ese tipo al que yo no había visto antes pero que, por la forma de saludar, entiendo que lleva mucho tiempo en el programa. Tiene el covid, está encerrado en una habitación sin luz natural, con una decoración a su espalda tan abigarrada que aquello parece una cueva, y no deja de repetir «mi madre no me quería, tengo que lidiar con eso». Es como una letanía: «para mí el rechazo es insoportable», asfixiado en una idea que intenta regurgitar. Yo lo escucho y me digo «pues sí, venga, acostúmbrate, tú puedes, deja en paz a tu madre, por lo menos un par de minutitos». Es un niño grande, debe de tener la misma edad que yo. Pues no, tu madre no te quería, pero uno no puede pasarse la vida dándole vueltas y más vueltas a su desdichada infancia. Acostúmbrate. No me jodas. Me tiene harto. No me identifico. Me sobrepongo, me confundo, me ahogo, pero no quiero ser ese tío, me niego en redondo a escucharlo cuando se regodea en su angustia, me repugna, no quiero tener nada que ver con él. La identificación es elegante, es como mirarse en un espejo y reconocerse y decirse hola al pasar. También está la distancia, la posibilidad de poner el pensamiento en lo que está sucediendo. Pero yo tengo algo físico con él, me da asco: es como nadar en mi propia mierda.

Entonces la angustia me abruma. Hacía meses que no me sentía así. Corinne detecta mi agitación en no sé qué señales externas pero esta vez no aprovecha para cargar contra mí. Me deja junto al sillón una taza de café caliente, y además observo que se ha cuidado de elegir mi preferida, la negra pequeña con el borde grueso. Por lo normal, es un tic que le molesta: que tenga una taza favorita y que la use todos los días para beber. A ella los objetos, los ritos, esos gestos estúpidos no le importan, así que la mayoría de las veces no pone mi taza favorita a propósito, por lo yo me levanto para ir a buscarla y ella se burla de mí y de mis «manías de vieja». Pero estos días, Corinne no me busca las cosquillas. Merodea a mi alrededor, no se sienta enseguida. Me dice «no creas que ha sido a propósito, pero pasaba justo entonces junto a la ventana y he escuchado al tío ese que hablaba de su madre». A mí no me da tiempo a responderle. Escuchar lo que uno dice en una reunión me parece muy violento, pero no me da tiempo a decirle vete a la mierda, no me da tiempo a decirle lo que pienso, porque ya está mirando hacia algún lugar detrás de mí y añadiendo «los dos sabemos que no se lo podemos tener en cuenta. Pero hacerse mayor y no estar a buenas con tu infancia es complicado». Yo me pongo a la defensiva, trato de pensar qué podría decirle para darle a entender que no tengo ninguna intención de entablar con ella una conversación psicológica. En lugar de eso, le digo «podemos perdonar el dolor porque el tiempo lo desdibuja, podemos intentar redimirnos, acomodarnos. Pero perdonarnos el daño que nos han hecho, eso es imposible». Y ella se sienta a mi lado. No habíamos hablado así desde que llegué. Está bien que lo hagamos hoy, porque mañana ya nos vamos. Corinne dice:

—Existe esa idea. Si nosotros no hubiéramos sido malos hijos, nuestros padres no habrían sido malos padres. Nosotros somos los principales responsables del mal que nos causaron. Si nos hubiéramos comportado de otra forma. Si hubiéramos sido buenos hijos, nada de eso habría sucedido. La víctima de malos tratos siempre es la culpable de haber dejado hacer, de haber permitido hacer, pero, sobre todo, de no haber sabido inventar otra manera, de haber malgastado la oportunidad de permitirle al otro que dejara de ser el verdugo. Siempre es la víctima la que cree que ha fallado en algo.

Yo me encojo de hombros:

—No exageres. La teoría es preciosa. Si hicieras una canción con ella igual tendría algún sentido. Pero no significa nada. A mí nunca me hicieron daño. Ni a ti tampoco.

—¿Recuerdas las palizas que yo te daba? Cada vez que te veía, pensaba pero este trasto ¿para qué sirve? Estaba convencida de que no servías para nada. En otras familias, el hijo mayor odia al pequeño porque ha venido a robarle su sitio único de príncipe. En casa era al revés: tú no te las arreglabas mejor que yo para no interesar a nadie. No eras capaz de aliviar la angustia que en casa se filtraba por todas partes, como si fuese agua colándose por debajo de la puerta e inundándolo todo, día tras día.

—Tú pesabas tres o cuatro veces más que yo y me pegabas sin parar.

−¿En serio, hermanito, que lo has olvidado? Tenías dos obsesiones, no pensabas en otra cosa: pellizcarme y robarme mis cosas. No es que me mangaras algo de vez en cuando para venderlo en la escuela: a la mínima que te daba la espalda me robabas todo lo que podías e ibas a tirarlo. Pero no en la basura de la cocina, mira si eras cretino, salías de casa y corrías a tirarlo a la basura de la parada del bus. Solo por joder. Es como si te viera, en aquella pequeña bici, debías de andar por los ocho años, todo el rato yendo y viniendo. Pues claro que te daba palizas. Nuestra convivencia era un infierno.

−Yo de eso no me acuerdo.

Me desconcertó. Lo del juego del pica-pica no se lo estaba inventando. Nunca había vuelto a pensar en ello. Para mí es como si hubiera durado una tarde, lo único que recuerdo es la violencia de sus represalias. Pero la diversidad de objetos me hace pensar que tal vez tiene razón, puede que durara más. Jugué a pica-pica con una chincheta, un tenedor, un clavo. Jugué a pica-pica con demasiados objetos como para que fuera cosa de solo un día.

−Esa manía de pellizcarte, ¿estás segura de que duró mucho?

−Dos años, fácil. Era inaguantable. Para mí, quedarme en casa sola contigo era el terror. Tú no eras un niño revoltoso que hace tonterías de vez en cuando: no me dejabas en paz y me hacías daño. Me pellizcabas hasta hacerme sangre. Si fingía que no sentía nada para que me dejaras en paz, ponías tu carita de psicópata y me pellizcabas, mirándome a los ojos, hasta arrancarme la piel.

−A mí me parece que era manso como un corderito.

−¿Te acuerdas de que te pegaba, pero has olvidado lo que hacías para ganártelo? Yo tenía quince años, Oscar, te juro que si no hubieras venido a mi habitación a joderme todos los días, yo no habría ido a buscarte a la tuya.

—Yo era pequeño. No he podido olvidar que me maltratabas. No siento que lo mereciera.

—Me arruinabas la vida. No te culpo, pero tampoco voy a negar la evidencia. Para ti fue más difícil. Yo por lo menos podía decirme a mí me gustan las chicas, así que es normal que mis padres me rechacen; yo me fugo todo el tiempo, así que es normal que mis padres me rechacen. Yo al menos puedo decirme que no he formado una familia, no he encontrado un trabajo estable, he sido una decepción en todos los aspectos, es normal que mis padres sean distantes conmigo. Pero tú, tú no tienes nada para justificar lo que te ha pasado. Tú no «te lo has buscado». Naciste varón, fuiste un buen estudiante, conseguiste un trabajo prestigioso, les diste la nieta que querían para que los vecinos vieran que tenían una vida de jubilados normal. Pero a la hora de ganarte su afecto no tuviste más éxito que yo. Ahí quería yo llegar: ¿de las palizas que te daba sí que te acuerdas? Y cuando nuestros padres estaban en casa, ¿entonces qué sucedía? Me daban broncas, muchísimas broncas, entraban en mi habitación y me machacaban con reproches y amenazas. Pero a ti tampoco recuerdo yo que fueran a tomarte en brazos para consolarte. Y sabe Dios que llorabas como una Magdalena. Pero no me viene ninguna imagen de ti en los brazos de un adulto diciéndote no llores más que aquí estoy yo. No los estoy culpando. Sé que simplemente no sabían hacerlo, eso es todo. Yo no te odiaba porque fueras el ojito derecho, el pequeñín, el varón que esperaban. Te odiaba porque fracasabas tan miserablemente como yo. Y sabía que alguien debería haberse agachado para tomarte en brazos, pero en casa eso no se hacía. Y el daño que te hicieron —que sea injusto no cambia nada— sigue siendo el daño que dejaste que te hicieran, que merecías que te hicieran, y no hay forma de salir de esa imbecilidad nefasta.

REBECCA

De vuelta en París. Los bares están cerrados otra vez. La mascarilla me hace daño detrás de las orejas.

Tus cartas son siempre tan largas, y no sé si es porque ahora mismo estoy inquieta, pero cada vez me parecen más conmovedoras. Debo admitir que tengo miedo de todo. Tengo miedo de escuchar la radio tengo miedo de lo que pueda oír en la televisión tengo miedo cuando topo con un tweet que cita a Mengele tengo miedo cuando veo a los húngaros marcando la cabeza de los refugiados con espray rosa tengo miedo cuando veo a la poli gaseando a los manifestantes alrededor de Assa Traoré tengo miedo cuando veo la foto de un uigur tengo miedo cuando veo cuánto han ganado las grandes fortunas este año.

He tenido un día perfecto para recaer, no es una semana cualquiera, ni está siendo fácil. Quería un papel en una serie y se lo acaban de dar a otra. Además es una buena actriz, no puedo decir que sea injusto ni un disparate. Alegrarse por los demás cuando tú no estás contenta con lo que tienes no es fácil. Es un sentimiento que no conocía. Detesto el dolor de no haber sido elegida, detesto la emoción mediocre que provoca en mí, y detesto la posición de debilidad en que me coloca. A mi agente no le dije sinceramente que estaba herida. Dije mierda, con la falta que me hacía el dinero, y cambié de tema.

Pero al mediodía, después de grabar una breve entrevista con una televisión belga por una película que hice hace mucho y no ha salido hasta ahora, he corrido al metro para no perderme el inicio de la reunión en Charonne.

No tomaba el metro desde que tenía veinte años, para mí ha sido toda una revolución. Solo porque siempre hay alguien que me reconoce y se comporta superbién conmigo ya vale la pena. Cuando te esperan en alguna parte para hacerse un selfi contigo, la gente puede llegar a ser muy plasta, pero en el metro no tienen tiempo de andar jodiendo, te dicen que te quieren antes de bajarse del vagón o te dan un poco de conversación en el andén, pero no es un lugar donde sientan que pueden acapararte. Estoy muy orgullosa del comportamiento de mi público en el metro, si me hubieran dicho antes que esto iba así, hace mucho tiempo que lo habría tomado. Aunque según cómo, también podría deprimirme por lo que supone una señal indiscutible de la caída de mi imperio. En los ochenta, si iba lo bastante puesta como para tomar el metro bloqueaba el tráfico, no exagero. Lo cual significa que hoy en día a la gente le importo más bien poco. No hace mucho me contaba una amiga actriz como yo que un día, en la terraza de un restaurante, vio que la estaban fotografiando desde la calle. Ella no dijo nada, pero en la mesa de al lado se levantó un chaval cabreado gritando «borra eso». Enseguida se dio cuenta de que pensaba que lo estaban fotografiando a él; de hecho, la chica que lo acompañaba no dejaba de repetir que el muchacho tenía más de un millón de followers. A mi amiga aquello le hizo gracia porque obviamente al chavalito aquel no lo conoce nadie, y ella en cambio sale en las portadas de todas las grandes revistas que te puedas imaginar y hasta en el telediario más a menudo de lo que baja la basura. Pero a quien fotografiaban era al muchacho. El objetivo era el muchacho y su millón de followers. Tenía él razón. Que borrara la foto no lo consiguió, pero la señora que la estaba tomando no se justificó en ningún momento poniendo los ojos en blanco ni dijo «pero si no es a ti». La señora que tomaba la foto, a mi amiga actriz ni siquiera la reconoció.

Así que ahora voy en metro, es mucho más rápido que el taxi. Lo único es que yo haría un metro de primera clase en que no hubiera que dar todas esas caminatas y tuvieras ascensores por todas partes. Si no, corriendo por los pasillos pierdes demasiado tiempo, es el único pero que le pondría a la cosa. He llegado a tiempo a la reunión y me he puesto al lado de mi amiga, que se ha maquillado para Halloween. He leído uno de los textos en voz alta y he escuchado hablar a la gente, quería levantar la mano pero me he dicho por una vez que cierres un poco la boca y escuches tampoco pasa nada.

Pero de lo que yo quería hablarte es de otra cosa que me pasó a principios de semana: viene a casa una vieja conocida, me dice he pillado un poco de hachís, y yo sin pensarlo le respondo yo es que me he quitado de todo, y va y me dice «pues mejor, desde que se murió mi padre estoy fumando demasiado, mejor parar un poco».

Me sorprendió que no se lo tomara mal. Pensaba que iba a sentirse decepcionada, en plan está conmigo toca colocarse. Le dije que no y vi que para ella era un alivio. Qué situación tan ridícula, yo que me sentía un poco obligada a respetar una especie de pacto no escrito según el cual tocaría ponerse tibia, y para ella era igual, cada cual por no defraudar a la otra. Deberíamos haberlo hablado antes, ahora resultará que llevamos años llamando al camello para no decepcionar a la otra.

También me di cuenta de que no la envidiaba. Me sorprendió comprobar que para ella fuese tan fácil renunciar. Bien que podría haberme dicho quiero ser como ella quiero que para mí también sea fácil quiero ser el tipo de persona que se droga de vez en cuando pero no lo convierte en un problema. Pero yo soy como soy. Si le doy una calada a un porro me pimplaré la botella de whisky me esnifaré un gramo y acabaré con gente que no me gusta pero también se droga, y no me divertiré, solo me agotaré. No soy de medias tintas. Y está bien que sea así.

Lo extraño es que soy sincera. Tengo un amigo que cada vez que voy a una reunión me espera en la esquina. Cuando lo veo me alegro, me gusta charlar de cosas mientras caminamos. Porque por alguna razón que no acabo de entender, con él no me aburro como suele pasarme con la gente.

Tenía ganas de contar todo esto pero me contenté con escuchar a los demás. También porque la gente positiva a mí en las reuniones me gusta, pero eso no significa que quiera ser como ellos: la alegría de la huerta pretendiendo que estar allí en cada reunión me hace feliz. Tampoco exageremos. Sigo siendo una leyenda.

OSCAR

Le dije a una chica a la que apenas conozco vente a cenar a mi casa que luego te acompaño en coche si vemos a la poli nos los intentamos camelar les decimos que somos una pareja en problemas y te estoy llevando a casa… Ella me dijo nos meterán una multa ahora mismo están ganando tanta pasta que pronto llevarán uniformes Gucci con diamantitos en la gorra. Y añadió de todos modos no creo que tuvieras que llevarme a casa, me apetece dormir contigo. La chica que me gusta ahora es diez años más joven que yo y hace rondas por la noche repartiendo comida a los sintecho, dice que si se pasan el toque de queda por diez minutos la policía los para y son agresivos y cabrones, dice al final me haré acab y yo le pregunto acab qué significa y ella dice son los que piensan que «all cops are bastards». La chica que te digo, de todo lo que le parece molesto dice que «le da cringe», y también dice que esto o aquello «está fachero», y sus palabras entran en mi boca y por primera vez en mi vida tengo la edad de preguntarme si cuando también yo digo esas cosas no estaré siendo un viejales que se hace el guay. Pero sus palabras ya están en mi boca. Se llama Clara. Todo el rato quiero estar con ella.

Si no fuera por el toque de queda, nunca me habría atrevido a invitarla a salir, sobreentendiendo que íbamos a acostarnos juntos. A ver si al final este toque de queda me arreglará la vida sexual, porque estábamos más relajados el uno con el otro que si no hubiéramos tenido esa charla por WhatsApp. Ella ya me había dicho me apetece dormir contigo, y yo no me he asustado porque, dadas las circunstancias, no era la declaración de una loca dispuesta a instalarse en tu casa por las buenas. Solo era pertinente.

Clara tiene un perro. Un perro es mil veces mejor que un niño, cero reproches. Si tuviera que volver a hacerlo, tendría un perro. Más si consideras que, a diferencia de un niño, que acaba con el rollo de la pareja y la acaba separando, el perro a la pareja la une. Mostrarle a la otra persona que te estás portando bien con su perro es fácil, mientras que los niños sacan lo peor de ti, lo más siniestro. El perro, por el contrario, pone en valor tu paciencia y tu ternura. Su perro me vuelve cariñoso. Gracias a él, podemos pasear a un kilómetro de casa, incluso cuando es supertarde, tipo nueve de la noche, ahí paseando… una locura. Los coches de policía patrullan y nos ven y ninguno aminora, pero si lo hiciera y se nos pararan al lado para preguntar por qué somos dos, la respuesta es muy sencilla: porque ella es una chica y tiene que sacar al perro y yo no puedo dejar sola a mi novia. Y ningún policía podría discutir ese argumento.

Pasó un repartidor Deliveroo en su bicicleta, iba por en medio de la calle, muy despacio, con Drake sonando a todo volumen en su altavoz. Nosotros estábamos solos en la acera desde hacía diez minutos y aún llevábamos las mascarillas. Vimos cómo el tipo se alejaba en su bici haciendo zigzag, pensé que era como si avanzase sobre el agua y me acerqué a la chica, me bajé la mascarilla y ella deslizó la suya hacia abajo y ahí fue cuando nos besamos por primera vez y a continuación advertimos que el perro acababa de hacer caca y ella se rio diciendo es la historia de mi vida siempre tengo que ponerme en ridículo y yo no le dije que aquel había sido el beso más romántico de mi vida. Creo que nunca había besado a una chica a la que apenas conocía sin ir puesto. De pronto era como un niño. Moló mucho.

Hoy he estado en una reunión y he dicho me siento muy afortunado de haber conseguido estar limpio justo antes de que el covid lo desbarajustara todo. ¿Toque de queda a las diez? Sé perfectamente que me habría sentido justificado para ponerme a tono todos los días a partir del mediodía. ¿Te das cuenta?, estoy cambiando de chip. He dado esquinazo a la tentación. Un tipo en la reunión ha dicho «tú me dices mañana y yo pienso ayer y anteayer y pasado mañana, en mi cabeza es un lío, no hay forma de saber y luego pasa como pasa el viento». Otro ha hablado sobre el abuso sexual que sufrió cuando tenía catorce años. Los chicos suelen hablar de este tipo de cosas. Historias de niños pequeños e historias de adolescentes. Con las chicas ya ha quedado claro que es algo frecuente. Pero a los chicos, si no estás en NA, nunca los oyes hablar de eso.

Ayer pusimos una película de Wong Kar-wai pero no le prestamos mucha atención, hacía demasiado que no follaba; desde que empezó todo este mogollón no había contemplado la idea de tener una historia con una chica. Pensaba que iba a ser decepcionante, no soy muy fan de las primeras veces; la idea de la primera vez me gusta, el momento en que notas que va a ser como tú quieres. Cuando follo con una chica a la que no conozco al principio lo que más me gusta es la idea de follar y entonces soy como una tía, lo que realmente me interesa es la ternura, solo que no me siento cómodo, estoy como bloqueado. El colocón también servía para eso: no estar nunca desnudo en una cama teniendo sexo con una desconocida y al mismo tiempo lúcido.

Ya me había dado cuenta, ya, de que en las reuniones hay un montón de chavales que hablan de su violación. O de incesto. O de pedofilia. No entiendo cómo puede ser que no los hayamos oído más, con todo esto del MeToo. Me extrañaría mucho que fuese por decencia, por dejar hablar a las mujeres. Creo más bien que han visto que hablar pasa factura. No logro entender la vergüenza de la víctima. Me la creo, pero no la entiendo. Dicen que la vergüenza y el cabreo van cogidos de la mano. Mentira. Yo nunca he tenido vergüenza. Me entran ganas de matar a la gente. No es lo mismo.

No tuve vergüenza cuando, con once años, mi padre me hizo subirme a una mesa y levantándome la falda y delante de todos sus colegas me dijo tienes unas piernas preciosas, en una mujer eso es lo más importante. Con una voz y una mirada que no le conocía. No tuve vergüenza, ni siquiera por él. Entendí que aquello no era normal. Entendí que era peligroso. Nunca volví a verlo, y él tampoco insistió; dada la decadencia en que andaba metido, él sabía igual que yo que aquello no podía acabar bien. Pero no tuve vergüenza. Era un imbécil integral, eso es todo. Cómo vas a subir a tu hija a una mesa para enseñarles las piernas a tus colegas borrachos. No necesito una sesión de psicoanálisis para saber eso. Mi padre era de una belleza fuera de lo común. Nivel Alain Delon. Mi madre no se equivocó al elegirlo como progenitor, desde un punto de vista eugenésico fue una jugada redonda. Era guapo como un dios, lástima que no tuviese cerebro. Me levantó la falda para enseñarme a sus colegas diciendo «en una mujer eso es lo más importante, ser bonita, y tú tienes unas piernas sublimes». Yo era lo suficientemente mayor como para entender que aquello estaba fuera de lugar. Y que era peligroso. Pero no tuve vergüenza. Sabía que el majadero era él. Solo quería que se murieran todos.

Cuando a los catorce me violaron no tuve vergüenza. Sabía que el tipo gordo que me había seguido por la calle y que pesaba el doble que yo era un cabrón. No tuve vergüenza. Más tarde conocí a mujeres que insistían en que claro que sí, que seguro que tuve vergüenza, lo que pasa es que no me lo he confesado a mí misma. Odio que me digan lo que tengo que sentir. No tuve vergüenza. Ganas de matarlo y rabia por ser demasiado débil para poder hacerlo físicamente, por supuesto. Pero ¿vergüenza? ¡Tú deliras! La vergüenza debería tenerla él. Yo eso cuando me pasó ya lo sabía.

Últimamente, de cuando en cuando pienso en ello, sobre todo cada vez que oigo que una violación no se supera nunca, eso me pone de los nervios. En la última película que hice lo comenté con la encargada de vestuario, una chica de mi edad, guapa, enormes ojos azules, carita de niña. Me preguntó si me gustaba el sexo, yo le dije no especialmente. Las primeras veces, con un tipo que me hace tilín, me gusta. O cuando tienes una discusión de las de verdad y estás segura de que nunca más pero la cosa empieza otra vez y es más fuerte que tú y tu chico te empuja contra la pared cuando hace cinco años que estáis juntos y sientes que perteneces a esa historia en cuerpo y alma. A veces el sexo me gusta. En general, francamente, tanto me da. Tampoco es que lo odie. Pero esa idea que tienen las jóvenes de que además de estar buena tienes que ser técnicamente hábil en la cama, a mí siempre me ha alucinado. Si estás buena ya vale, con eso basta. Si no ¿qué es lo siguiente? ¿Arreglar la casa vestida de princesa y limpiar la cocina en corsé? La encargada de vestuario me contestó si no te gusta el sexo igual es por culpa de la violación. Cuando no le había dicho que no me gustara sino que no es algo que haría todo el día. ¿En qué momento se convirtió en algo obligatorio?, porque yo eso me lo he perdido. Lo pensé un instante y luego me enfadé. Para empezar, «violación» no significa nada. Tenemos cuarenta matices para referirnos al azul, y para describir la violación una sola palabra. Voy a esperar a que las pensadoras le den un par de vueltas, pero sobre todo a que me permitan sentir lo que quiero sentir antes de comentar el tema con nadie. Ahora dices que te han violado y ya tienes a todas las brigadas del buenismo cayéndote encima para aclararte que no se supera nunca, y que ya está. Una psiquiatra me habló de disociación, como si fuera algo físico. Una mujer violada se disocia. Yo esperé a que soltara todo su rollo. Luego le dije «yo soy una tía, ¿cómo quieres que esté, sino disociada?». Desde que era niña, me han estado repitiendo que mi cuerpo pertenece a las miradas de los demás, que pertenece a mi belleza, a mi seducción. La seducción te disocia. ¿De qué otra forma iba a ser? No conozco a ninguna chica que coma sin preguntarse si engordará. ¿Cómo quieres disociarte de tu apetito y no disociarte de todo lo que eres? Pues claro que me disocio. Soy actriz. La psiquiatra me escuchaba, fue durante una cena. Pero vi que ella sabía mejor que yo lo que significaba que te violaran. Que ella exigía de mí la confirmación de sus supersticiones. Y que mi palabra no importaba. Yo no tenía derecho a la valoración de mi experiencia; me la había confiscado ella de antemano.

ZOÉ KATANA

De los psiquiatras no espero gran cosa. De los demás pacientes que me rodean tampoco espero mucho. Todos tenemos una buena razón para estar aquí. La mayoría de nosotros mentimos cuando nos preguntan cómo llegamos. Aparte de hablar no tenemos mucho más que hacer, es difícil no rendir cuentas. El chico supermono del final del pasillo, el que dice que tiene una depresión porque su esposa no le deja ver a su hija. Escuchas su historia y te compadeces de él, y luego escuchas mejor y te das cuenta de que es solo un tipo violento que amenazó con matarla delante de la niña. Solo un tipo violento que insulta a la madre delante de su hija. Solo un tipo violento como los que se supone que aborrezco en mi condición de feminista radical, solo que ya es tarde, ya hemos simpatizado, y para cuando me doy cuenta de que está mintiendo y es solo un tipo violento... demasiado tarde para la moral. La chica inteligente de ojos muy claros cuya habitación se encuentra justo enfrente de la mía y que asegura que no está enferma, que enferma está la sociedad y que el hecho de que te acaben internando es una prueba de buena salud. Solo es que está como una cabra y la han traído aquí porque le dieron unos delirios paranoicos absolutamente grotescos; con el tratamiento se calma pero sigue convencida de que las emisoras públicas de radio, todas sin excepción, confabulan en su contra. Porque publica cosas importantes en Instagram. Primero escuchas, y enseguida entiendes: una locura. Las posibilidades de que en los pasillos de Radio France se conspire de tal forma que la parrilla de programación la haga entrar en una crisis de despersonalización son extremadamente escasas. El anciano todo amable que se pasa el día leyendo y me dice que lo están tratando por una vieja melancolía, y luego los enfermeros me cuentan que firmaba papeles en nombre de sus hijos para poder seguir endeudándose porque hace veinte años que le apasiona perderlo todo en el casino. Y cuando le plantan, cara porque han recibido la visita de unos agentes judiciales exigiendo el reembolso por la quiebra de unas sociedades pantalla de las que nunca habían oído hablar, le entran unos arrebatos imposibles, se saca la carabina y amenaza con matar a todo el mundo. Todos aquí necesitan que los cuiden. Y los que nos atienden no tienen la menor idea de cómo hacerlo. Son funcionarios típicos de nuestro tiempo: buena gente, receptiva, se manejan como pueden. Algún que otro psicópata agresivo o dominante, pero no es la norma ni mucho menos. Enfermeros, médicos, psiquiatras... lo único en lo que saben que pueden confiar son los somníferos. Los sacas de ahí y van dando palos de ciego sobre un teclado de moléculas sin tener ni idea de lo que nos pasa y, sobre todo, de cómo ayudarnos a salir del precipicio en el que nos hemos abismado. Ganas no les faltan. Y tampoco es cuestión del tiempo que están dispuestos a dedicarnos. Pero pienso en las civilizaciones que vivían convencidas de que los súcubos, por la noche, se deslizaban entre las sábanas para abusar de sus víctimas, y me da por pensar que en esos albores estaban mejor preparados. Hablo con gente que no entiende lo que siento, y no es que se confundan porque yo sea un caso complejo. Es porque están confundidos, sin más.

No es que odie el ritual del psiquiatra, hablar de mí me encanta. El problema llega cuando te responden, enseguida te das cuenta de que no entienden una palabra de lo que les dices. En mi caso, por ejemplo, el acoso en su manual no figura como algo grave. Si cuando era pequeña me hubiera toqueteado un tío de forma inapropiada sí que me escucharían. Me explicarían que no iba a superarlo nunca y podría hablar del tema durante horas. Pero tener un blog feminista en internet y que te den una tunda tras otra no basta. Buscan en otra parte, algo en tu infancia que justifique tu fragilidad. Por el lado infancia, en mi caso no hay gran cosa en la que hurgar. Aquí el meollo es político. Pretender curarme preguntándome si mi padre me ayudaba con los deberes es como preguntarle a un preso político condenado al gulag que se queja de frío y hambre si su mamá nunca le hizo una bufanda. A mí se me ha ido la pinza y me patina el cerebro porque el acoso de que soy objeto tiene el propósito de eliminarme, y las herramientas que tienen a su disposición les permiten hacerlo. Twitter es culpable. Facebook es culpable. YouTube es culpable. Instagram es culpable. Ni mi padre, ni mi madre, ni mis bisabuelos pueden hacer nada para protegerme. Los masculinistas han declarado la guerra en las redes a las feministas, saben que la estrategia les funciona y que pueden contar con la complicidad de las redes, manejadas por masculinistas. Lo que a mí me pasa es político. Y los psiquiatras creen que se puede curar al paciente sin curar la política. Cuando en la pantalla del móvil la letanía de mensajes que desean que me suicide o que me muera no tiene fin, se me está sometiendo a una tortura que antes no existía, y que descuajaringa mi sistema cognitivo. Esa es la intención. Me gustaría hablar con algún psiquiatra que tenga algo más que decirme que cállate para siempre, cede, desaparece, deja de publicar. Escucha lo que te dicen: ya vale de ocupar sitio en el espacio social, dedícate a cultivar plantitas en el alféizar de la ventana de la cocina.

Creo que el psicoanálisis se yergue sobre un gran fundamento: mirar hacia otro lado. ¿Que hay bombardeos? Pensemos en tu madre. Hagamos como que, a principios del tercer milenio, algo parecido a una educación familiar sana y protectora puede siquiera existir.

La octava etapa exige que el dependiente haga una lista exhaustiva de todas las personas a las que les ha hecho daño. ¿El nombre de Zoé debería figurar en esa lista? Hasta la semana pasada lo tenía clarísimo: ni pensarlo. En una lista de personas a las que guardo rencor seguiría siendo la primera. Pero yo no le he hecho ningún daño. Son historias que se ha montado ella.

Me invitaron junto con otros escritores franceses a una lectura en Stuttgart. Los alemanes pagan por estas cosas, así que voy. En el tren, recibí un mensaje del organizador preguntándome si me parecería bien grabar un podcast; una chica del entorno de la Alianza Francesa, Fanny, que produce un podcast. Le dije que no. No pienso someterme al juicio de internet. El tío insistió: es como si tuviera un fanzine, nada importante, le gusta mucho lo que haces. Me sentí ofendido. Los fanzines ya no existen. Hoy en día, respondes en una cocina a tres preguntas de una chica y se acabará difundiendo por las redes como si hubieras hablado para *Paris Match*. Basta con que diga una frase que pueda interpretarse mal, y vuelta a empezar, un escándalo nacional; un gesto de humor un poco fuera de lugar y es como si me hubiera meado en la tumba de Simone Veil. También me fastidiaba la insistencia del organizador porque a los autores se les exige que le dediquen una horita a un podcast, una horita a una universidad, una horita a un documental, una horita a una escuela… y ese no es mi trabajo. Bastante tengo con hacer lo que hago, como para además ponerme a dar entrevistas que ni me van ni me vienen.

Así que allí estábamos, esperando con otros autores nuestro turno de palabra. En una mesita había café, avellanas y almendras. Mientras otros leían yo revisaba el pasaje que había elegido. Entonces vino a verme una chica, no le presté mucha atención, llevaba una mascarilla y el pelo rubio y corto: me entregó un sobre. Con la mascarilla, no pude ver que estaba de mal humor. Mientras charlaba con un colega abrí el sobre y era Fanny, la chica que quería hacer el podcast. Era una carta larga, manuscrita: me decía que era mi más ferviente lectora, que le hacía mucha ilusión conocerme, y a continuación ponía las preguntas que me habría hecho de haber aceptado. Terminaba la carta diciendo que no me lo tenía en cuenta. Pero insistiendo en su decepción.

Me guardé el sobre en la bolsa y no volví a pensar en el tema. Durante la lectura reconocí a la chica entre el público, me miraba con una intensidad que me pareció inquietante. Y cuando cenábamos todos juntos en el sótano, la vi merodeando a nuestro alrededor. Me miraba con desprecio, se iba y luego volvía. Le conté la situación a mi colega y nos fuimos precipitadamente. La verdad es que me metió el miedo en el cuerpo. De camino al hotel tenía un nudo en el estómago. Una chorrada, nada serio, pero me sentí superincómodo.

En el bar del hotel le di a leer la carta. Hablamos de *Misery* e intercambiamos anécdotas de lectoras locas. Volví a mi habitación, hablé con Clara cinco minutos y luego no podía dormirme. Escuché a Prince en los auriculares fumando cigarrillos en la cama.

Pensaba en la chica del podcast. No me la podía sacar de la cabeza. Y entonces me di cuenta. Yo soy Fanny. Por eso me angustia tanto. Yo soy Fanny. Me acordé de Zoé y de cómo, en las cenas en que estaba yo, se escabullía antes de terminar. Se alejaba de mí. A mí no se me escapaba porque con ella era como una brújula: podía decir en cada momento dónde estaba y qué hacía. Sabía que me evitaba. Y me daba igual. Le escribía cartas. Ella no respondía. Yo volvía a la carga. Yo soy Fanny. Pero una Fanny borracha, colocada, autorizada a insistir porque soy un tío y no estaba precisamente ayudando en la cocina, sino que era ese autor un poco importante que tiene derecho a insistir. Alguien de quien no puedes escapar.

Ese tipo de pensamientos, una vez formulados, uno se pregunta cómo se las ha apañado todo este tiempo para ignorarlos. Fui a buscar la carta de Fanny y volví a leerla. De verdad que me hacía sentir muy incómodo. Y ahí volví a verla, en la sala y durante la cena, revoloteando a mi alrededor sin decir nada. Entonces lo supe. Una certeza. La certeza de que yo podía imponerle a Zoé mi deseo devorador. De que ella debía ceder. Y su bochorno ni siquiera me avergonzaba. No lo tenía en cuenta. Solo pensaba en la necesidad que yo tenía de ella. En el deseo imperioso que me inspiraba.

Rompí la carta. Me sentí agredido. Feliz de marcharme al día siguiente y de no volver a ver a esa chica.

En el tren de regreso miré a ver qué posteaba Zoé. Hacía tiempo que no me asomaba. Me pregunto si aún hablas con ella. Siento lo que le hice. Estoy empezando a admitirlo. Siempre lo he sabido, pero no lo admitía. Empiezo a renunciar a la idea de anteponer mi defensa a cualquier otra cosa. Fanny de Stuttgart me hizo entrever algo que no estaba dispuesto a admitir. Ser deseado por alguien a quien no le has pedido nada es insoportable. Verte ante una petición sin posibilidad a decir que no es insoportable.

REBECCA

Zoé está internada. Hace ya algún tiempo. Por decisión propia. Ha perdido la chaveta. Parece que les pasa a muchos jóvenes. Hablamos por Signal porque dice que los otros sitios no son de fiar, la policía tiene acceso y la policía está confabulada con los masculinistas. Para mí que delira. Es lo que tiene, cuando pides que te ingresen. Dice que no ha soportado el acoso online. Creo que se ha pasado semanas encerrada en casa sin ver a nadie, leyendo todo lo que decían de ella en internet.

Fui a visitarla al hospital psiquiátrico, en el distrito XIX. No hace mucho un amigo cercano pasó allí un verano. La señora de la recepción me reconoció, pero tuve que presentar mis papeles y esperar a que un enfermero me acompañara al ascensor.

Conozco el lugar. La sala común, ese ambiente sorprendente que reina en ella, no me impresionó. Entre una gran reunión familiar y una escena de película grotesca. Recorriendo los pasillos, fui viendo lo que pasaba en las habitaciones que tenían la puerta abierta. Un interno leía, pijama azul, cómodamente instalado en su habitación decorada. Otro tío me paró, decía que nos conocíamos y sonreía. Yo le dije que no lo recordaba y él me habló de gente de la que nunca había oído hablar. Zoé llevaba ropa de calle, me pareció una buena señal. O señal simplemente de que faltan camas y no piensan tenerla allí mucho tiempo. No sigue un tratamiento pesado. Estaba lúcida, contenta de verme. De hecho, era la primera vez que nos veíamos. Una muchacha nos interrumpió, tenía el pelo muy largo y una energía chistosa. Hablaba de la información confidencial que posee sobre el flúor que los poderosos le ponen al agua.

La mayoría de los internos de su planta son tranquilos, gente como ella, que afuera ya no aguantan, pero en cuanto alguien se hace cargo de ellos se tranquilizan. Charlé con Zoé como si nos hubiéramos encontrado en una cafetería, me pregunté qué pintaba allí. Salvo por las marcas de cortes en los brazos. Al parecer ahora los jóvenes hacen eso. Otra chica nos interrumpió. Llegó hablando en inglés, respondiendo a una entrevista imaginaria, comportándose como si fuera Beyoncé. Nuestras miradas se cruzaron, comprendí que no me había visto nunca en ninguna parte, me costaba dejar de mirarla. A veces hay gente que tiene un no sé qué, algo que hace que no puedas dejar de mirarlos. Zoé la acompañó amablemente a su habitación, y volvió riéndose, «en su pobre cabecita es alguien como tú». Y pensé que se quedaba corta, que con esa carita suya en vez de en un hospital podría estar en Cannes.

No me quedé mucho tiempo. No teníamos gran cosa que decirnos. La hice reír. Dije algunas chorradas, que es lo que hago yo. A veces me clavaba la mirada con una mezcla de descaro y excitación. No le pregunté nada. Fue ella quien me habló de las amenazas de muerte y de que nadie la protegía. Y de que en unos días petó. Tenía la impresión de que su realidad era de algodón. Esa expresión usó. Me dijo que los médicos lo llaman desrealización. Estaba convencida de que iban a entrar en su casa y la matarían y que nadie tendría nada que objetar porque matar a una mujer es algo relativamente normal y de todos modos saber lo que dirían tampoco importaba porque tenía miedo de que la despedazaran. Me dijo que le habían enviado a casa por correo trocitos de mierda y que en su momento no le dio importancia, pero que en cuanto empezó a sentir miedo sí cobraron mucha importancia porque estaba convencida de que se los enviaba la policía y de que su dirección circulaba por internet. Entonces empezó a ver a gente en su casa cuando en realidad no había nadie y gritaba sola por el apartamento. Me dijo «me cuesta creer que no había nadie, pero está claro. Es extraño porque recuerdo a unos hombres en mi habitación, los vi, sé que estaba delirando pero los vi. Ya viene siendo así: volverse loca es escuchar voces y ver cosas y recordarlas perfectamente aun sabiendo que no son verdad». Le pregunté si en el momento de la crisis estaba tomando algo. Ella dijo tomo pastillas para dormir y ansiolíticos, y yo le dije a ver si lo que te ha trastornado es la mezcla de una cosa con la otra y ella se rio, «con todo lo que me dan aquí, no creo yo que sea cosa de medicamentos...».

OSCAR

A veces crees que estás fingiendo y luego ves que eras sincero. Me sentí un poco hipócrita al decirte que empezaba a entender lo que le había hecho a Zoé. Pensaba que iba de correcto pero que en el fondo no me lo creía. Pero estaba diciendo la verdad.

Nada del otro mundo, no he sido convocado en la cima de una montaña por ninguna voz celestial para revelarme nada. Pero estoy abriendo el foco. Admito algunas cositas.

Lo furioso que estoy de no ser un donjuán. El rencor que me he tragado cada vez que veía a las chicas de las que estaba enamorado eligiendo delante de mis narices a alguien que no era yo. Todas las veces que fui el típico tío al que le dices que sí porque te has tomado una copa de más, o porque quieres vengarte de tu novio, o porque no sabes decir que no. Era consciente de la rabia que me daba que me trataran así, pero subestimaba la rabia que me daban los otros tíos. Los que tienen lo que quieren. Que para ellos sea más fácil. Que sepan cómo hacerlo y yo no. Que me hagan sentir defectuoso por contraste. Era consciente de mi vergüenza, era consciente de mi rabia... pero ignoraba mi terror a los demás. A su juicio. A mi exclusión. Me dan tanto miedo que prefiero centrarme en otros sentimientos. Y escuchar rap todo el día con la esperanza de que se me pegue algo, de que acabe teniendo en mí algún efecto. Me doy cuenta de que soy incapaz de enfrentarme a quien me hace sentir mal. Me vengo con otros. Me desahogo con otros.

Nunca he sido violento físicamente porque me falta fuerza. Pero la violencia sí la he usado toda mi vida, y a Zoé la aterroricé. Pienso en ella, y tiene razón: ahí tenía una que no podía escapar. De todo cuanto ella era, yo solo me interesé por esa pequeña parte: la que me rechazaba cuando yo le entraba.

Hasta que me vino; cuando decía que no lo recordaba no estaba mintiendo, había quedado oculto, esos gestos habían sido borrados de la escena. Su buzón lleno de mensajes. La llamaba todos los días, hasta saturarle el buzón de voz. La había elegido lo suficientemente vulnerable para que estuviera a mi alcance. Volvía a casa colocado y seguía metiéndome coca y enviándole mails. Enamorado, desesperado, insultante. Docenas de mails míos cada mañana al despertar. Y en el fondo, lo único que pensaba era no es tan guapa no es tan brillante no es la mujer más guapa de París así que debería recibir mi deseo con gratitud; lo que en realidad la volvía una persona excepcional era mi mirada en ella. Mi mirada, nada más. Tenía un viejo teléfono amarillo y azul, como redondito, que parecía de juguete. Para escribir un mensaje había que buscar la letra pulsando tres veces… y yo le escribía novelas. Dependiendo del día: amenazas de muerte o de suicidio, o de repente bromitas como si fuéramos amigos y todo fuera bien. Algunas veces, en los mensajes que le dejaba o le escribía se me iba la mano, y en esos desfases encontraba yo una rara felicidad, una forma de destruirme con entusiasmo, una manera de buscar su punto débil para clavar en él mi espada y hacerle sentir lo que yo sentía. Con una alegría miserable. La alegría del violador, supongo. O la alegría del acosador en la oficina, el alto ejecutivo que sabe lo que se hace y que sabe también que el otro no tiene escapatoria. Ella me había dicho no. Debía de sufrir tanto como sufría yo. Nunca me pregunté cómo la afectaría. Me da pavor saberme una mala persona, alguien que no merece nada y que no debería estar aquí. Me digo a mí mismo que yo no soy eso, solamente. Pero poco a poco entiendo que sí, que también soy eso. Recuerdo que la hice llorar. Recuerdo que la hice llorar varias veces.

REBECCA

Se diría que vas progresando, Oscar. Eso solo demuestra que todo puede suceder. Pero sin ser partidaria de la tibieza, a veces la moderación es buena. Existe un punto intermedio entre «soy el más inocente de los hombres y un mártir del feminismo» y «me siento como un violador». Te comportaste como un capullo modelo estándar. Alguien que ejerce el poder y al mismo tiempo pretende que hay igualdad. Te dejo que saques conclusiones tú solito, como una persona mayor. Te queda lo más difícil: encontrar la manera de arreglarlo.

He hecho una publi con los alemanes y ha llovido dinero en mi cuenta. Vuelvo a tener tarjeta de crédito. Qué alegría. He hecho unas fotos con un gran fotógrafo, un puto polaco destroyer de cierta edad, rollo cincuenta, con el que quise acostarme en cuanto lo vi llegar al set. Tener ganas de acostarte con el fotógrafo es normal. Eso no significa que vayas a hacerlo, pero es una buena señal. Yo iba total black. Durante la preparación del set nadie pronunció la palabra «peso», pero todos estaban al tanto y realmente era el elefante en la habitación, todo el rollo giraba alrededor de cómo realzar un cuerpo como el mío.

Y bueno, acabo de ver las fotos y se las han arreglado la mar de bien. Y yo también. Estoy increíble. Qué idea genial, esto de dejar las drogas, es como si me hubiera hecho tres liftings y quince talasos. Una bomba. Lo único con lo que se quedan, aparte de mi cara bonita, es con que mis pechos son monumentos. Como catedrales góticas. Igual dentro de cien años se sigue comentando la cosa. No es un escote, es la prueba de que Dios existe.

Vuelvo a tener tarjeta de crédito y me entran ganas de cantar por las calles. Esto de mantenerse limpia también es buena idea a nivel económico. No le debo dinero a nadie, he ido a una librería a comprar libros para tu amiga Zoé, no iba a comprarle un suéter. De todos modos, esa forma suya de vestirse no la entiendo. Lo mismo que esa manía con el pintalabios fosforito. Y para mí, me he comprado un libro tuyo, en audio. Me tocó llamar a mi agente para que me hiciera llegar un reproductor de cedés porque no tenía. He empezado a escucharlo. Me ha sorprendido el vigor de la cosa. Cuando me escribes eres como una princesita mancillada, pero como novelista estás hecho un hombre. Si supieran lo frágil que eres, la gente se quedaría de piedra. Como Zoé. Tienes dos sinceridades: una cuando escribes libros, y otra cuando eres quien tú eres. Nada mal, la novela. De verdad que no.

La nueva idea decadente que los dirigentes querrían imponernos es el toque de queda los fines de semana. Entre semana a currar, y los fines de semana te enclaustras y cierras el pico. Para eso sirves, para hacer rodar la máquina económica. Del resto —tu vida, tu equilibrio, tus seres queridos, el cine—, nada importa. Una locura. Cada vez es más difícil de tragar. Pero cada vez nos lo tragamos. Más represión. Que se ejerce sobre la gente humilde. Controlar a los pobres. Hacer que los suburbios sufran un poquito más. Policía-prisión-multa, ahora mismo esa es la única comunicación que mantiene el Estado con las clases menos favorecidas. La impresión de ser conejillos de indias que observan a algunos expertos pagados por las grandes compañías, maravillados de su plasticidad, de la escasa consideración que tienen de su dignidad.

Menos mal que me la suda mil. Estoy guapísima en las fotos. Vuelvo a tener tarjeta de crédito. Hace buen tiempo. Un director belga quiere reunirse conmigo para una película. Poco a poco, la vida vuelve a ponerse en marcha.

OSCAR

Escucho a Booba mientras trajino con documentos de Word. Me esfuerzo en escribir sobre un mismo tema más de cinco minutos seguidos. «Hermano, mientras dudas no haces nada». Y yo sueño con escribir un libro como la letra de un rap francés: sin tema principal, sin punchlines en declaraciones, ser brutal y vulnerable en la misma frase, sin buscar la coherencia.

Estoy viendo a Lil Nas X en *Saturday Night Live*. Había oído hablar de la historia esa de las zapatillas con una gota de sangre humana en la suela que hicieron que Nike se echara atrás. No sabía qué pinta tenía, al oír hablar de su caso me imaginé a un chaval rollo XXXTentacion: careto tatuado drogado haciendo hip hop de niños grandes ojeras, superdulce y smooth codeína y al mismo tiempo deteriorado, inquietante, devastado, con una seducción infantil. Me había quedado desactualizado, todo eso fue hace cinco años, está claro que ha llovido mucho. Y de golpe tienes a Lil Nas X en el *Saturday Night Live*, apenas me ha dado tiempo a preguntarme de qué va este payaso y luego he pensado en Eddy de Pretto que me hace sentir incómodo no cuando lo oigo pero sí cuando lo veo porque me gusta su forma de moverse y tiene unas piernas pequeñitas y flacas, físicamente puedo identificarme con ese tipo y de hecho que sea marica no me molesta pero casi preferiría no saberlo y poder decirme sencillamente que me gustan sus pintas, que aprecio su modernidad. No sé. Lil Nas X ha sido otro mogollón, porque después de dos segundos de tranquilidad ya no podía hacer otra cosa que decirme a mí mismo lo guapo que me parece, hostia puta nunca he visto a un tipo tan guapo, Prince a su lado era un adefesio.

Mientras que Lil Nas X, para mí que es su propuesta y todo ese rollo de la honestidad y la vulnerabilidad y de aprender a reconocer lo que sientes en lugar de bloquearlo. Creo que hace un año me lo habría saltado sin más, puede que me hubiera propuesto escribir algo furioso sobre esta nueva generación de cantantes decadentes que usan su orientación sexual para que hablen de ellos. Ahora le veo algo sexual. Tiene veintidós años. Cuando vi cómo se contoneaba... nunca había visto algo así, con sus bailarines, era como una stripper, pero si a una stripper le quitamos su pathos no queda más que el polvo. Si tuviera dieciséis años no sé qué pensaría de todo esto. Si tuviera dieciséis años, me dirás tú, sería feo como feo era a los dieciséis, y no habría la menor posibilidad de que un tío como yo pudiera acercarse a un tío como él. Pero digamos que a mí sí que me parece que me haría la pregunta de si quiero ser marica o no.

Hay una historia que no le he contado a nadie. Está ahí, pero no pienso en ella.

La primera vez que lo vi no fue un flechazo ni nada parecido. Pero me dejó deslumbrado. Iba todo de blanco, era más pequeño que yo pero fornido, bien formado. De hecho, tenía el tipo de cuerpo que a mí me hubiera gustado tener. Tampoco es que me turbara. Era guapo, un macarrilla, tenía estilo. Le estaba echando una mano a un colega para pintar un local de ensayo. Estuve con ellos una hora y me fui. Recuerdo su mirada en el momento de estrecharle la mano. Samir. En aquellos tiempos ser marica no era una opción, especialmente para un matón como él. De hecho, algunos lo eran, pero les pasaba como a mi hermana, es algo que he entendido con los años. Al decirme hasta otra, Samir me miró fijamente y sentí que me desestabilizaba, pero no pensé nada en particular. Si acaso: qué tío tan intenso. Y tan guapo. Al final del verano nos encontramos en un bar, jugando al billar, Samir estaba pintando un graffiti, luego lo acompañé a su guarida. Estuve liando petas y poniendo cintas hasta que se hizo de día. Nos hicimos amigos. Él era musulmán, antes de abrirse una lata de conserva se la estudiaba. Cuando estaba con él yo no comía cerdo, fumaba canutos y no bebía cerveza. No hacíamos nada en especial. Hasta que un día Samir bebió. No sé por qué, un problema con su novia, creo. Verlo borracho fue una locura. Tan libre, tan divertido. Allí bailando. Yo nunca lo había visto bailar, era un superstar. Esa noche se plantó en mi casa a las tres de la mañana. Me tiró una piedrecita a la ventana, yo aún vivía en casa de mis padres. Le dejé entrar sin armar ruido. Pusimos a Notorious Big muy bajito. Se quitó el suéter y me comparé con él: mi cuerpo grotesco junto al suyo, tan bien parido. Aquel talle fino, flexible, aquellos hombros anchos, aquellos músculos marcados. Luego dijo hace un tiempo que tengo sueños húmedos contigo. Dijo yo sé lo que quieres y creo que yo también lo quiero. Yo la verdad es que ni siquiera entendí a qué se refería. Me dio un beso. Yo no lo aparté porque pensé que se molestaría; hacer un gesto así y que te rechacen, imagínate. Me besó como hacen algunas chicas que no te acaban de gustar pero están convencidas de que es precisamente lo que estás esperando. No quería que me tocara, me daba vergüenza por mí pero también por él. Pero su piel, me acostumbré enseguida. Me disocié, como dicen ahora las chicas. Hacía lo contrario de lo que mi cabeza pensaba que quería hacer, porque enseguida le cogí el gusto a acariciar su piel. Los gestos entre dos chicos me desconcertaban, por no hablar de que él supiera lo que hacer tan fácilmente. Justo después se marchó, a ver a su novia y reconciliarse con ella, creo. Yo estaba confundido. Divertido no, confundido. Cuando esa misma noche nos encontramos en casa de otro amigo, yo imaginaba que se iba a sentir incómodo. Pero solo estaba un poquito más cerca de mí que antes. Desde fuera, ningún problema. Se las arreglaba para buscar mi presencia, más que antes pero sin que se notara de cara al grupo ni resultase extraño, escuchábamos a Gang Starr y hablábamos todos juntos de cualquier cosa. A lo largo de aquella noche me di cuenta de que buscaba su mirada. Esa forma brevísima de hacerme saber que para él era único. Nunca me había sentido deseado por otro tío, y esa atención me complacía. Él tenía todo lo que a mí me falta. Una forma viril y animal de estar en el mundo, de comportarse, de responder, de sonreír y de afirmar; llevaba ropa fetén, utilizaba los términos del argot precisos, sabía manejar los tiempos. Esa noche no me dijo nada más, se fue por su lado y yo me di cuenta de que me quedaba un tanto decepcionado. Dos días después me llamó, estaba haciendo una pintada en Vandœuvre y fui con él. Todo había vuelto a la normalidad, excepto al final de la tarde, cuando vio que me costaba abrir un bote de espray y dijo con una sonrisa «qué mono», y no lo dijo a malas, abrió el bote a la primera y volvió a la pared sin perder la sonrisa. Empezamos a acostarnos juntos, de forma habitual. No me costó acostumbrarme. No hablábamos del tema. Ni entre nosotros ni con nadie. Nunca me montó esa típica escenita que ves en las películas, donde te amenaza con matarte si se lo cuentas a alguien porque su credibilidad de matón está en juego. Poco a poco me fui dando cuenta de que, desde su punto de vista, aquello era algo que, entre colegas, a veces pasa. Mientras no dijéramos nada, ni siquiera existía y no había problema. Era como si nos deslizáramos por debajo de la realidad. Era tierno, mientras follábamos y después, muy tierno. Quizá sea la única persona que me habló de amor. Hacía de mí una persona excepcional, me dotaba de unas cualidades inauditas. Me desvelaba un mundo audaz, un mundo donde los tíos hacen lo que les da la gana, empezando por follar unos con otros cuando nadie mira. Y yo de aquel mundo de tíos no sabía nada. Apenas la superficie, lo que me mostraban. Tenía la impresión de ser un iniciado. Y estaba enamorado de él. Eso lo acabé de entender cuando la cosa terminó. Un día fue a ver al taleb y le curó el maleficio, le hizo escupir un pedazo de pan envenenado que unos vecinos celosos le habían puesto en el plato. En resumen: se acabó. No hubo discusión. Solo una pérdida de intensidad. No es que me evitara. Pero ya no me llamaba a casa todos los días como había hecho durante un tiempo.

Las cosas cambian. A veces pienso en él, puede que sea la historia más romántica que he vivido. No sé qué habrá sido de él. Nunca he vuelto a verlo.

REBECCA

En verdad, colega, si Booba se llega a enterar de que escuchas sus discos fantaseando con Lil Nas no le haría ninguna gracia. Aunque supongo que no eres el único. Deberías contarle tu historia a Corinne, le alegraría saber que su hermano es medio gay. La verdad es que te entiendo. Los malotes de la época tenían un encanto sublime. Quien no lo ha probado no sabe lo que se pierde, el universo les hizo un regalo a las mujeres cuando los creó. Y a los hombres, si te he entendido bien. Con todo eso a los hombres os vuelve tontos: pues claro que no te enamoras de alguien en función de su género. Te enamoras y punto. Yo, si no he tenido nunca una historia con una chica es solo porque estaba demasiado ocupada con los chicos, la vida no me daba. Pero aún no he dicho mi última palabra, estoy preparada para cualquier eventualidad.

Sigo con las reuniones NA. He hecho un montón de amigos. Me sorprende no verte nunca. Pero no vivimos en el mismo barrio. Al principio, cuando me indicaron que tenía que ir casi todos los días, me dije que ni pensarlo; con el confinamiento finiquitado, no tenía ninguna necesidad de escuchar un parloteo bienintencionado día sí y día también. Pero si no voy a una reunión, dudo. Así que voy. Pienso cosas nuevas. Es sorprendente. Siento como si viajara por tierras exóticas, pero en mi cabeza.

Por ejemplo, veo a mi amigo Fabrice y enseguida me doy cuenta de que no hace mucho se ha puesto a gusto. Yo antes no era un perro de presa, no me preguntaba si habías fumado bebido esnifado vomitado, tú hacías tu vida y yo la mía. Ahora es como un reflejo. Lo sé. Lo veo en la cara de la gente, hasta lo reconozco por teléfono, en la voz. Es inquietante. Y, estéticamente, deplorable. Como un velo opaco, una capa de suciedad; sin llegar al juicio moral, algo exclusivamente estético. Algo que te vuelve feo.

Hoy he visto a dos. Hay uno que viene todos los lunes. Está confundido. No miente, no tarda en admitirlo, el sábado consumí. Tampoco es que lo diga de golpe, antes de decirlo mueve la lengua en el interior de la boca, no dice recaída, no dice estoy hundido, dice los nuevos amigos están bien pero nunca me llaman, y ahí fue cuando la esposa de un tío con el que consumía me llamó para invitarme. Yo quería consumir, al ir ya lo sabía, pero todo fue bien. Y está más contento de lo normal. Es como si alguien, en una reunión de gente con quien se ha estado quejando de la relación que tiene con su ex, dijese he visto a mi ex, pero estoy feliz. Estaba esperando ese momento. Dice había un montón de peña en el autobús, cambia de tema, dice he controlado la situación, al final considera que todo fue bien, solo se tomó un par de copas; y luego volvió a casa, dice que amenazaba tormenta pero a la una de la mañana se despertó y estaba enfermo, dice es el precio que hay que pagar, y una entiende que tiene pensado volver a pagarlo, que aun así pretende que ha cambiado, que controla la situación. Después de meses de abstinencia, su cara sigue marcada por el alcohol; está emocionado, sabe que ha vuelto a las andadas pero al menos viene a la reunión.

El otro dice me entró un arrebato y resulta que la gente se aparta de mí, es doloroso, reproduzco los patrones que conocí de pequeño, es lo único que he conocido, y una se da cuenta de que se la suda saber que ha causado daño, que la gente se aparta de él porque le saltaron los plomos y los tiene a todos aterrorizados. Lo que le interesa es que le hace sentirse mal. Que no es una estrategia que valga la pena.

Los que recaen.

Y luego está ese otro viejo. Solar. Fabuloso. Que arranca una lagrimilla a todo el mundo y dice yo potaba mi miedo potaba mi vergüenza y potaba mi cabreo y ahora poto mi alegría y camino por ella, estoy vivo hostia estoy vivo.

Y ella, una chica guapa de aspecto impecable a la que he visto tantas veces, pero es la primera vez que la oigo hablar de su padre incestuoso con su hermana.

Y el otro, que tiene una labia increíble, nunca habla de sí mismo sino siempre del programa, lleva sobrio más de veinte años y tiene unos punchlines imparables. Se pelea con todo el mundo y dice así es como me recupero.

Esta es mi gente. Estoy emocionada de ver a esas personas que la cagan tanto como yo y que, en esa caída general hacia el gran lo que sea, se reúnen y hacen lo contrario de lo que hace la gente en las cenas y en las redes sociales: se confiesan vencidos, se confiesan débiles, se muestran en su vertiente más jodida.

He cambiado mucho. Lo estoy asumiendo. Me queda el reflejo. Yo antes llamaba al camello para celebrar una buena noticia, para recompensarme por un esfuerzo, para ahuyentar los malos pensamientos, para consolarme tras un golpe duro, para no aburrirme, para entretenerme, para complacer a un colega, llamaba al camello como quien le da al interruptor cuando entra en una habitación. Sin decidir nada. Me queda el gesto. Sucede algo y noto cómo se abre el vacío, doy un paso adelante hacia la llamada al camello y no hay nada, ahora camino en el vacío.

Tengo demasiado orgullo para no aguantar. En toda mi vida la sobriedad nunca me había parecido un estado de esplendor, y ahora me he cambiado de chaqueta. He decidido que ahí es donde está la clase. Soy demasiado orgullosa como para no aguantar. Y está bien. Queda la picazón, el vértigo, y está bien.

OSCAR

El tren va hasta los topes. Al parecer es cuestión de la circulación del aire, que anula el posible problema. Un año repitiéndonos que respetar la distancia es básico, y luego te encuentras en un vagón atestado. Soy consciente de la respiración de mis semejantes. Ventanas cerradas, habitáculo relativamente pequeño. Las mascarillas como escudos. Me he comprado una mascarilla en la farmacia, a un euro la unidad, más cómoda que las mascarillas desechables. Me dan ganas de quitármela, pero solo de pensarlo me entra pánico.

La chica con la que salgo corta las cintas elásticas de las mascarillas antes de tirarlas. La ridiculez de nuestros gestos.

En un año hemos contaminado el planeta con miles de millones de mascarillas, pero les arrancamos las gomas para proteger a los peces o a los pájaros. Creo que es demasiado happy-flower para estar con alguien como yo. Vuelvo unos días a Alemania para una serie de lecturas y le pregunté si quería venir, ella aceptó. Se encogió de hombros y dijo si me quedara en París me pasaría el rato mirando el teléfono para ver si me escribías. La simplicidad de su respuesta me desarmó.

Compré un billete para el perro en la estación. Cuando cruzas una frontera, incluso europea, no puedes hacerlo por internet. Yo cojo el tren tanto como puedo, he sido testigo de cómo la SNCF iba cambiando. Otra cosa que funcionaba perfectamente y que se han cargado alegremente.

Ahora, cuando llegas a las taquillas de la SNCF, lo mismo que en correos y en tantos otros lugares dependientes del servicio público, hay alguien a quien pagan para que te espere en la entrada y se asegure de que lo que vienes a pedir no puede hacerlo una máquina. Le explico mi caso a la señora que me acompaña junto a una pantalla. Estoy por decirle que no soy tan mayor como para no saber usar internet, pero me callo.

La opción billete a Alemania para perro no aparece. Así que me deriva a una ventanilla humana. He pasado la barrera, voy a poder hablar con alguien, no me ha llevado ni diez minutos, me siento un privilegiado. Otra señora —cuya cara, con la mascarilla puesta, no puedo ver, y por los ojos no sabría decir si está sonriendo o agobiada— escucha mi petición, que si lo piensas bien tampoco es tan excéntrica; no somos la única pareja que toma el tren con un perro. No logra encontrar el código. Llama a otra señora que hasta ese momento aguardaba entre bambalinas. Ella propone el código ChPO QHeS o algo parecido, una serie de letras cuyo significado tiene que ver con el lenguaje-máquina. No es el término correcto, la máquina no quiere ni oír hablar de él. Una tercera dama, apareciendo a su vez de entre bambalinas, acude al rescate. A partir de ahí, y durante más de veinte minutos, esas tres personas buscan el código que la máquina sí pueda entender. Dos de ellas al teléfono, la tercera tecleando en el ordenador. Yo, ingenuo de mí, les propongo que me escriban un papelito justificando que el billete del perro lo compraré en el tren, directamente al revisor. Ellas me responden que es imposible, que tendría que pagar la multa. Son un poco más jóvenes que yo. Lo absurdo de la situación, según la cual un humano de una ventanilla no puede comunicarse con un humano revisor por medio de la palabra, se les escapa por completo. Prueban con varios códigos diciendo «sigue sombreado». Son amables, no parecen sorprendidas, la máquina es exigente. Ellas se pasan el día tratando de ablandarla, intentando estar a la altura, y no conseguirlo es uno de los riesgos que corres, al menos eso parece, cuando trabajas en esa empresa. Que yo acuda a la estación una hora antes no les sorprende. Imagino que piensan que, para comprarle un billete al perro, es lo mínimo.

Tengo la sensación de estar participando en un ritual un tanto delirante, algo menos preciso que una sesión de espiritismo. Se trata de encontrar el término que la máquina acepta, de traducir una petición humana a lenguaje-máquina. Es muy complicado porque a la máquina del servicio público no se le puede explicar nada, su lenguaje es abstracto, aún más complicado que el lenguaje de la justicia o de la ciencia, porque allí aún tienes oportunidad de exponer una petición simple en un lenguaje simple. Aquí, no: o la serie correcta de letras, en el orden correcto de procedimiento, o nada. Las tres señoras no parecen mal informadas, y cuentan con toda una red de contactos en la empresa puesto que llaman continuamente a otros números para preguntar. Un señor bondadoso se une al grupo de las mujeres y da su opinión, su masculinidad no impresiona a la máquina, que insiste en mostrar sombreadas las zonas en cuestión. Cuatro salarios en busca de un código, por lo menos todos siguen sonrientes y bien dispuestos. Hasta que una de ellas encuentra la clave. Me entrega el billete y me aconseja que lo guarde cuidadosamente porque lleva escrito el código correcto. La próxima vez puede ser útil.

Cuando me reúno con la chica con la que voy a viajar, me dice que ella tiene la costumbre de comprar el billete hasta la última estación francesa, que nunca ha tenido problemas con eso. Es más joven que yo, que haya sido necesario coordinar el esfuerzo de cuatro personas para hacer algo tan simple no le parece extravagante.

El ritual en el que participé –sin perder la sonrisa porque hago el esfuerzo de ser cada día un poco menos capullo, ya que la ira es uno de mis defectos y sé que ponerme a berrear so pretexto de que voy a perder el tren no haría más que empeorar la situación– me resultó humillante. Por primera vez en la historia de la humanidad, cualquier teléfono es más inteligente que el más inteligente de todos los hombres. Cualquier teléfono de mierda acumula más memoria, más conocimiento, es más rápido, calcula mejor, habla más idiomas y es en general más inteligente que el más inteligente de todos nosotros. O quizá posee una inteligencia diferente. Que vuelve la nuestra obsoleta. Ya no tenemos legitimidad para gobernar este mundo, y puede que no sea una mala noticia.

Efectivamente, no nos queda más que el ruido que emitimos en las redes, y al hacerlo, aceptamos que lo importante de ese ruido es la aplicación con la que nos expresamos. Nuestras emisiones semánticas son totalmente secundarias. Hasta la fecha, la naturaleza humana estaba reducida a su valor económico: cómo crear necesidades, cómo colocar el stock de mercancías inútiles, cómo sacrificar todo nuestro tiempo a esa espiral de beneficio. La humillación del humano ante la máquina es el siguiente paso. Una humillación que los economistas no pueden explicar, porque no son pensadores de nada.

Hacemos un mayor esfuerzo por aprender a funcionar con la máquina del que hemos hecho jamás con cualquier lenguaje. El tema animales hace tiempo que está solucionado: no buscamos la forma de negociar con ellos, buscamos la forma de matarlos del modo más eficiente posible. Al menos eso sí lo sabíamos: cómo sacar provecho de lo vivo, cómo privatizar lo vivo. Entre humanos, lo mismo, ha sido rápido: el que tiene el arma más grande es el que ejerce la mayor violencia en el lado contrario. En cuanto a los locos, ya hace mucho tiempo que no tratamos de comprender lo que ocurre en sus cabecitas, solo son útiles como conejillos de indias de tratamientos idiotizantes. Pero la máquina. El código que necesita. Ahí no hablamos de conocimiento, de comprensión del reglamento, de síntesis moral, de cultura, de razonamiento matemático o filosófico: nada de cuanto conformaba nuestra vida en común en tiempos de paz importa ya. La poca civilización que logramos constituir entre una guerra y la siguiente... ahora es código. Encontrar el código que hará que la máquina te permita obtener lo que necesitas.

Volvemos al andén provistos del billete que nadie te pedirá. Un hombre que debe de tener diez años más que yo escanea nervioso las reservas, cuando llego a su altura advierto que está temblando. Probablemente se ha pasado la vida en la SNCF, un día debió de ser un ferroviario seguro de sí mismo, capaz de hacer lo que había que hacer. Pero ahora no está seguro de su láser. Que se niega a leer todos los billetes. No tiene tiempo de temer que la muchedumbre que desfila delante de él lo contagie. Tiembla porque algunos billetes –que al ojo humano parecen totalmente correctos– no se escanean. Y cada vez que eso pasa, el tipo entra en pánico, no sabe cómo decirle a su máquina que todo bien, que el pasajero tiene que pasar, que no se puede bloquear a la gente indefinidamente por los caprichitos de un escáner.

Presento mi teléfono y el código funciona, busco la mirada del hombre, le sonrío pero con la mascarilla no se da cuenta.

Estamos entre humanos, humillados por las mismas máquinas. La mirada del hombre en el andén no se cruza con la mía, bastante tiene con los billetes, esperando al próximo marrón, ese momento en que se verá como un pelele, atrapado entre el trabajo que debe realizar y la implacable severidad de la máquina que lo devolverá a su incompetencia de humano.

ZOÉ KATANA

He salido del hospital. Necesitan camas. Desde el confinamiento es un no parar. La gente cruza una línea en su cabeza, como yo; en mi caso la que separa «me siento mal» de «veo hombres en mi habitación». Una doctora me dijo el tratamiento funciona bien, puedes irte a casa y descansar. No la había visto nunca, no me atreví a decir que hubiera preferido hablar con la que se ocupó de mí al ingresar. Recogí mis cosas y me marché.

Me acompañaba una amiga. Fue testigo de cómo miraba yo las cosas de mi propia casa como si en cualquier momento fuesen a traicionarme. Ahora sé que las paredes pueden derrumbarse o que el suelo puede ceder o que mi habitación puede llenarse de voces hostiles. Nada es estable. Mi amiga se ofreció a quedarse conmigo la primera noche y yo acepté. Me sentía ajena a mi propia cotidianidad, no quería estar sola. Sobre todo, no quería enchufar el ordenador ni entrar en mis cuentas. Me pareció extraño que se llamen cuentas. Como una cuenta bancaria, como rendir cuentas, como la cuenta de la vieja.

Así que mi amiga se ha mudado a mi casa por un tiempo y es como vivir con un entrenador de boxeo, alguien que, si me ve KO en el suelo en cualquier momento del día, se arrodilla a mi lado y me dice al oído todo irá bien puedes levantarte tú puedes hacerlo eres una campeona ponte en pie. Y funciona. La doctora tenía razón, el tratamiento funciona.

Es como mi pensamiento, pero en sólido. Hasta que un día una calma mayúscula se apoderó de mí. Encontré el interruptor. Sin buscarlo. Se acabó la ansiedad. Lo sabía. Le di mis contraseñas a mi amiga para que comprobara que entre todos los mensajes no me esperaba ninguna sorpresa desagradable, hizo un poco de limpieza y me tranquilizó. Podía entrar. Reanudé mis actividades. Y mi turno de vigilancia, es decir, volví a estar localizable telefónicamente en el seno de un grupo de vigilancia contra el ciberacoso.

Se puso en contacto conmigo una chica que estaba siendo acosada. No me dio tiempo a temer que me provocara un pico de ansiedad. Estaba operativa, blindada y concentrada. Normalmente, para hacer el trabajo hay que disociarse: dejar de lado tus emociones, verlas como elementos extraños. Cuando recibí su mensaje estaba mirando a una paloma en el balcón. Es siempre la misma, más fina que las otras, gris con una mancha negra en el cuello, viene a posarse en el borde de mi ventana, ese día el viento agitaba suavemente sus plumas y ella se picoteaba nerviosamente el cuello mirando hacia mí; me pregunté si le gustaría la música que escucho. Tina Turner. Yo diría que sí, al oír su voz parecía atenta. Avanzaba a pasitos hacia el interior de la casa.

Y la chica me escribió; la llamé enseguida, lloraba a lágrima viva y estaba aterrorizada. Yo aún no sabía que iba a suceder algo que acabaría transformándome. No era una chica especialmente simpática. Una tiktokera apenas conocida, poco visible antes de que la atacaran. Pelo castaño, ojos claros, gótica, sosa y buena chica para una audiencia de cinco amigos y tres fans. Sin contenido feminista, sin sobrepeso, sin pelo en los sobacos, nada sobre negros ni árabes, ningún ataque contra el Papa ni ninguna declaración a favor del aborto, que son grosso modo las señales que el fachoweb interpreta como provocaciones directas. Solo que un buen día se declaró bisexual. No tiene novia. Tampoco novio. Se sintió bisexual y quiso decirlo. Habría sido mejor que hablara de la migración de la mariposa monarca… La cosa empezó tímidamente, unos cuantos comentarios ofensivos y banales: tú eres bi porque eres infollable sucia cerda gorda mereces morir eres tan fea que deberías suicidarte, etcétera. Un clásico. Ahí es cuando la criatura tiene esa idea tan inocente, y pone «he caído en el TikTok straight, ayuda». Por teléfono y entre lágrimas me cuenta que, a partir de ese momento, empieza el acoso y derribo. La cosa empieza con un centenar de mensajes en una hora. Ella pensó que ahí terminaría, pero al día siguiente continuaron. Y al siguiente. En general, estas batidas duran veinticuatro horas, son incursiones punitivas. Si la chica no postea un nuevo contenido que a ellos no les parece bien, pasan a corregir a otra chica. En su caso ahí no terminó la cosa. Igual no me lo ha contado todo, resulta que trató de defenderse en privado e hirió la sensibilidad −frágil ya de por sí− de alguno de los atacantes. Al final uno de ellos encontró el número de su madre, se puso en contacto con ella y le dijo que su hija era una perra que iba por ahí exhibiéndose sin pudor en las redes sociales; y la señora, sin intentar averiguar de qué iba aquello, se volvió contra la chavala.

Ya sé que no debería hacerlo, pero no puedo evitar comparar la mala semana que está pasando ella con el infierno que he vivido yo, el infierno que soportamos cientos de nosotras −un acoso constante, férreo, que no se acaba nunca−, y entonces me veo insensible a su dolor. Quizá es cosa del tratamiento. Le presto mi apoyo de forma maquinal. Y siento un cierto alivio al ver que puedo hacerlo sin sucumbir a la angustia. Le digo que no lea los comentarios, que yo me aseguraría de guardármelo todo con capturas de pantalla por si luego necesita pruebas, o por si más tarde, cuando la tormenta amaine, quiere leerlos. ¿Podría pedirle a una amiga suya que borre el contenido degradante y que bloquee los comentarios durante un tiempo? Yo le digo apaga el teléfono y sal de casa, haz algo que te guste; le pregunto tienes miedo de salir a la calle, temes por tu seguridad, ella dice que puede ir a buscar a una amiga. Le repito: sobre todo no os metáis juntas en las redes sociales, ni siquiera tarde, de noche; haced cualquier otra cosa, protegeos. Mientras tanto, puedes darme tus contraseñas, luego las cambias.

Y me meto en su cuenta y me siento mareada: por el rollo repetitivo de la situación, por lo absurdo de todo esto y por estar perdiendo el tiempo con alguien que no está politizada, que no es feminista, con quien no logro empatizar. Pero al mismo tiempo me siento aliviada de poder hacer el trabajo. Me siento mejor. No tengo náuseas, no oigo voces, no quiero morirme. Reviso los comentarios para asegurarme de que no hay contenido inquietante, como la dirección de su escuela o la de su madre o el número de teléfono de su hermana pequeña, y abro un archivo a su nombre; hago las capturas de pantalla, con cuidado, porque ese es el protocolo. No conozco los detalles de las organizaciones masculinistas, pero no es habitual que dediquen una semana a vengar a un «khey».

Y de repente me doy cuenta de que no estoy bloqueando mis emociones. No estoy en piloto automático. Y siento lástima. Y no es lástima por nosotras, las víctimas sistemáticamente hostigadas. Por primera vez en mi vida –bendito sea el tratamiento medicamentoso– siento piedad por ellos. Los insultadores, los amenazadores, los agresores. Han posteado miles de comentarios en la página de esta chica. Horas y horas atosigándola, tratando de llegar a ella.

Tienen unos organigramas que reúnen cuentas de voluntarios, a quienes señalan la víctima del día. A su vez, estos voluntarios reenvían la consigna a sus contactos, y así sucesivamente. Una eficaz cadena de odio anónimo. Cuando hará una década empezó todo esto, era impresionante. No estábamos acostumbradas, y que estuvieran organizados y fueran extremadamente violentos nos sorprendió. La justicia nunca había condenado a nadie por difundir mensajes en internet, su salvajismo no tenía límites.

Ahora son más prudentes. Sus perfiles existen. Hablamos de personas reales que actúan a cara descubierta, puede averiguarse quiénes son bastante rápido. No hay un perfil tipo. Están los chicos vírgenes y los feos que cabría esperar, pero también muchos padres de familia, señores mayores; todas las categorías socioprofesionales están representadas, viven en la ciudad o en el campo, son casi analfabetos o profesores universitarios. Saben que nunca hay represalias. Hacen lo que les da la gana en internet. Aún está por llegar el masculinista que pida ser hospitalizado por el acoso de las feministas. Si reciben una carta injuriosa, se pasan meses quejándose. Cuando se trata de atacar en grupo son la Naranja Mecánica, pero si alguna de nosotras se atreve a responderles son Pulgarcito. No soportan la menor contrariedad y defienden su territorio: el único contenido que están dispuestos a encontrar en internet es el que vaya en su misma línea, no soportan que les lleven la contraria.

Sin embargo, nosotras somos bastante magnánimas. A los hombres no los abortaremos, no los privaremos de educación, no los quemaremos en una pira, no los asesinaremos en la calle, no los asesinaremos mientras hacen jogging, no los asesinaremos en el bosque, no los asesinaremos en nuestras casas, no haremos que se avergüencen por haber nacido de su sexo, no los mataremos de hambre, no los violaremos, no los toquetearemos por debajo de la mesa, no los denigraremos porque deseen tener sexo, no les vetaremos el espacio público, no los excluiremos de los círculos de poder, no los mutilaremos, no les prohibiremos vestirse como les parezca, no los obligaremos a dar a luz, no los culparemos cuando tienen una afición que los aleja del hogar, no los declararemos locos por no ser buenos esposos, no confiscaremos su sexualidad, no vigilaremos sus pasos y sus declaraciones como si nos pertenecieran, no exigiremos no verles el cabello, no trataremos ignominiosamente a los que desobedecen. Cuando decimos igualdad, no hablamos de esa igualdad. De lo contrario, estaríamos bien situadas para comprender la rabia que suscitan nuestros deseos. Pero ellos son tan frágiles… Y están acostumbrados a defenderse. El poder minusculista blanco tiene sus estrategias de resistencia.

Y me doy cuenta de que ya no me dan miedo. Es una epifanía escandalosa. Los leo. Les han dicho que escriban y ellos escriben. Su único poder está en la manada. Tomados uno por uno, sus mensajes son burdos, tontos, repetitivos. Me pongo a leer atentamente. En referencia al tipo que se puso en contacto con la madre, leo cien veces «el tío que hizo esto es un genio», y otras cien veces «necesitan que las pongan en su sitio», y otras cien veces «te violaría y eso que eres infollable puto adefesio feminista». Y entonces me dan lástima. Miseria. Son la miseria personificada. La pobreza. La mediocridad. Y además lo reivindican. Tienen un imaginario estéril. Pura simulación grotesca de la alegría y la amistad, de la solidaridad, pero ante todo es la expresión de la más sórdida miseria. «Necesita un correctivo… creen que pueden hacer lo que quieran espero que su madre la meta en cintura… seguramente esta pija de mierda es una mantenida ojalá le cierren el grifo y se haga puta… eres un genio tío eres un genio». Mierda. Los milicianos de la masculinidad minúscula. Los minusculistas.

No quiero vomitar. No tengo miedo. Esto sí que es sufrimiento. Esta exposición del vacío, de la nada, de la pequeña fuerza anónima. El sufrimiento humano en estado puro. Ellos son conscientes. Saben que no son nada. Que no valen nada. Que merecen morir como cucarachas. Están aterrorizados de ser lo que son. Saben que no sirven para nada y se arrastran en la oscuridad tropezando con las paredes. Un montoncito de mierda asquerosa, y por primera vez veo claramente lo que están diciendo: lo saben, y eso los mata.

Esta mañana he recibido la liquidación por derechos de autor. Es la puta lotería. Esta novela se ha vendido tres veces más que las anteriores. Ya me lo dijiste tú: la mala publicidad no existe. Pero esto no me lo esperaba. Bendita sea Zoé Katana: este ataque semiterrorista a mis lectores. Por lo menos no he sufrido gratis. Por el buen humor de mis interlocutores en la editorial, he entendido que el año no ha ido mal. Pero yo estaba demasiado abrumado para llamarlos, tenía vergüenza. Mientras tanto, las ventas se disparaban. Parece ser que comprar mi libro se ha convertido en un gesto de resistencia ante los ataques feministas. Me doy cuenta de que he recibido muchas cartas de apoyo. Que no solo me las enviaban hombres solidarios. También hay mujeres que se han posicionado a mi favor. Que te apoyen unos gilipollas resulta deprimente. Pero no puedo sino alegrarme al ver la cantidad que aún he de cobrar por los derechos.

Leo el texto de Zoé Katana y siento una vergüenza fugaz. Sé lo que es eso. Así que puedo imaginar lo que supone pasarse el día rehuyendo el teléfono y apretando los dientes cuando recibes muestras de simpatía, pues siempre tienen un regusto amargo. Sé lo que es recibir un mensaje apenado de un amigo que, en el fondo, se alegra de no estar en tu lugar. Y también entiendo esa obsesión de decir que todo irá bien, que todo pasa, que tú eres más fuerte.

Por primera vez desde que me arruinó la vida, me doy cuenta de que también a ella la han atacado mucho. Estaba tan obnubilado por mi propia desgracia que no había intentado comprender lo que le estaba pasando a ella. Pero la chica de la que habla en su texto me hace pensar en mi hija, y veo que podría pasarle a ella, que podría pasarle a cualquier niña en las redes. Y que yo no podría hacer nada para protegerla.

Leo el texto de Katana y me siento tan aliviado de que ya no hable de mí que empiezo a escuchar lo que dice. Y pienso que nunca he mencionado a una mujer en la lista de autores que me han influido. Y que nadie me ha llamado la atención por eso. No cito nunca a mujeres porque sé que eso me desacreditaría. Eso no se hace. Podría citar a Duras, *El dolor* fue una de las experiencias más importantes de mi juventud como lector. Me gusta su megalomanía. Podría citar a Anne Rice, su trilogía la he leído varias veces. Y no lo hago, es algo instintivo. A Stephen King no lo paso por alto, pero *Entrevista con el vampiro*, sí. Porque sé que, en cuanto que hombre, se me vigila en mi relación con las mujeres.

No hay que ir muy lejos, ni pretender que es hormonal o complejo. Hay una escena del colegio que lo explica perfectamente. Y todos la conocemos. Estás jugando con unas chicas porque son tus amigas, y el matón te acorrala en el pasillo, te tira de las orejas hasta levantarte del suelo y, cuando se cansa, te deja caer, «mirad a esta maricona que juega a saltar la comba». Y todos se ríen. Chicos y chicas. Todos se ríen de las burradas del matón. Y todas las escuelas tienen su matón, el que les explica a los demás cómo deben ir las cosas. También su cohorte de seguidores, esperando a que maltrate a alguien. Y su público, todos los niños que se distraen mirándolo de lejos. En eso se resume todo. Después de ese episodio, estás avisado: si una chica te propone jugar con ella, la mandas a la mierda. Su amistad te deshonra. Si vas a jugar en su casa, lo haces a escondidas. No quieres que el matón se entere. Tú quieres estar con los otros niños, riéndote de la persona a la que maltratan. Ya de adultos, veo a aquellos de nosotros que éramos débiles y enclenques y no entendíamos bien las reglas del patio a la hora del recreo, y que de pronto logran suscitar la aprobación y el entusiasmo de los matones, por ejemplo en un libro. Veo al niño humillado a la edad de jugar a canicas, convertido ya de adulto en escritor polémico, dándoles a los matones lo que piden ahora que ha descubierto cómo hacerlo, y veo que haría cualquier cosa para ser aceptado en su grupo. La aprobación de los matones, eso es todo lo que buscamos.

En TikTok, unos jovencísimos colombianos hacen el gesto de disparar para denunciar la represión de las manifestaciones. Un poco más allá, un estadounidense anuncia hoy he destruido el sueño de alguien, soy un empleado y mi trabajo consiste en comprobar los currículums antes de la contratación; esta chica tenía un currículum perfecto para el puesto, perfecto, y su historial de internet estaba impoluto... pero había un vídeo que en su momento fue borrado; aunque ya sabemos que hoy en día nada se borra del todo. No lo describe, pero es un vídeo porno. El vídeo no lo publicó ella, pero hoy en día nada se borra del todo y su nombre figuraba en él, por lo tanto, dice, lo siento, pero si no lo hago yo lo hará otra empresa, hoy en día todas las grandes compañías hacen este trabajo de rastreo. También dice la empresa hace bien en no contratarla, es un trabajo importante y este vídeo podría reaparecer en cualquier momento. No se le ha ocurrido decir y qué importa, es un vídeo sexual, no es un vídeo en el que aparezca torturando a un refugiado no prende fuego a un vagabundo no amenaza de muerte a la comunidad asiática en su conjunto no hace un saludo nazi entre risas. Probablemente chupará una polla. O se tocará. O se lo pasará en grande en una habitación de hotel puesta de éxtasis con cuatro tíos a los que acaba de conocer. Sexo consentido. Algo está mal en todo esto; y yo me siento hombre, y me siento blanco, es decir, incapaz de imaginar cómo dejar de ser parte del problema y pasar al lado de la solución.

REBECCA

Estoy consternada al ver que Zoé continúa con lo que ella llama «activismo» en internet. Es una locura que las niñas de su generación se vean obligadas a expresarse en un espacio que les es tan hostil. Estructuralmente hostil. Facebook Twitter Google Amazon Microsoft Apple: siempre hombres blancos. No les interesa que nada cambie. Me siento privilegiada de tener la edad que tengo y de haber llevado mi vida sin sentirme obligada a abrir mi chiringuito en internet, porque veo lo que eso les hace a las jóvenes actrices, todo lo que les toca tragarse cada vez que se exponen, y no lo habría soportado.

Normalmente, puedes contar con mi aprecio en todo lo que tenga que ver con mala conducta, pero que tu editorial te felicite por tus buenos resultados cuando Katana sale del psiquiátrico es el colmo.

Sigue sin apetecerme llamar al camello. Se ha convertido en una cuestión de honor. Por una parte, hay demasiada gente a mi alrededor convencida de que no duraré mucho. Eso me toca en mi orgullo. Así que duraré, aunque solo sea para demostrarles que no saben nada de mí y que están mejor calladitos. Por otra parte, otros amigos han empezado a quejarse de que, desde que no me coloco, ya no soy tan divertida. Digo yo que se pensarán que estoy ahí para divertirlos. ¿Pues sabes qué? Que se vayan a la mierda.

No me apetece drogarme, pero a veces algo para noquearme sí que me vendría bien. Me gustaría tener un poco de paz. Es el mundo el que no funciona, no yo.

No colocarme no me cuesta demasiado, lo que sí empieza a costarme es la rehabilitación. Ese esfuerzo constante para hacer las cosas correctamente. Me gustaría hacer alguna tontería. Por ejemplo, partirle la cara al pavo ese que me propone hacer una película con él. Quizá porque por una vez me pagarían bien y eso le otorga un cierto poder sobre mí, así que me entran ganas de ponerlo a parir. O quizá por lo pelmazo que es, como un niño caprichoso que te exige que lo trates como un gran artista benefactor. Sus películas son una mierda. Está forrado de pasta, así que todos son zalameros con él. Me gustaría meterle una hostia, solo por darme el gusto.

El resto va y viene. En este momento y en otros me siento agobiada, pero me encuentro realmente bien. Contemplo París, las terrazas temporales que van saliendo de la nada por todas partes, la gente abalanzándose hacia ellas a beber y reír juntos a la mínima que tenemos cinco minutos de sol, y me doy cuenta de que amo esta ciudad. Se ha llenado de patinetes, scooters Deliveroo, bicicletas de todo pelaje, flamantes coches negros de las compañías de VTC. Las obras de construcción la desfiguran en todos los barrios. Y cuando me siento bien la recorro a pie. La recorro, esta ciudad, de cabo a rabo; y desde el primer confinamiento, ha surgido algo raro entre ella y yo. Recuerdo que la amo, como algo que sabes que podrías perder.

OSCAR

Iba a responder a tu carta aconsejándote que no te tomaras a la ligera eso de ponerte a tragar medicamentos para tener un poco de paz. Cuando empecé a construir una recaída tú te preocupaste por mí, y ahora me toca a mí preguntarme si estarás bien. Quería escribirte sobre eso y decirte también que tengo como flashes de empatía por Zoé, cada vez más frecuentes, y también me entra una especie de culpa sorda... Pero a Corinne le ha dado un patatús. Está hospitalizada. No tenía ni idea de que estaba en París. No me había dicho nada. Una tarde sintió un hormigueo en las pantorrillas, y por la noche tuvo que despertar a la chica con la que dormía: no podía mover la pierna derecha, sentía que se le estaba entumeciendo el brazo. Cuando en urgencias se ocuparon de ella de inmediato, vio que era grave.

Me llamó Marcelle, su novia. Habían trasladado a Corinne al hospital François-Quesnay, en Mantes-la-Jolie. Fue un derrame cerebral. Tiene el lado derecho paralizado. Marcelle es profe de gimnasia en el instituto, me dijo que los lunes no podía quedarse. De primeras fui un poco imbécil, me excusé diciéndole que tenía una semana terriblemente ocupada y le prometí que iba a hacer todo lo posible para ir a verla cuanto antes. Después de colgar, me di cuenta de que no tenía elección, que iría ese mismo lunes. No podía sacarme de la cabeza todo lo que me iba a tocar cancelar, pero en realidad tenía miedo de que fuese algo muy grave. Y miedo también de ir al hospital. Y de ver sufrir a mi hermana.

De hecho, llegar hasta allí resulta aburrido porque queda lejos, pero no es para nada el tipo de hospital que me imaginaba. El edificio es espacioso, muy tranquilo, me recordó cuando era pequeño y vivíamos en un país tirando a rico, con unos servicios públicos que no daban miedo. No me costó encontrar su habitación en el último piso, y Corinne no estaba tan mal como me temía. Estaba leyendo *Viendra le temps du feu*; con cara de cansada, cierto, y hablando de forma rara porque tiene entumecida una parte de la cara. Al verme me dijo «no te esperaba hoy», y tuvo una reacción un tanto extraña, pero no le di mayor importancia, así que le respondí «no sabía que estabas en París, de hecho he venido en cuanto me ha sido posible». Acababa de darle un ataque, no supe interpretar que al verme ponía una cara rara, no sentí que estuviera incómoda. Marcelle me había dicho que lo importante era ayudarla a sentarse en la silla de ruedas para poder bajar a fumar, así que le propuse ir a dar una vuelta. Vi que dudaba si decirme algo, pensé que era cosa del cansancio, que vencía a sus ganas de salir a tomar el aire. En la cama de al lado, una señora jugaba al Candy Crush con el volumen a tope, le pedí educadamente si lo podía bajar, fue amable, pero entre que no las tenía todas consigo y que le costaba encontrar el botón del volumen, la ayudé yo. Y cuando me volví hacia mi hermana, contento conmigo mismo y con mi intervención, vi que Zoé estaba en el umbral de la puerta. Corinne repitió «no te esperaba hoy». Y yo, que me quejo de no estar en contacto con mis emociones, ahí tienes, dos tazas. En cuestión de segundos aquello era un tiovivo: miedo, vergüenza, cabreo, angustia, cobardía. Me vino a la mente lo que se siente cuando eres un crío, acosado por sentimientos contradictorios y violentos, incapaz de controlarte.

También me dio tiempo a pensar que Zoé seguía siendo guapa. Todo este tiempo pensando en ella y no sabía cómo había madurado. Tuve tiempo de decirme le sientan bien, estos diez años más. Durante largos segundos no movió un músculo, se tomó su tiempo para odiarme con toda su alma. Años de rencor acumulados, expresados en una sola mirada. Ni una palabra, todo en las pupilas.

Entonces Corinne levantó su mano buena para llamar nuestra atención, se retorció en su cama y dijo «ok, esto es una situación de mierda, pero estoy demasiado débil para ponerme a mediar», y Zoé, sin una palabra, salió al pasillo en busca de una silla de ruedas, la acercó a la cama y ayudó a mi hermana a que se sentara en ella. Y al verlas supe que el día anterior ya había venido, que sabía cómo manejarse.

Me levanté de la cama. Las piernas no me sostenían. Nos vimos los tres en el enorme ascensor, con mi hermana fingiendo que aquella situación era soportable, me dijo «cuando me sucedió esto me estaba quedando en casa de Zoé. Por eso no te había dicho que estaba en París. A Marcelle no le he contado con quién estaba por si se hacía una idea equivocada...».

Marcelle y Corinne están juntas desde hace años. No sé si mi hermana le es infiel. Creo que no. Pero necesita mentir. Igual que yo me pasé décadas metiendo las drogas entre mis novias y yo, Corinne mete sus secretitos. A ambos nos aterroriza hasta tal punto la intimidad, que nos montamos películas para evitarla.

Corinne sigue fumando mucho. Insistió en que Zoé se quedara, y me pidió que fuera a la cafetería a comprar agua y dónuts. Ellas dos se sentaron al sol, en un banco. Cuando volví con mis botellitas de plástico y mi bolsa de bollería industrial, pensé que ese encuentro, con el que yo había fantaseado mil veces de mil maneras diferentes —yo le doy una bofetada o le explico lo sucedido desde mi punto de vista o la hago llorar contándole el calvario que me tocó pasar por culpa de su post o le recuerdo lo bien que nos llevábamos y que ella me traicionó o le pido perdón y ella llora en mi regazo diciéndome que llevaba mucho tiempo esperando ese momento—, no se estaba desarrollando en absoluto como yo lo había previsto. Es lo que tiene la vida, tú construyes la escena en tu imaginación, y cuando sucede no tiene para nada la estética deseada. También es por eso por lo que me gusta escribir libros.

Zoé no parecía nerviosa. Me ignoraba. Nuestras miradas ni se cruzaron. Ellas hablaban de esto y aquello. Yo me lie un cigarrillo, no me senté. También yo hacía como si no estuviera allí. Hablaban de feministas TERF, no supe lo que era hasta que volví a casa y lo busqué en internet.

Corinne, la boca torcida, cargaba con toda la artillería: «Es un clásico de la extrema derecha, estigmatizar a un grupo minoritario contra el que están más que seguros de que lo pueden hacer. Y construirlos como violadores es un clásico. Pasó con los negros, con los árabes, con los gitanos, con los pobres: ahora les toca a las trans. Siempre violadores de la respetable mujer blanca, la que vive como Dios manda». Zoé asentía. Yo era testigo mudo de su entendimiento, me resultó doloroso. Allí estaba yo, estoico, elegante, buen tipo. Alguien que entiende que el mundo no gira a su alrededor. Que allí el personaje importante era mi hermana, y no yo. Corinne continuó «y son una constante en la historia del feminismo. Es Sojourner Truth, again and again, Ain't I a Woman?», y Zoé reactivándola «pero el acoso que sufren las TERF es igual de inaceptable que el acoso del que yo soy víctima. Es lo mismo. Si usas los métodos del enemigo no puedes aspirar a lograr un resultado distinto». Corinne meneó la cabeza «todas muertas». «Dices eso porque no estás en las redes sociales. No sabes lo que es eso, te vuelves loca». No tenía yo idea de que fuesen tan complicados, sus rollos feministas. Esperaba que llegase un silencio como quien espera el autobús que nunca llega para levantarme y despedirme; acababa de pasarme una hora en el transporte público para nada, y me quedaba lo mismo en sentido contrario. Tampoco era tan grave, hacía buen tiempo y mi hermana se recuperaba bastante bien, en un ambiente tranquilo. Me levanté, le dije a Corinne que volvería otro día, añadí «y esta vez te avisaré antes de venir», y ahí cometí un error: volví la cabeza hacia Zoé y le sonreí, y como ella no se lo esperaba, no tuvo tiempo de evitar mi mirada.

Fui a la cafetería a tomarme un café. Sin ninguna intención, cómo iba a imaginar que se lo iba a tomar como un gesto de provocación; ellas se habían sentado en un banco lejos de la entrada, nadie puede reprocharme que fuese a pavonearme delante de sus narices. Pedí un expreso, el camarero me lo sirvió en la barra, y entonces irrumpió Katana, sin avisar. Llevaba un cabreo encima que, a juzgar por la situación, no tenía el menor sentido. Entre tú y yo, no deben de haber acertado con el tratamiento: el desfase entre la chica tranquila y agradable que cinco minutos antes charlaba con mi hermana y la fiera que tenía delante era asombroso. No gritaba. Berreaba. Una ametralladora, imposible interrumpirla «¿ya volvemos a las andadas? Dices que te vas, levanto la mirada y te veo ahí esperando... ¿a qué, si puede saberse? ¿A que te dé un abrazo? Diez años después te veo y tengo un nudo en el estómago del miedo a la gilipollez que puedas hacer cuando nadie te ve. Largo, Oscar Jayack, no quiero volver a verte en mi vida, ¿me oyes? Y esas sonrisitas socarronas voy a hacer que te las tragues».

Yo mantuve la calma. No debería haberlo hecho. Me expliqué «no te preocupes, hace tiempo que me la he tragado, esa sonrisa socarrona que dices...».

Debería haber cerrado el pico, pero como ella seguía allí plantada, mirándome fijamente, pensé que tenía que añadir algo, que era el momento adecuado para decirle «lo siento, Zoé. He tenido tiempo de pensar en todo lo que sucedió. Cuando diste tu versión de la historia pasé un mal trago. Luego, entenderlo todo me llevó un tiempo. Fui despreciable contigo. Nunca me pregunté cómo lo estarías pasando tú. Lo lamento sinceramente. Te pido disculpas. Lo siento».

Más o menos fueron mis palabras, y tal como las decía ya me estaba arrepintiendo. Le dije «lo siento» y uno diría que me había sacado el rabo para restregárselo por la cara. Dio un salto hacia atrás. Estaba lívida, balbuceó «no quiero saber nada de tus excusas de comemierda, ¿o es que crees que además vas a salir de esta con la conciencia tranquila? ¿Y a mí quién va a devolverme la persona que era antes de que tú me destruyeras? ¿Quién va a devolverme todos estos años de depresión? ¿Disculpas? Las disculpas te las puedes meter por el culo, hijo de puta».

Entonces se me acercó, sentí su perfume y casi el calor de su cuerpo, y allí mismo, en la cafetería del hospital, me escupió a la cara.

Un poco más allá, a pleno sol, mi hermana y su silla de ruedas nos daban la espalda, estaba hablando por teléfono.

Zoé se fue. Yo cogí una servilleta de la barra. El camarero estaba mandando un mensaje, me sonrió; no sé lo que habría entendido de la situación, pero le había divertido. Pagué el café y me dijo que le gustaban mucho mis libros. Me jodió que me hubiera reconocido. Habría preferido que me escupieran en la cara de forma anónima.

REBECCA

He vuelto a ver a Zoé. Es la primera vez que voy a su casa desde el primer confinamiento. De camino me pasé por la misma tiendecita y le compré fruta, patatas fritas y Coca-Cola. Al abrirme la puerta sonaba Alicia Keys cantando «New York New York» con Jay-Z. Descubrí su minúsculo apartamento. Me encantó que fuese una leonera, aquello parecía mi casa. En el salón entraba una luz preciosa, me sentí bien.

Zoé estaba fuera de sí. Le he cogido cariño, a esa niña, me preocupó verla así pero no sabía cómo calmarla. Yo, como solución milagrosa a este tipo de situaciones, no conozco más que la droga.

No acabé de entender lo que estaba pasando. Lo único que vi fueron fotos publicadas en las redes donde aparecíais ella y tú. Entendí que habían sido tomadas durante tu visita al hospital. Y allí estáis los dos, vistos de lejos, fumando cigarrillos y al parecer charlando. Y luego en la cafetería, muy juntitos; no parece para nada que estéis discutiendo. Más bien se diría que estáis a punto de daros un morreo. Todo bien sazonado con comentarios asesinos: la mentirosa y el capullo, los dos mitómanos han montado cuidadosamente este circo para petarla en internet, etcétera, etcétera.

Zoé se había pasado la noche batallando en Twitter. Básicamente se las había arreglado para enfrentarse con feministas de otras corrientes distintas a la suya; y ahí te confieso que dejé de intentar seguirla. Si quieres mi opinión, demasiados movimientos feministas matan al movimiento feminista. Lo que yo veo es que eso es el salvaje oeste. Y a Zoé la vi destrozada. Cuando lees las respuestas que publica en internet, es una diosa de la guerra y la destrucción. Y cuando la ves in real life, es una niñita exhausta a punto de venirse abajo.

Intenté distraerla, consolarla. Pero seamos sinceros: yo soy una diva. Normalmente es la gente la que se ocupa de mimarme a mí, y no al revés. No sabía cómo enfocarlo. Hicimos un Zoom con tu hermana, sentada en su cama de hospital con la cara medio deformada. Hacía mucho que no la veía y pensé que, incluso después de un ataque, los cincuenta le caían mejor que a muchos otros.

Hablamos de ti, por supuesto. Zoé dijo que, cuando empezaron a circular vuestras fotos, le enviaste un mensaje privado para volver a disculparte.

Deja de disculparte, camarada. No va contigo. A su edad, ya te digo yo que nuestros rollos de rehabilitación y de perdón y de serenidad se la sudan. Además, no sabes cuánto… Dice cosas contradictorias. Dice que sueña con meterte una bala entre ceja y ceja. Y dos minutos más tarde, dice que el hecho de que admitieras que aquello pasó, que no mentía, que no se lo estaba inventando, la ha tranquilizado. Aunque vaya tranquilidad... porque luego dijo que eres como un Windows 95, imposible de actualizar. Y luego otra vez lo mismo, dice que si tuviera pelotas iría a buscarte a casa y te cosería a puñaladas.

Puesto que no tiene filtro, y que parece llevar su diario íntimo a cielo abierto, supongo que escribirá sobre la escena, así que prefiero advertirte antes de que lo diga en su blog... Personalmente, le aconsejé que te pidiera dinero. Que te atrevieses a disculparte la estaba consumiendo de rabia. Le dije:

—Juega a la americana. A lo Solanas, de la que tanto hablas. Ella habría pedido dinero. Le reclamas la mitad de los derechos de su libro. A fin de cuentas, quien se encargó de promocionarlo fuiste tú.

Corinne fue categórica:

—Le pides los derechos íntegros. Es lo mínimo.

Yo dije:

—¿Cuánto gana un autor? ¿Tan poco? ¿Eso es a lo que llamáis un éxito de ventas? Corinne tiene razón: le pides el cien por cien de las ganancias.

El tema del dinero me pareció bien. Comparar cosas matemáticamente siempre es útil. Puesto que tan empeñado estás en saldar tu deuda con ella, ya solo queda evaluar el precio, averiguar cuánto le debes. Aunque vi que tanto una como la otra tenían una relación ambigua con el concepto. Zoé es de esas chicas que temen que el hecho de que les paguen las haga parecer mujeres sin virtud:

—La idea me gusta porque es ir a la yugular. Los chicos solo piensan en el dinero. Es lo único que les importa. Y yo lo necesito. Pero su dinero me destrozaría, apestaría. Como si me hubiera comprado. Él se sentiría en paz. Y yo me sentiría sucia.

No insistí. Una vez revelado eso que tú llamaste «la lotería», me di cuenta de que no era plan de tomarla con tu dinero, con el poco que tienes. Mira que os conformáis con poco, los literatos… Zoé tiene razón, a ese precio, mejor no negociar. Yo propuse otra cosa:

—Dile que te pida disculpas públicamente. Está bien, eso, una disculpa pública. Es humillante.

—Y a mí qué, sus excusas. Se disculpará y al día siguiente volverá a hacerlo. Demasiado fácil…

Ahí fue cuando tu hermana, que en tema gilipolleces no se queda corta, tuvo esta idea sorprendente:

—Pídele un dedo. Que se corte un dedo.

Nosotras no supimos qué responder. Corinne desarrolló la idea:

—Él se llevó una parte de tu integridad. Pues tú te llevas algo de la suya. ¿No dices que te mutiló? Que se mutile él. Cada vez que se vea la mano se lo pensará.

Tu hermana, entre la justicia y su madre no lo duda un segundo: exige la cabeza de su madre. Queda claro que en vuestra familia los lazos de sangre son sagrados. El caso es que, por primera vez, Zoé se rio. Dijo:

—En estos tiempos que corren le pido un riñón. Siempre podría serle útil a alguien.

Perdona que te lo comente así, ya que se trata de tu cuerpo, pero la atmósfera se distendió. No avanzamos gran cosa, aunque sí revisamos todas las formas de automutilación que te podrían ser requeridas. Y no, a la polla no llegamos. Supongo que ninguna de nosotras estaba dispuesta a imaginarte cortándote el sexo. En cuanto al resto, todo.

Al final, lo que más la convenció de cuanto le dijimos fue ese proverbio supuestamente chino «siéntate en la puerta de tu casa y espera a ver pasar su cadáver». Eso le procuró un cierto consuelo. Dijo que esperaría.

En esta historia parece que no estoy de tu lado, que no me decido por un bando: y es verdad. Estoy como quien dice entre la espada y la pared. Me da mucha pena ver a Zoé así porque es entrañable y me hace reír. Y veo que está enfadada contigo, pero lo que de verdad la hace sufrir, una vez más, es ser objeto de discusión en internet. No es humano eso, tantas voces expresándose al mismo tiempo y que puedes conocer al mínimo detalle. El cerebro no puede soportarlo. Pero a quien apunta ella es a ti. Por otro lado, la idea de que tengas que renunciar a uno de tus dedos para pagar por tus errores del pasado no me parece mucho mejor. Porque te tengo cariño, llamemos a las cosas por su nombre. Pero también porque en algún rincón de mi cerebro calculo el número de personas que tendrían derecho a reclamarme un dedo, y ya te digo yo no estoy preparada para reconocer mis errores.

Apagamos el ordenador y me quedé un rato, nos pusimos a escuchar Cardi B, Rah Digga y Kae Tempest. Zoé me dijo que no escuchaba más que a mujeres artistas, y yo le dije que no me sorprendía. De ti no volvimos a hablar. De hecho, me ocupé de acaparar la conversación para intentar asegurarme de que no pensara ni en ti, ni en las chicas con las que se pelea en internet, ni en los viejos cabrones que la insultan en las redes. Aunque tengo claro que, en cuanto cerró la puerta, volvió a su teclado para avivar el fuego de su ira.

Volví a casa dando un paseo, me gustó ver las terrazas llenas y a la gente en la calle, la ciudad saliendo de su abatimiento. A Zoé no le dije que lo que de verdad me sorprende de su historia contigo no es la violencia de lo que hiciste. Tú te comportaste como un cabrón modelo estándar que encuentra a alguien sin estrategia de defensa y aprovecha para descargar su frustración. Lo que me llama la atención es que no renunciara a la primera de cambio. Porque también podrían haber ido así, las cosas. Tú le dices una vez que te gusta, ella te dice que no es recíproco. Al día siguiente tú insistes. Ella cambia de trabajo. Y si una noche te presentas en su casa, te revienta. Me siento tan privilegiada de no haber tenido que trabajar. Cada vez que oigo hablar del tema, me parece un despropósito. Que me jodan en un rodaje sí me ha sucedido. Pero estoy en la misma situación que tú: si no me gusta, los que se largan son los otros. A la actriz principal no se la reemplaza. Se reemplaza al director. Eso sí que es privilegio. Por eso nunca podré sentir en mis carnes lo que se le pasa por la cabeza a una veinteañera cuando va al trabajo con ganas de cortarse las venas. Me entran ganas de decirle: no vuelvas.

ZOÉ KATANA

Si Valerie Solanas volviera, creo que abandonaría ese proyecto suyo de eliminar a los hombres. Es una utopía. Relativamente difícil de realizar (aunque basta con abortarlos sistemáticamente, instaurar una cláusula de conciencia y transformar la IVE en la práctica ética que ya debería ser) y complicado de defender. Porque por muy atractiva que sea la idea de un mundo libre de hombres, su aplicación práctica nos reasignaría de facto a la cultura patriarcal. La cultura de la muerte, de la autoridad, y de la creencia en dos humanidades distintas: los que tienen derecho a matar y los que agonizan.

Si sesenta años después de su manifiesto Solanas volviera, creo que renunciaría a esa ilusión de dignidad humana. Si Solanas volviera, creo que diría al infierno todo el mundo. Machacaos los unos a los otros, bombardeaos juzgaos contagiaos cagaos encima de una puta vez y para siempre y acabemos con toda esta mierda. Al infierno todo el mundo.

Si Valerie Solanas volviera, ¿se molestaría en subirles la moral a las compañeras? Viendo las asambleas generales del feminismo burgués, uniéndose al coro de ese grotesco «viva la mujer» que braman los altos ejecutivos en el cálculo de sus espeluznantes proyectos profesionales, difícil imaginarlo. No sé qué pensaría ella de este tour de force de un feminismo liberal que olvida ser revolucionario. Y que enfoca la mayor parte de su agresividad —menuda sorpresa— contra su propio bando.

Yo he sacrificado mi tranquilidad por ese sueño. El feminismo. Y hoy he decidido ser sincera. Estas son las que salen ganando en esta revolución en la que tanto he creído: feministas traficantes de armas. Feministas heterofachas. Feministas convencidas de la importancia del jefe, feministas ávidas de prebendas, de recompensas, de logros, de reconocimiento social. Feministas propolicía, projuicio, clasistas. Identitarias. Así llamadas virtuosas. Es decir, el feminismo de las respetables, de las limpias y arregladas, de las carceleras y las que dan lecciones.

Queridas hermanas, un esfuerzo más, ya casi somos tan estúpidas como los tíos. Poder aparte. Imitamos las mismas asambleas necias. La misma indignación fingida. La misma rabia carcelaria. El mismo amor a la autoridad. La misma pasión por el papá que nos escucha y dicta justicia. Llamémosla mamá, si lo preferís, y así nos quedamos tranquilas. El juego es el mismo. Y lo que acabáis de hacerme a mí no os lo voy a perdonar más de lo que se lo he perdonado a los hombres. Para ser exacta: ni más ni menos. Es la misma mierda. Después de tanto tiempo comiéndola, sé reconocerla.

Algunas de vosotras habéis empezado a insultarme a partir del texto sobre los minusculistas. Demasiado laxismo, para vuestro gusto. No acerté en el tallaje de un textito que combinase con vuestro bolso, así que empezasteis a quejaros y a vomitarme encima. Como los hombres. No habéis criticado, no habéis propiciado un debate, no os habéis dirigido a mí en el territorio de las ideas. Habéis atacado. Vuestros métodos son más rudimentarios, estáis menos organizadas, vuestras redes son arcaicas. Pero la agresividad es la misma, tratando solamente de anular, negándoos a escuchar nada. La voz más fuerte, la que silenciará a todas las otras. No os habéis molestado en preguntaros por qué ese texto circulaba tanto, por qué era tan comentado; que viniese de la extrema derecha no ha sido impedimento. Como el tren estaba en marcha, lo habéis tomado y habéis unido fuerzas con él. Eran mis quince minutos, empezaba la fiesta.

Y entonces va y me sacan una foto con Oscar Jayack. Esta vez, sí, os habéis lavado un poco las manos antes de atizar: muchas de vosotras habéis tenido la precaución de mostrar vuestro desacuerdo con quien hizo la foto y la publicó. Pero, aun así, teníais que dar vuestra opinión sobre el asunto. ¡Un asunto del que no sabíais nada!

Por el camino, yo podría haber disfrutado de que para él haya sido más doloroso que para mí. De él la gente aún se ha burlado más que de mí. Vais todas a lo mismo: a lo más rastrero. Pura extrema derecha, que chapotea en la mierda y le encanta despreciarse. Esta gente no tiene tabúes, es pragmática. Quiere poder. No piensa en otra cosa. Un poquito de poder. Antes de usarlas para golpear, señoras mías, podéis lavaros las manos cuanto queráis, que igual seguirán llenas de su mierda.

Estos días he vuelto a tener una sensación que casi había olvidado: la de ser acosada dondequiera que voy, la de que el peligro venga de cualquier parte. Yo me lo he buscado: he escrito sobre ellos. Y no se han tomado bien mi articulito sobre los minusculistas. Ya estoy acostumbrada, a esa susceptibilidad tan suya. He eliminado los comentarios. No abro los dm. Así que se han reorganizado: han insultado y amenazado y acosado a cualquiera que le diera un like a mi texto. Un trabajo minucioso. Como ellos saben hacer. Represalias. Eficaces, disciplinadas, predecibles. Fastidiosas a muerte.

Pero no, esta vez la sorpresa han sido las feministas. Y otras mujeres que no se declaran feministas pero se sienten afectadas. Tienen razón. Todas somos feminizadas. Incluso cuando no nos gusta. Incluso cuando preferiríamos que no nos afectara. La feminidad es una prisión, y la condena es perpetua.

Querían decir algo. Del artículo y de la foto. No se les ha ocurrido pensar: acaba de salir del psiquiátrico. Está agotada. Tiene el pecho dañado. Fue herida en combate y está débil.

No habéis pensado que tenemos los mismos enemigos. Y eso que es lo único que tenemos en común. Los mismos enemigos. Fuera de eso somos la humanidad, demasiada gente para formar un grupo homogéneo. Pero nosotras tenemos los mismos enemigos. Que nos miran. Y que saben. Que se alegran cuando nos volvemos las unas contra las otras, cuando nos disparamos en un círculo de francotiradoras consanguíneas. Pues bien, hoy yo me uno a ese círculo, porque llevo meses soportando vuestros ataques sin decir ni mu, en nombre del activismo y del respeto por nuestro compromiso. El silencio nunca ha salvado a nadie. Hoy vengo a deciros lo que pienso de vosotras, y luego os evitaré. Lo mismo que evito a nuestros amigos los hombres.

Vuestros mensajes se unieron a los de los acosadores. Algunas erais amigas, gente cercana, chicas con las que he ido coincidiendo en manifestaciones; todas teníais algo que decir sobre mi supuesta amistad con Oscar Jayack. Pocas de vosotras se han molestado en hablar conmigo por privado. Teníais que esparcir por la plaza pública vuestra opinión sobre mi presencia en la habitación de hospital de la hermana de Oscar Jayack, mi agresor. Mi intimidad con él, visible en la foto. Mis textos estúpidos. De repente yo constituía un todo en sí mismo, devenía la silueta sobre la que hacer prácticas de tiro. En tema originalidad no es que os hayáis esforzado. Lo importante era pronunciarse. Es decir, en la mayor parte de los casos: hundirme. Aunque algunas me defendieron. Recordaré vuestros nombres porque fue algo valiente. A otras muchas les parecía la mar de divertido: fuera las caretas y toda la verdad sobre mí... ¡por fin! Me iban a poner en mi sitio, punto por punto: una veleta, una blanda, un eslabón débil, alguien fácil de manipular. Y una putilla, por supuesto. Siempre acabamos siendo unas putillas. El guion ya estaba escrito. Lo que soy, lo que estaba haciendo allí, lo que represento, lo que escribo. Toda una hoguera, hermanas. Con sus matices, lo mismo que el fuego: desde el odio hasta el desprecio. Y la diversión, por supuesto. Menuda oportunidad para echar unas risas. La misma diversión de quien sostiene la cámara mientras violan a una mujer. Porque no os equivoquéis, es exactamente la misma diversión. Ha sido rizomático. Vosotras os buscabais en la oscuridad de la tierra húmeda de vuestros inconscientes, en una tierra envenenada. Sabíais por lo que yo había pasado. Sabíais que me habían tendido una trampa. Sabíais que era una mentira. Que nunca había vuelto a verlo. Que no soy su amiga. Lo sabíais, pero no os importó. Lo que más daño me ha hecho de todo este circo ha sido que por muchas de vosotras sentía respeto, o afecto, o las dos cosas.

Y ahora me veo en una situación de mierda en la que el que me llama para decirme «he visto lo que te están haciendo, es asqueroso» es Jayack, quien como estamos metidos en la misma shitstorm, aprovecha para insistir, erre que erre, con sus excusas de comemierda. No quiero saber nada de sus excusas.

Pero le diga lo que le diga estoy jodida. No podemos volver atrás. Lo hecho, hecho está. Él me viene con sus sermones de arrepentimiento y de concienciación. Y yo le digo «es oírte y entrarme ganas de vomitar». Y no es ninguna metáfora. El miedo que me daba resurge. El miedo a que todo vuelva a empezar. Porque así es como empezó todo. Haga lo que haga, estaré alimentando la soga que me ahoga. Si hablo, desato el odio. Si me callo, me ahogo. Y si escribo lo que hoy estoy escribiendo, me vinculo a él de manera aún más íntima. Lo que quiero es olvidarlo. Y que él también me olvide. Y pienso, queridas hermanas feministas y las que no son feministas pero a quienes igual feminizan y querrán hablar sobre este caso, pienso en todo el odio que vais a dedicarme. Me agotáis. Os tengo metidas en esta cabecita mía y, cuando escribo estas palabras, ese odio me aterroriza. Me aísla. Me hurta mi propia voz. El encanto de las amenazas. Hemos salido de una situación de imposibilidad de hablar y decir, para entrar en otra situación de imposibilidad de hablar y decir. Resultado: seguimos muriendo de la misma asfixia. Los muros han cambiado de forma, pero el espacio sigue siendo mínimo.

Cuando decidí contar mi historia de acoso, es decir, cuando decidí unir mi palabra a la de miles de otras mujeres, pensé lo importante que era la posibilidad de crear un espacio. Y estaba convencida de que íbamos a aprender a escucharnos. A prestar atención a esas palabras que nunca llegaron a pronunciarse, a preguntarnos qué hacer con esas voces. Con estas historias que nunca habíamos contado por nosotras mismas.

En mi caso: ¿cuáles son los mecanismos del acoso? ¿Qué ha trastocado en mí? ¿Qué es eso para lo que no me han preparado nunca, que no tiene vocabulario propio y que engendra un miedo progresivo, un día tras otro, a preguntarme en qué momento me caerá encima la insinuación, el insulto, el cumplido que no deseo, la amenaza velada? ¿En qué momento sentiré miedo? ¿En qué momento tendrá razón el acosador sobre todo lo que soy, y contaminará todo lo que soy? ¿En qué momento la incapacidad de mi entorno para escuchar mi angustia me dejará a la intemperie? ¿Qué podría hacerse? ¿En qué momento la impunidad del agresor hará que me sienta completamente abandonada? En qué momento tomaré la decisión equivocada. Cómo se convierte la vida diaria en un proceso de destrucción paciente. Metódica. Que dice es el deseo, pero es el deseo de acabar conmigo. Un tentáculo que hurga en tu vida diaria en busca de tu punto débil, a tientas, sin descanso, hasta dar con él; y tú no dices nada porque el acoso se caracteriza por esa sensación: hagas lo que hagas, será peor. Lo que realmente se pretende es que te calles para siempre. Instintivamente lo sabes. Te callas. Durante años.

Bueno pues, cuando hablé sentí que me escuchaban. Escuché «yo también» y «esa es mi historia» y escuché «no estás sola» y recibí vuestros «yo te creo» como curaciones, como un sistema de raíces justas que se iban entrelazando.

Pero al mismo tiempo, en cuanto mis palabras, subrayadas por mis detractores, ganaron importancia, también tuve la impresión de que estaban siendo confiscadas, instrumentalizadas. Las mías y las de las demás. Y no dije nada. Había que hacer un frente común. Teníamos los mismos enemigos. No podíamos montar un espectáculo en público. Pues bien, ahora sí voy a decirlo. Y lo haré parafraseando a un hombre: ¿vosotras no me queréis? Yo tampoco os quiero.

Eso sí, la palabra feminismo no os la voy a ceder. El feminismo es la casa de todas. Todas compartimos el mismo enemigo. Los mismos torturadores, los mismos asesinos, los mismos violadores. Los mismos acosadores protegidos por los suyos.

También es mi casa. Y no tengo la intención de salir porque os hayáis empeñado en quitarme las llaves. Las llaves están en la puerta. Y ahí seguirán.

Voy a dejar que arméis el estropicio que os dé la gana en vuestra ala del feminismo. Que os llevéis lo vuestro en subvenciones, responsabilidades y empleos gloriosos. Cada una en su chiringuito controlando el metraje de interseccionalidad con respecto a los chiringuitos vecinos. Vuestra pragmática política de gestión, que cuando se trata de satisfacer esas ambiciones vuestras a las que llamáis deseos de justicia, no se detiene ante nada. ¿Queréis quedaros en el mismo supermercado para vender otras mierdas y asumir puestos de poder? Buena suerte y dejadme en paz.

Voy a buscar un rincón en la casa del feminismo donde la gente quiera aprender a escuchar hasta que la palabra de la otra revuelva y agriete y aplaste las supersticiones, y voy a soportar la presencia de las demás. En cualquier situación. Y no a buscar la manera de utilizar su vulnerabilidad a favor de mi carrera profesional. Voy a ver si puedo curarme, y si es imposible, voy a sentirme inútil y a soportarlo, también. Voy a amar a mi prójimo de lo lindo, y cueste lo que cueste, le voy a comer la boca, a ese desgraciado. Ese será mi feminismo.

Abandono vuestro círculo y me instalo en el lugar de la casa del feminismo que me corresponde: el basurero, con las ratas y otras chicas malas.

OSCAR

Un hormiguero de lucecitas. Volver a París en hora punta: la noche cayendo en pleno día. En el bulevar periférico una aureola ininterrumpida de luces blancas a mi izquierda y, delante de mí, un flujo de luces rojas cuyo final no alcanzo a ver. Escuchando a Prince Rakeem. Cada cual en su habitáculo, agarrado al volante, y yo soñando con poder escuchar lo que pasa en el interior de cada coche: qué emisora de radio, comentario de fútbol, conversación telefónica, programa de informativos, ópera, viejo éxito, silencio angustiado, curso del Collège de France, conversación de trabajo, pasaje de *En busca del tiempo perdido* en audiolibro o discusión sobre el covidpass. Un mosaico de nuestra diversidad en su uniformidad vuelto visual, ese fluir de luces. Todos volviendo al hogar a la misma hora. Lo que pensábamos que eran nuestras vidas singulares aplastadas sin siquiera una queja. Obedecemos. Convencernos de que no tenemos elección no es difícil.

Aparte de eso, todo bien. Otra vez se me ha echado encima la gente en internet por culpa de las fotos que publicó de Zoé y de mí el papanatas del camarero del hospital. Primero por eso, y luego otra vez porque además anunció que me había disculpado con ella. Qué quisquillosos, los hombres... La solidaridad masculina funciona perfectamente mientras te ciñes a las reglas. Pero das un pasito a un lado y ya está. Te machacan. Pero todo bien. Mi hermana pretende que me corten un dedo. Mi mejor amiga que me confisquen todo mi dinero. La mar de bien. Me siento querido.

Ahora en serio. Nada grave. Ni euforia ni negación, esta vez sé que pasará. Ahora lo importante es que Corinne se recupere. Que yo siga sobrio. Que a ti te vaya bien. Lo sé, compañera, estoy progresando. Ya no me quejo tanto como antes.

He estado de vacaciones con mi hija, cinco días. Tengo el síndrome del mal padre. No me siento cómodo con ella y eso me cabrea. El acercamiento del día de la cerradura ha quedado en nada. No es que nos llevemos mal, pero no tenemos nada que decirnos. Ella se ha pasado el fin de semana metida en su teléfono. Es un cliché, una chica de su edad. Basta con que alguien le dé un like a algo para que se meta de cabeza en el móvil con la excusa de estar al día. Se pasa el día haciéndose selfis. El único momento en que se animó un poco fue cuando, en un mirador en la costa, me dijo «hacemos un shooting», y ni siquiera ahí fue bien del todo. Intenté contarle cosas divertidas que me habían pasado en sesiones de fotos, pero ella, cuando le dije que mejor no ponerse de cara, se cerró como una ostra. Me sentí como un viejo idiota, y al mismo tiempo la odié porque con ella no hay forma de hacer nada interesante. No sé cómo hacerlo, y no te imaginas lo mal que me siento por no querer seguir intentándolo.

Clara y su perro están en camino. Estoy bien, con ellos. Ya llega tarde. Empiezo a conocerla. Tiene sus cosas. Puede salir del vagón de metro y, una vez en el andén, entrar en pánico y volverse a casa para asegurarse de que no se ha dejado enchufada la plancha de pelo. En el teléfono tiene una carpeta de vídeos en los que cierra la puerta. Para probarse a sí misma que lo ha hecho bien. En vano: cuando los consulta para tranquilizarse, se pregunta si después no habrá vuelto sobre sus pasos, la habrá abierto de nuevo, y habrá olvidado cerrarla con llave. En otros vídeos desenchufa dispositivos o cierra ventanas. Dice es más fuerte que yo. Sé que es absurdo. Salgo de casa una hora antes de lo necesario porque tengo en cuenta mi TOC. Y tres paradas más allá, cuando siento la necesidad imperiosa de volver sobre mis pasos para comprobar algo porque el vídeo no me basta, dudo y me pregunto si no habré vuelto a abrir la puerta para coger algo o hacer algo. Los otros pasajeros del metro no piensan en nada parecido, y eso que algunos seguro que habrán olvidado apagar algún aparato, pero la mayor parte de las veces no pasará nada. Yo eso lo sé. Pero igual tengo que hacerlo, de todos modos tengo que hacerlo. Ya he perdido algunos curros por eso; por los retrasos, pero también por el estado de angustia en el que me sumo si no vuelvo a comprobarlo. Es difícil de soportar. Y eso me gusta mucho. Me gusta porque me digo que ella también sabe lo que es no tener el control racional de tus pensamientos. Y me gusta porque me veo a mí mismo acompañándola en sus tormentos, y entiendo que para ella es una putada lo mismo que para mí, pero realmente no la juzgo. También sé que ella no es solo eso. Lo mismo que, en mi opinión, yo no soy solamente mis defectos. Es una chica un poco pirada con la que irse de fin de semana no es fácil. Y también es esa chica genial que, cuando vemos juntos una peli o un docu, siempre me sorprende porque su inteligencia está en las antípodas de sus obsesiones compulsivas. Su análisis está firmemente anclado en una cultura política de la que yo carezco, y que sin ella soy incapaz de desarrollar. No recuerdo haber estado nunca tan tranquilo con nadie.

A Clara le gustas en todas tus películas. Conocerte a ti forma parte de mi encanto. En alguna parte ha leído que pronto empezabas a rodar con un gran director. Me pregunto si será el tipo al que querías cantarle las cuarenta. También me pregunto si querías hacerlo por miedo a que sea una de esas películas que nunca llegan a hacerse. Hay muchas cosas de las que me gustaría hablar contigo, estas cartas empiezan a saberme a poco.

A Clara le gustan todas tus películas, y también le gustan los posts de Zoé Katana. Hay que estar al día. Antes las chicas leían revistas femeninas sobre dietas y la fashion week, hoy siguen cuentas feministas en las redes.

REBECCA

He llamado a Corinne. Está bien. Ha estado coqueteando conmigo, tranquilamente, de frente. Sabe lo que se hace, me dice cosas bonitas. Yo la dejo hacer. Lleva semanas insistiendo en que la suya es una relación «abierta». Abierta a todo tipo de chorradas, me digo yo. Le dije de ir al hospital a visitarla y me dijo «francamente, me encantaría». Y tres días después estaba en ese pueblo, a una hora de París. Queda lejos. Estaba su novia, Marcelle. Madre mía qué pibón. La vi y antes siquiera de decirnos una palabra entendí que había dejado de ser heterosexual. En semejante nivel de sexitud, no hay ni hetero ni gay ni ninguna otra cosa que valga: está más allá de cualquier categoría. Corinne presidía la escena desde su silla como una reina, radiante. Me han dicho muchas veces que las bolleras envejecen mejor que las heteros porque no son tan infelices. Y ella envejece la mar de bien. Y lo de Marcelle, a qué mentirnos, ya lo iremos comentando. No me parece a mí el momento de birlarle la novia a tu hermana, aunque no descarto nada.

Zoé ya no me habla de ti. Creo que se encuentra mejor. Está montando un periódico online con otras chicas de su edad, dicen de mudarse fuera de París. Ya no me escribe tan a menudo ni va a visitar a tu hermana. Muy bien. Tiene malos recuerdos.

Por la noche vi *The Crown*. Toda la noche, tantos episodios como duró la oscuridad, y lloré. Lloré pensando que nunca volvería a interpretar a ninguna princesa.

Estaba triste a muerte, pero no me dio por buscar el número de un camello.

Es como un vagón desenganchado. La máquina de drogarse está varada. Así que me quedé con esa dolorosa emoción, no tomé nada.

Tengo más de cincuenta años y, desde los trece, esta ha sido mi primera vez: llevo meses sin drogarme. Estoy saliendo de la niebla y no todo lo que se revela ante mí me está gustando. Sé quién soy y no se me caen los anillos. Sin embargo, mis fragilidades, mis cambios de humor, la soledad, el miedo a envejecer y el miedo a morir hacen que no todo me haga feliz, y no veo solución a todos los problemas. Pienso en la plegaria de NA, la serenidad de aceptar las cosas que no puedes cambiar. Y entiendo la frase palabra por palabra. Estoy presente. Al tanto.

El confinamiento me ha ayudado a aguantar. Todo este rollo se habrá cargado el planeta entero, pero a nosotros nos ha ayudado. He podido acostumbrarme a todo esto. Sin la típica cena a la que no puedes decir que no y el alcohol fluyendo a raudales la gente hablando cada vez más fuerte las copas llenándose de tinto o de burbujitas doradas y todos divirtiéndose con cualquier cosa hablando apasionadamente todos tan intensos la fiesta a tope y el aroma de maría en una esquina y la cervecita de la tarde los tapones descorchados golpeando el techo y los gritos excitados después del estreno el sonido de los vasos al brindar y los camellos oficiando, camellos a los que bien conoces o bien reconoces, que a menudo tienen buena pinta, que podrían sacarte de un apuro, darte el teléfono, los rodajes, el tipo que alquila las caravanas camerino y que siempre lleva algo encima porque el día se hace largo, la servicial maquilladora con un novio enganchado, el productor que se hace el colega y te pregunta si necesitas algo, los conciertos, tus amigos tocando y tú en los camerinos y todo dando vueltas y lo fácil que resulta unirse a la party, no tienes más que colocarte. Todo eso que nos hemos ahorrado. No había ni bares abiertos, ni un váter en el que hacer cola, ni camerinos, ni esperas, ni ansiedad con la que lidiar, ni ensayos, ni seducciones con las que manejarse en un visto y no visto. Y lo hemos pasado juntos: tú y yo. La vida tiene sentido del humor. Cuando pienso en nuestros primeros intercambios de mensajes, me doy cuenta de lo difícil que era que me cambiaras la vida. Y que cambiaras la tuya.

Es algo que he entendido no hace mucho, todo lo que he hecho en mi vida ya nadie me lo va a quitar. Solo la amnesia podría estropearlo. Fue una revelación, algo que sucede dentro de ti y que ya no tiene vuelta atrás. Sentada en aquel avión, mirando las nubes por la ventanilla, la luz anaranjada, radiante, toda esta tranquilidad, y me vino como si estuviera en un lugar concreto de mi conciencia, los cientos de veces que me he sentido bien en un avión; volar siempre me ha gustado. Y todo estaba ahí, de forma simultánea: una vida magnífica en todos los sentidos, hecha de deseos cumplidos y de pasiones que la quiebran, que me colman, que me crean, de encuentros como suaves colisiones y de curiosidades, y todo eso existe en mí. Es real, y está hecho. Mientras mi memoria aguante todo seguirá ahí, grabado en mí con la misma fuerza de la tristeza. Es lo contrario de la nostalgia, todo cuanto he pasado está ahí para siempre, es algo que nadie me puede quitar. Ese pasado soy yo, y lo amo.

Estoy en casa, París ha recuperado su ruido, pero no su arrogancia. La ciudad se recuperará, es fuerte. Yo estoy limpia. Zoé puede llamarme si lo necesita. Corinne puede llamarme. Marcelle también, aunque todavía no se atreve. Y tú también puedes llamarme. Puedes contar conmigo. Sí, podríamos vernos algún día. Tienes razón, estas cartas empiezan a sabernos a poco.

para Jean-Claude Fasquelle